모두가
기적 같은
일

모두가 기적 같은 일

바닷가 새 터를 만나고
사랑의 마음으로 집을 짓고
자연과 어울려 살아가는

송성영 지음

오마이북

돈이 아닌
사람이 지은 집

3년을 헤맨 끝에 전남 고흥 바닷가에 평생 살아갈 새 터를 마련했습니다. 그동안 산전을 겪었으니 이제 수전을 겪어볼 요량입니다. 산전수전을 겪고 나면 공중전이 있습니다. 그날은 세상 떠나는 날입니다. 산전수전 공중전, 사람의 일생은 빤합니다. 아주 단순합니다. 더할 것도 뺄 것도 없이 태어나서 살아가다가 죽습니다. 그럼에도 우리는 너무나 많은 것을 움켜쥐려 합니다.

우리 가족은 적게 벌어 적게 먹고 사는 것을 지상 과제처럼 여기는 덜떨어진 저 때문에 10년 가까이 한 달에 60만 원으로 생활해왔습니다. 그럼에도 아내는 네 식구가 먹고 입고 자는 것을 자급자족에 가깝게 해결해왔을 뿐더러 남몰래 3000만 원 넘는 거금을 모았습니다. 그 돈을 움켜쥐고 새 터를 찾아 나섰습니다.

　10여 년 전 시골집을 찾아다녔을 때는 적당한 빈집만 구하면 됐지만, 이번에는 밭까지 장만하고자 했습니다. 아내가 모아놓은 돈만큼의 욕심이 생긴 것입니다. 돈이 없었다면 늘 그랬던 것처럼 빈집만 구해 남의 농토 부치며 살면 그만이었을 텐데, 이제는 평생 일굴 밭이 필요해졌습니다.

　시골살이 10여 년 동안 터득한 것 중 하나가 농약은 물론이고 화학비료조차 쓰지 않는 '자연농'을 하기 위해서는 평생 갈아먹을 밭이 필요하다는 것이었습니다. 농약에 찌든 밭을 몇 년에 걸쳐 포슬포슬하게 살려놓으면 땅주인이 꼬박꼬박 손을 내밀곤 했기 때문입니다.

　평생을 살아가야 할 터전이었기에 기왕이면 다홍치마라고 쓸 만한 땅을 찾아 나선 것이었습니다. 한데 쓸 만한 땅은 하나같이 턱없이 비쌌습니다. 도시에서 한 시간 거리 안쪽에는 저희 형편에 맞는 적당한 터가 없었습니다.

　고향인 대전과 제2의 고향이라 할 수 있는 충남 공주 근처에서는 땅을 구할 수 없어, 결국 아주 멀리 있는 바닷가로 가 이 나라에서 가장 싼 땅을 찾을 수밖에 없었습니다. 정신 나간 소리로 들릴지 모르겠지만, 그놈의 돈이 생기는 바람에 고생길로 접어든 셈이었습니다. 돈이 없었다면 비싼 땅이고 싼 땅이고 찾아 나설 이유가 없었습니다. 정든 사람들에게서 멀리 떠날 이유도 없었습니다. 돈이라는 게 인간을 얼마나 속박하는지 뼈저리게 느끼면서도 차마 그것을 물리치지 못한 채 업보처럼 들쳐 메고 대도시에서 멀리 떨어진 오지를 찾아 나섰던 것입니다.

그 과정에서 아내와 티격태격하며 전화선조차 들어오지 않는 바닷가 산간 오지에 새 터를 장만했습니다. 처음에는 급한 대로 컨테이너 박스 하나 놓고 생활하며 흙집 한 채 지어보겠다는 막연한 생각으로 터를 잡았는데, 전혀 생각지도 않았던 번듯한 목조 주택을 짓게 되었습니다. 거기에다 집 옆에 작은 도서관까지 마련할 수 있었습니다. 되돌아보면 모든 것이 기적 같았습니다. 매 순간 기적처럼 고마운 이들을 만났습니다. 그 과정에서 집은 돈이 아니라 사람이 짓는다는 단순한 진리를 깨달을 수 있었습니다.

보금자리를 마련하는 데 도움을 준 윤재철 선생, 처남, 윤구 씨, 낯선 촌놈을 이웃사촌으로 받아준 고흥 분들에게 이 책을 바칩니다. 그동안 세 권의 책을 낼 수 있도록 자리를 마련해준 〈오마이뉴스〉에도 고마움을 전합니다.

공주 집에서

많은 추억을 만들고

새 터 고흥으로 떠납니다.

* 차례

인연
온정이 가득한 나무 집

함께
다 같이 어울려 살고 지고

바람
떠나고 남겨지고 지켜내고

행운 :
우연이 안겨준 운명의 터

5000만 원이
큰돈?

충남 공주 시골집 뒤로 호남고속철도가 뚫린다는 소식을 접할 무렵 아내가 통장 하나를 내밀었습니다. 3000만 원이라는 숫자가 찍힌 통장이었습니다. 아내가 외양간을 고쳐 만든 화실에서 아이들에게 그림을 가르치며 남몰래 모은 귀중한 돈이었습니다.

그동안 생활비를 꺼내 쓰는 통장에 있는 100만~200만 원을 전부로 알고 살아온 제게는 분명 엄청난 거금이었습니다. 욕심이 눈앞을 가렸습니다. 세상 물정 모르는 저는 그 거금으로 농사지을 땅과 빈집을 구하는 것은 물론이고 그 옆에 작은 흙집까지 지을 수 있을 것만 같았습니다.

때마침 목조 주택 짓는 일을 하던 막내 동생이 머나먼 인도로 떠나면서 1톤 트럭 한 대 분량의 온갖 장비를 건네줬습니다. 그 장비로 빈집을 수리해 생활하면 될 것이고, 좀 더 욕심내면 집 옆댕이에 흙과 나무로 된 작은 공간을 하나 더 마련할 수 있을 것 같았습니다.

이제는 개발과 상관없는 터를 찾는 것이 중요했습니다. 빈집 딸린 500평 정도의 농토가 필요했습니다. 하지만 농토는 고사하고 빈집 구하는 일도 만만치 않았습니다. 적당히 텃밭 딸린 빈집이 있다 해도 3000만 원으로는 쉽게 넘볼 수 없었습니다.

그 무렵 2000만 원이라는 예상치 못한 돈이 더 굴러들어 왔습니다. 10여 년 전쯤 공주 시골집을 구해 이사 오면서 융자금 딸린 작은 아파트를 처분한 자금을 가까운 사람에게 빌려준 적이 있습니다. 하지만 그의 사업체가 부도를 맞는 바람에 되돌려 받기 난감했는데, 뜻하지 않게 그 돈이 들어온 것입니다.

"이제 돈도 생겼으니까 직접 집을 지으면 되겠네. 수세식 화장실 딸린 세면장에서 뜨거운 물로 목욕할 수 있는 집을 지어도 되겠다. 이제 재래식 화장실은 싫어. 근데 한 번도 집 지어본 적 없는 사람이 할 수 있겠어?"

"까짓 거, 경험 있는 주변 사람들한티 도움 받아가며 죽어라 몸땡이 굴리면 되지, 못할 게 뭐 있어."

"그래, 까짓 거 못할 게 뭐 있어."

아내는 꿈에 부풀어 맞장구를 쳤습니다. 땅을 구하기도 한결 수

월해질 것만 같았습니다. 차를 몰고 시골길을 내달리며 산세 좋은 마을을 무작정 찾아 들어갔습니다. 하지만 여기저기 헤집고 다녀도 살 만한 땅은 보통 평당 10만 원이 넘었습니다. 그러다가 공주에서 1시간 정도 떨어진 부여 외산면의 궁벽한 곳에서 우연찮게 평당 6만 원짜리 땅을 찾았습니다.

터 앞으로 농업용 전신주가 들어서 있고 매끈한 농로도 있었습니다. 생수가 나올 정도로 물이 좋고 좌우로 개울이 있었습니다. 거기에다 풍수에서 말하는 좋은 터, 즉 뒤편에 좌우로 청룡백호가 부드럽게 감싸고 있는 남향 땅이었습니다.

터 앞으로는 널찍하게 수십 마지기 논이 펼쳐져 있었는데, 자손 없이 한세상 살다 간 후덕한 이가 마을 사람들을 위해 내놓은 것이라고 합니다. 후덕한 사람의 농토라는 것이 더욱더 맘에 들었습니다. 동네 사람들에게 적당히 논을 얻어 소작하면 될 것이었습니다. 그렇게만 된다면 문전옥답이 따로 없었습니다. 더 이상 바랄 것이 없었습니다. 평생 살아갈 만한 땅이었습니다.

마을에서 팔겠다고 내놓은 땅이 1000평 넘었지만, 청양에서 아이들을 가르치는 최은숙 선생이 고맙게도 함께 집을 짓고 살자 했기에 땅을 쪼개 구입하면 큰 문제가 되질 않았습니다. 하지만 아내는 또 다른 고민을 안고 있었습니다.

"공주에서 너무 멀지 않아?"

"공주 주변에는 그만한 땅이 없어."

"거기서 뭘 할 건데?"

"농사져야지."

"농사만 짓고 어떻게 먹고살아? 거기 들어가면 당신 방송 원고 쓰는 일 그만둘 거 아냐? 뭘 해서 먹고살 건데?"

그동안 밭농사를 지어 채소 배달까지 해본 경험이 있지만, 시설 재배가 아닌 노지 제철농사였기에 1년 수입이 고작 400만~500만 원 정도에 불과했습니다. 그러니 아내는 농사지어 먹고산다는 데 믿음이 가질 않았던 것입니다.

저만큼이나 세상 물정 어두운 아내는 궁벽한 곳에서 민박집을 하겠다고 고집했습니다. 하지만 궁벽한 곳에서든 사람들이 들끓는 곳에서든 돈을 받고 사람을 재워준다는 게 제겐 가당치도 않은 일이었습니다. 그래도 아내는 고집을 굽히지 않았습니다.

그 무렵 아내는 갱년기 증상인지 점점 신경이 날카로워지고 있었습니다. 그래서 더 이상 그 터를 고집할 수 없었습니다. 하지만 저는 저대로 그즈음 점점 마음이 옥죄어왔습니다. 호남고속철도 착공 예정일이 점점 눈앞으로 다가왔기 때문입니다. 공주 시골집 뒷산에 땅굴을 파고 기어 나와, 4년에 걸쳐 손이 갈라 터지도록 일군 밭을 밀어붙이고, 옆 산까지 왕창 까뭉개며 초고속 철길을 만든다는 것이었습니다.

그러던 어느 날 안면도에서 전화 한 통이 걸려왔습니다.

"배 한 척 구했는디, 한번 놀러 오슈."

·   행운: 우연이 안겨준 운명의 터

"배를 사요? 그거 꽤 비쌀 틴디?"

"작은 배유. 중고로 샀는디, 얼마 안 해유."

"얼마나 하는디유?"

"500만 원 정도 줬슈."

그길로 안면도 주변에 살 만한 땅이 있나 알아볼 겸 찾아갔습니다. 하지만 안면도는 사람들이 보통 말하는 그냥 섬이 아니었습니다. 뭍으로 연결된 섬이라고는 하지만 땅값이 금값이었습니다. 농사지을 땅을 구한다는 것은 꿈도 꿀 수 없는 일이었습니다. 보통 수십만 원대였고, 바닷가는 평당 100만 원대가 넘었습니다. 안면도에서 보일러 수리공을 하며 바닷물 절임김치 사업을 벌이는 김 선생이 그랬습니다.

"농사보담 바다 일이 나유. 중고 배 한 척 사 가지고 낚싯배 안내 같은 거 하고 꼼장어 잡아다가 팔면 먹고사는 디는 지장 없을 규."

가진 돈을 다 털면, 아내는 그토록 원하는 민박집을 하고, 저는 농사를 지으며 꼬막을 캐거나 고기잡이를 하면 될 것만 같았습니다. 하지만 그것은 꿈에 불과했습니다. 고기를 잡기 위해서는 '어업권'이 있어야 하는데, 그게 중고 배 한 척보다 비쌌습니다.

결국 땅값 비싼 안면도를 포기하고 공주에서 가까운 보령과 서천을 비롯해 서해안 지역 해변을 수없이 기웃거렸습니다. 하지만 땅값 시세는 안면도와 크게 다르지 않았습니다. 저희가 가진 전 재산 5000만 원은 거금이 아니었습니다. 바닷가에서는 보잘것없는 푼돈에 불과했습니다. 세상 돌아가는 일을 몰라도 너무 몰랐던 것입니다.

우리의 터는
어디에

새 터를 찾아 한창 헤매고 다닐 때였습니다. 김 선생에게서 전화가 걸려왔습니다. 당시 농업기술연구소 공무원으로 재직 중이던 김 선생은 산동네 쪽방을 오가며 몸 돌보지 않고 오로지 천연염색에 미쳐 살아가고 있었는데, 우리 식구가 힘들 때마다 구원투수처럼 나타나곤 했습니다.

"거기 가면 송 쌤님이 원하는 농사도 지을 수 있을 것 같은데, 한번 찾아가 보실랍니까?"

지리산 중산리에 조건 좋은 터가 있다는 것이었습니다. 김 선생과 평소 알고 지내던 사람이 다른 사람과 공동 매입한 3000평 가까운 너른 터라고 했습니다. 그는 수년 전 매입 당시 시세인 평당

4만~5만 원으로 제가 원하는 만큼의 농지를 떼어 팔겠다고 했습니다. 게다가 소작료 한 푼 내지 않고 1000평이든 2000평이든 감당할 수만 있다면 얼마든지 농사를 짓게 해주겠다고 했습니다. 집 터만 구하면 될 일이었기에 최상의 조건인 셈이었습니다.

뒤도 돌아보지 않고 지리산으로 향했습니다. 아내 역시 기분 좋게 따라나섰습니다. 상상만 해도 마음의 안식을 주는 지리산이었는데 몸까지 의지할 수 있다면 더할 나위 없는 일이었습니다. 그동안 지리산에 터를 잡기 위해 수없이 기웃거렸지만 우리 형편으로는 엄두를 낼 수 없었습니다. 빈집은 고사하고 농사지을 조건조차 허락되지 않았습니다. 비교적 값이 싸다는 땅도 평당 10만 원을 훌쩍 넘었기 때문입니다. 골골에 들어선 온갖 호화 주택들이 땅값을 올려놓은 지 이미 오래였습니다.

그가 공동 매입했다는 지리산 터는 논밭으로 돼 있었는데, 오랫동안 묵혀 잡목과 풀숲으로 뒤덮여 있었습니다. 좌우 산줄기가 터를 감싸고 있었고, 눈앞 저만치에 지리산 천왕봉에서 내려온 황금 능선이 힘차게 뻗어 있었습니다. 숨을 길게 들이마시면 힘찬 산기운이 단숨에 몸속 깊숙이 스며들 것만 같았습니다.

터 중심으로 작은 개울물이 쉼 없이 흐르고 있어, 비록 오래 묵히긴 했지만 정리만 잘해놓으면 농사짓는 데 큰 어려움이 없어 보였습니다. 오랜 시간 농약이나 제초제에 시달리지 않았기 때문에 '자연농'을 하기에도 안성맞춤이었습니다. 그가 먼저 물었습니다.

"화학비료도 안 쓰고 거름 만들어 자연농만 고집하신다면서예. 직접 야채 배달도 하신다고 들었는데……."

"그렇긴 헌디, 자급자족하기가 쉽지 않네유."

"이 땅에서 어느 정도 농사지을 수 있으시겠어예?"

"천 평 정도는 가능하겠는디요. 두 마지기 정도는 논으로 쓰고 나머지는 밭으로 쓰면 되겠네유."

"약초를 좀 재배했음 하는데예."

온갖 약초와 식이요법으로 암을 극복했다는 그는 터 중심에 암 환자들의 쉼터를 꾸밀 예정이라고 했습니다. 집안에 한의사가 둘이나 있다며 약초뿐 아니라 제가 재배하는 채소들을 전량 사주겠다는 것이었습니다. 이보다 더 좋은 조건이 있겠나 싶었습니다.

일단 구두 약속을 해놓고 집으로 돌아온 저는 아이들을 데리고 다시 중산리를 찾아갔습니다. 아이들은 낯선 곳으로 이주한다는 두려움에 잠시 망설였지만 완강히 거부하지는 않았습니다. 그 후로도 아내와 함께 몇 차례 더 오가며 세세하게 터를 살펴봤습니다. 어떤 약초와 효소를 재배할지, 집과 효소 창고는 어디에 앉힐지 등을 생각하며 구체적인 설계도면을 그려갔습니다. 그 무렵 평소 가깝게 지내던 이웃사촌들은 우리 식구가 곧 지리산으로 떠날 것이라 여겼는지 이별주를 청해오기도 했습니다.

그렇게 두 달쯤 지난 어느 날, 지리산의 그에게서 전화가 왔습니다. 만날 사람들이 있다며 그들과 인사나 하자는 것이었습니다. 지리산 700고지 고운동에서 9대째 살아가는 기연이네 집에 그를 비롯한 예닐곱 명의 사람들이 하나둘 모여들었습니다. 중산리 터 곳곳에 집을 짓고 살아갈 사람들이라는 것이었습니다.

"거기 감나무가 꽤 많던데예. 곶감 팔아 생활하면 괜찮을 것 같은데예."

평소 알고 지내던 기연이네 아빠 이창석 씨는 산청에서 감 농사를 지어 곶감을 팔아 생활하고 있었습니다. 그는 중산리 터에 있는 감나무 열댓 그루만 잘 가꿔도 한 가족이 6개월은 족히 생활할 수 있는 수입이 나올 거라고 예상했습니다. 게다가 군청에서 지원금까지 나온다는 것이었습니다.

중산리에 새 터를 일굴 예정이라는 그들과 함께 저마다 자기소개를 하는 시간을 가졌습니다. 부부 동반으로 모인 그들은 우리 식구와 살아가는 방식이 참 달랐습니다. 부산의 한 은행장, 건축회사 대표, 퇴직 교수 등으로 구성돼 있었습니다. 농사와는 거리가 먼 사람들이었습니다.

따로 초빙한 사람이 한 명 더 있었는데, 주역을 하는 철학자라고 했습니다. 사주나 풍수지리를 보는 모양이었습니다. 모인 사람 중 누군가 어렵사리 모시고 왔다고 소개했습니다. 그는 역대 대통령 가운데 한 사람의 사주인가 묏자리인가를 봐주기도 했다는 것이었습니다. 아무튼 그 방면에서 꽤 유명한 사람이라고 소개했습니다.

곧 땅 주인이 저를 소개했습니다. 앞으로 터를 일궈 모여 살게 되면 싱싱한 무공해 먹을거리를 해결해줄 사람이라고 했습니다. 그래놓고는 깜빡했다는 투로 방송작가에 책까지 낸 사람이라고 덧붙였습니다. 낯짝이 뜨거웠습니다. 농사짓는 사람이라고 하면 그들과 격이 맞지 않을 것 같아서 그런 것 같았습니다. 앉아 있기가 거북살스러워 들썩이는 엉덩이를 애써 눌러 앉혔습니다.

개인 소개를 마친 후 그 터에서 어떻게 살 것인지 의견을 나눴습니다. 그들의 말 한마디 한마디에 뒷골이 땅기기 시작했습니다. 토목 공사, 개발, 사업 등 농사일하고는 거리가 먼 이야기들만 잔뜩 늘어놓고 있었던 것입니다. 이런저런 문화 사업을 벌일 건물은 어디에 앉혀야 할지, 사업 지원금을 받아내기 위해서는 어떻게 해야 할지 등에 대해 말했습니다. 점점 속이 뒤틀리고 머리가 아파오기 시작했습니다. 숨이 막힐 것만 같았습니다. 그들의 입에서 나오는 '개발' '사업' 따위에서 벗어나기 위해 지리산을 택했는데 '지금 내가 여기서 뭔 짓거리를 하고 있나' 싶었습니다.

더 이상 앉아 있을 수 없어 자리를 박차고 일어났습니다. 그 순간 그들의 표정을 볼 수는 없었지만, 다들 두 눈이 휘둥그레졌을 것입니다. 경치 좋은 청정지역에서 전원생활 누리며 문화 사업으로 돈벌이 좀 하겠다는데 뭐가 문젠가 싶었을 겁니다. 땅 주인이 당황스러운 표정으로 따라 나왔습니다. 저는 그에게 다짜고짜 따져 물었습니다.

"저분들은 농사짓고 살 사람들이 아닌디유? 내가 있을 자리가 아닌 거 같은디……."

"아니, 그게 아니구예. 저분들은 그 터에서 살게 될지 어떨지 아직 결정된 것도 없어예."

길게 심호흡을 하고 흥분을 가라앉혔습니다. 그들에게 미안한 마음이 들었습니다. '뭐가 그리 잘났다고 그들을 함부로 속물 취급하고 있단 말인가.' 엉거주춤 다시 그들 틈에 끼어 앉았습니다. '철학자'라는 사람의 일장 연설에 다들 귀를 기울이고 있었습니다. 풍수적으로 앞산, 뒷산, 옆 산의 형국을 보니 문화 사업을 벌이면 크게 번창할 터라는 것이었습니다. '번창'이라는 말과 '개발'이라는 말이 동일선상에 있는 것으로 보였습니다.

다시 뒷골이 땅겼습니다. 전 그저 부드러운 뒷산과 좌우 산줄기가 바람을 막아주고 있어 농사를 지으며 살아가는 데 큰 어려움이 없을 것 같아 좋았습니다. 힘차고 넉넉하게 펼쳐진 앞산이 좋았습니다. 그 터에서 최소한의 보금자리를 마련한 뒤 대자연이 내주는 온갖 것에 의지해 먹고, 자고, 싸고, 그 기운을 널리 이롭게 되돌릴 수 있는 터로 가꿀 수만 있다면 더 이상 바랄 것이 없었습니다.

그런 마음자리를 갖고자 하는 이웃들과 더불어 살아갈 수 있는 터라면, 그야말로 가장 좋은 명당이라 여기고 있었습니다. 아무리 좋은 터라 해도 큰 욕심이 끼어들면 더 이상 명당이 아닌 죽은 터가 될 것이었습니다. 뭔가를 살리기보다는 끊임없이 파괴하고 죽이는 터가 될 것이었습니다.

여전히 철학자가 좌중에게 도 튼 사람처럼 일장 연설을 하고 있었고, 온갖 인내심 발휘하며 앉아 있던 성질 급한 아내는 바로 옆에 앉은 아주머니에게 귓속말을 하기 시작했습니다. 그러자 그의 낯빛이 점점 변하기 시작했습니다. 푼수 아내는 그것도 모르고 계속해서 뭔가에 대한 불만을 쏟아내고 있었습니다. 대충 터 얘기를 끝내고 밖으로 나와 아내에게 물었습니다.

"근디 아까 그 아줌마한테 뭐라구 한 겨? 얼굴색이 변하던디."

"그냥 그 철학자라는 사람, 사이비 도사 같다고 했는데. 왜?"

"그 아줌마가 누군지 알어?"

"모르지, 오늘 처음 본 사람이잖아."

"에이그 바보야, 그 아줌마가 그 양반 부인이여."

터 얘기가 끝난 다음 그들은 각자 승용차에서 악기를 꺼내와 연주를 하기 시작했습니다. 색소폰과 트럼펫 같은 악기였습니다. 화음이 잘 맞고, 연주도 수준급이었습니다. 고상했습니다. 하지만 뭔가 마음 한구석이 찝찝했습니다. 충분히 먹고살 만한 직업을 가졌으면서도 깊은 산중에 들어와 돈벌이가 될 만한 다른 사업을 펼치겠다는 저들의 논리를 이해할 수가 없었습니다. 가난한 제 아내는 상대적 박탈감으로 힘겨워할지도 모를 일이었습니다. 저 또한 그 고상한 사람들에게 싱싱한 자연식을 먹이기 위해 일하는 상머슴으로 전락할지도 모를 일이었습니다.

하지만 혼란스러운 생각이 머릿속을 맴돌며 갈등이 생겼습니다.

'사람들의 마음자리에 사랑과 평화가 깃들게 하는 문화 사업을 벌일지 누가 알겠는가.' '그런 일을 하는 이들에게 좋은 먹을거리를 제공한 대가로 큰 어려움 없이 편안한 삶을 꾸릴 수 있다면 이 또한 좋은 일 아니겠는가.'

다음 날 새벽, 고운동 산자락을 뒤덮고 있는 신우대(조릿대) 숲을 헤치고 산에 올랐습니다. 고운동 등잔봉에 오르면 천왕봉이 한눈에 들어옵니다. 자리를 고른 뒤 편히 앉아 눈꺼풀을 가볍게 닫고 긴 호흡을 했습니다. 하지만 오로지 호흡에만 집중하기 힘들었습니다.

고개 들어 지리산의 너른 품을 봤습니다. 저들을 함부로 판단하고 있는 자신이 부끄러웠습니다. 결국 모든 것은 제 문제였습니다. 지리산은 저들의 티끌을 보기보다 개발 논리에 현혹되고 있는 제 꼴을 먼저 보라고 이르는 듯했습니다. 지리산은 저를 받아주지 않고 있었습니다. 문화 사업이라는 그럴듯한 논리로 지리산을 더 이상 망가뜨리지 말라며 제 등을 떠밀고 있었습니다.

오지랖 너른 지리산, 부조리한 세상을 향해 총을 든 빨치산들의 못다 이룬 꿈과 숱한 수행자들의 못다 푼 화두들이 뒤섞여 바람처럼 나부끼는 지리산, 지리산은 좁디좁은 제 안에 갇힌 마음자리를 들여다보게 해줬습니다. 그것으로 족했습니다. 그렇게 저는 지리산 중산리를 포기하고 또다시 새 터를 찾아 나서야 했습니다.

그리고 몇 개월 후, 중산리 땅을 내주겠다던 그가 공동 매입자와

행운: 우연이 안겨준 운명의 터

갈등을 빚고 있다는 소식이 들려왔습니다. 땅을 분배하는 과정에서 공동 매입자가 도로에 닿는 부분, 즉 땅값이 비싼 부분만을 고집하고 있다는 것이었습니다. 어차피 그곳은 우리 식구의 터전이 아니었던 것입니다.

펜션의
유혹

평소에 '사는 데 별거 있나, 살다 보면 살아지는 것이지'라고 짐짓 당당하게 말하고 있지만 낯선 세계, 새로운 생활 앞에 서면 두려움 때문에 망설이게 됩니다. '새 보금자리를 구하고 나면 다시 빈손으로 시작해야 하는데, 나이 오십에 집 한 채 깔고 앉아 그럴 수 있을까?' '괜찮아, 얼마든지 할 수 있어'라며 자문자답하고도 아내와 아이들 때문에 쉽지 않을 거라는 그럴싸한 핑계를 내세워 이것저것 따져보게 되는 것이었습니다. 그러다 보면 스스로에게 발목 잡혀 한 발짝도 내딛지 못하고 주저앉게 됩니다. 어쩌면 평생을 그렇게 보내게 될지도 모를 일이었습니다.

새 터를 찾아다니면서 그것이 두려웠습니다. 생산적인 일보다는

행운 : 우연이 안겨준 운명의 터

이런저런 이유로 돈벌이에 급급한 소비적인 일을 하며 주저앉게 될까 봐 두려웠습니다. 그렇다고 '무소의 뿔'처럼 혼자서만 갈 수도 없는 노릇이었습니다. 새 터를 찾아 나섰을 때 무엇보다 중요했던 것은 아내와의 의견 좁히기 아니었나 싶습니다. 지리산 중산리 터에 대한 기대감을 접고 다시 빈집 딸린 농토를 찾아 나설 무렵이었습니다.

"큰오빠가 펜션을 하면 어떻겠냐고 하던데……."

"우리가 펜션을?"

"건물은 큰오빠가 짓고, 관리는 우리가 하면 어떻겠냐고."

큰처남은 통나무 주택 짓는 일을 하고 있습니다. 예전부터 집 짓는 기술을 활용해 번듯한 펜션을 장만하고 싶었던 모양입니다. 마땅히 관리할 사람이 없어 엄두를 내지 못하고 있다가, 때마침 우리 식구가 새 터를 찾아 헤매고 있다는 얘기를 듣고 의사 타진을 해온 모양입니다.

그렇잖아도 민박집을 하자며 노래를 부르던 아내는 이때가 기회다 싶었던 것입니다. 펜션은 민박집에서 한 단계 상승한 것이니 잔뜩 기대감에 부풀어 있었습니다.

"펜션은 아무나 하는 줄 알어?"

"오빠가 알아서 다 지어준다니까. 그냥 관리만 해주면 되잖아."

"아니 그게 아니고, 내 꼬라지를 보라고. 산도적 같은 놈이 뺀드롬한 펜션이 어울리기나 하겠냐구."

"어차피 민박집 할 거니까, 펜션이면 더 좋지 뭘 그래."

"민박? 민박은 또 누가 한대?"

"뭘 그렇게 자꾸 복잡하게 생각해. 어차피 다들 한두 번씩은 여행 떠나잖아. 그럴 때 싸고 편하게 쉬어 갈 수 있는 민박집이 있으면 좋잖아. 그냥 지금처럼 우리 집에 놀러 오듯이."

"그거하고 같혀? 민박집은 돈 받잖아. 돈 받고 재워주면 사람 관계가 어떻게 되겠어? 나도 그 사람들 집에 가면 그만한 대가를 지불하고 자야 되는 겨. 사람 관계가 돈으로 맺어지게 될 꺼여."

"민박 안 하면 나도 농사짓고 사는 거 자신 없어."

사실 따지고 보면 돈을 받아야 하는 게 마음에 걸려서 그렇지, 아내의 요구 사항은 눈물겹도록 소박한 것이었습니다. 저와 우리 집 두 촌놈들이야 시골생활을 한껏 누려왔다고 할 수 있지만, '도시내기' 아내로서는 다 쓰러져가는 빈 시골집을 수리해 살아온 10여 년의 세월이 말처럼 쉽지는 않았을 테니까요.

어쨌든 살림집 옆댕이에 방 한두 칸 늘리면 된다는 민박집조차 내키지 않아 아내를 어떻게 설득할까 고민을 거듭하던 중 난데없이 '펜션'이라는 말이 툭 튀어나온 것입니다. 그 말을 듣는 순간, 목구멍이 콱 막혀왔습니다. 가만히 앉아 손님들이 건네는 돈이나 셈하는 숙박업자가 된 기분이 들었기 때문입니다. 그러거나 말거나 아내는 농토 딸린 빈집조차 구하기 힘든 빤한 주머니 사정에 전전긍긍하던 터였기에, 절호의 기회라 여기고 집요하게 밀어붙여

행운: 우연이 안겨준 운명의 터

왔습니다. 게다가 큰처남은 아내의 기대감에 가속도를 붙였습니다. 터만 구입해놓으면 당장이라도 펜션을 지어주겠노라는 것이었습니다. 가진 것도 없는 놈이 처남의 호의를 뿌리치고 마냥 허세만 부릴 수도 없었고, 그렇다고 그동안 생산적이라 여기며 살아온 삶의 방향을 소비적인 쪽으로 급선회할 수도 없는 노릇이었습니다.

"펜션을 숙박업소처럼 하지 말고, 우리가 살면서 편하게 운영하면 되잖아. 당장 이사 갈 곳도 마땅치 않고, 고속철도 공사는 앞당겨 한다는데 어떻게 할 거야?"

"때가 되면 좋은 터가 나오기 마련이니께, 쫌 더 알아보자고."

"뭘 조금 더 알아봐. 이게 얼마나 좋은 기횐데."

며칠 내내 티격태격했지만 결국 아내의 고집을 꺾을 수 없어, 큰 불만 없이 서로 동의할 수 있는 묘안을 찾아냈습니다.

"그럼 이렇게 하자. 아는 사람들이 찾아오면 돈 받지 말고, 그냥 사람들이 오게 되면 오고, 안 오면 그만인 그런 델 찾아보자."

"그래도 어느 정도는 손님들이 올 수 있는 곳이라야지……."

"자꾸만 그런 거 따지면 난 더 이상 펜션이고 뭐고 손 뗄 겨. 인효 엄마 혼자서 혀."

"알았어, 알았어, 원하는 곳을 찾아봐."

일단 처남이 지어준다는 펜션에 몸을 의지해 생활하면서, 그 옆댕이에 따로 터를 구해 흙벽돌 한 장 한 장 쌓아가며 보금자리를 마련하면 될 것 같았습니다. 하지만 정작 펜션을 지어주겠다는 처남의 생각은 달랐습니다. 처남이 사는 경기도 여주에서 가까운 곳이 어떻겠냐는 것이었습니다. 마지못해 경기도와 강원도 쪽으로 눈을 돌려 싼 땅을 찾아봤지만 소용이 없었습니다.

서울과 가까운 곳은 예상대로 우리의 주머니 사정이 허락하지 않았습니다. 전국에서 땅값이 가장 싸다고 알려진 경북 봉화 지역까지 눈을 돌려봤지만, 그곳 역시 쓸 만한 땅은 불과 한두 해 사이에 평당 4만~5만 원 이상 올라 있었습니다. 펜션 부지와 농지를 동시에 찾아내야 했기에 쉽지 않았습니다.

컴맹에 가까운 아내는 꿈에 부풀어 독수리 타법으로 인터넷 여기저기를 기웃거리며 펜션 관련 자료들을 뒤지기 시작했습니다. 저는 별 관심 없는 척하면서 아내 주변을 어슬렁거리다가 그동안 막연하게만 알고 있던 펜션에 대해 좀 더 구체적으로 알아보려고 은근슬쩍 컴퓨터 앞을 꿰차고 앉았습니다.

"잠깐만 일루 나와 봐봐. 그렇게 검색해서 펜션에 대해 제대로 알 수 있겠어."

그렇게 인터넷에 올라온 온갖 펜션들을 기웃거려봤습니다.

"이거 뭐, 실내 장식이 완전 호화판이구먼. 하루 이틀 잠자는 데를 뭘 그리 복잡하고 사치스럽게 꾸며놨다냐."

저는 구시렁거리면서도 인터넷에서 눈을 떼지 못하고 있었습니다. 서울 사람들의 발길이 잦다는 경기도나 강원도 부근에 자리한 펜션들은 거의 호텔 수준이었습니다. 성수기, 비수기 할 것 없이 시시때때로 찾아올 수 있게끔 호화롭게 꾸며놓고 있었습니다. 그 때문인지 방 하나 빌려주는데도 엄청난 값을 받고 있었습니다. 우리 가족과 비슷한 처지에 있는 사람들은 엄두도 못 낼 수준이었습니다.

그렇게 서울에서 가까운 대부분의 펜션들이 물 좋고 산 좋은 골골에 팔자 늘어지게 들어차 있었고, 그런 곳은 땅값 또한 엄청났습니다. 펜션은 주변 땅값을 올려놓는 일등공신이 되고 있었습니다. 평생 농사짓고 살기에는 거리가 먼 곳처럼 보였습니다.

"그만 보자. 괜히 인효 엄마 눈만 버리겠다. 저런 실내 장식 꾸미는 비용으로 차라리 빈집 구해 수리해서 뱃속 편하게 사는 게 낫겠다. 우리 처지에 저런 디는 좀 그렇잖어?"

"그래도 사람들이 어느 정도 찾아올 수 있는 곳에서 펜션을 해야지."

"자꾸만 욕심부리면 한도 끝도 없다구."

아내는 이런저런 펜션을 기웃거리며 자신도 모르는 새 점점 커지는 욕망의 무게에 무감각해지고 있었습니다. 성수기와 비수기를 따져가며 한 달 벌이가 얼마나 되는가를 셈하고, 처남에게 매달 얼마를 줘야 할지 따져보기 시작했습니다. 좋은 사람들이 별 생각 없이 찾아와 쉬어 갈 수 있는 소박한 민박집을 꾸며보겠다는 야무진 꿈은 온데간데없어 보였습니다.

이 모든 욕망이 자신보다는 자식들에 대한 애정에서 비롯된 것이라는 사실을 잘 알고 있었기에 가슴이 아팠습니다. 서로 머리를 맞대고 자연과 소박한 삶에 대해 즐거이 이야기 나누며 살아왔던 시간들이 한순간에 사라져버리는 듯해 가슴이 쓰렸습니다.

"오빠는 청평이나 양평 같은 곳이 펜션 자리로 좋다고 하던데? 사람들도 많이 찾아오고."

"말했잖여. 그런 디는 땅값 비싸서 엄두도 못 낸다구. 거기서 펜션 하는 사람들하고 우리는 살아가는 색깔부터 다르다니께."

처남은 좀 더 많은 사람들이 찾아올 수 있는 펜션 자리를 구체적으로 지정해주고 있었습니다. 처남으로서는 당연한 요구 조건이었습니다. 부지 구입과 펜션 건물 짓는 데 수억이 들어가는데, 세상물정 모르고 발길 뜸한 궁벽한 곳을 찾아다니는 매제가 한심해 보였을 것입니다.

"땅값이 비싸면 오빠가 구입해준댔어."

"그럼 나는? 나같이 덜떨어진 놈이 비까번쩍한 펜션들이 즐비한 곳에서 농사짓고 살 수 있겠어?"

"왜 자꾸만 농사짓는 거하고 연관시켜? 그동안 경험해봤잖아. 농사지어서 어떻게 먹고살겠다고."

"농사가 밥 먹여주지, 사치스런 펜션이 밥 먹여주남. 나는 그런 데서 못 사니께, 알아서 혀!"

그동안 별 탈 없이 살아왔던 것처럼 앞으로도 그렇게 살게 될 거라는 식으로 똥배짱을 부리며 큰 대자로 뻗어버렸습니다. 힘겹게 살아온 아내에게 미안해하던 마음은 온데간데없이 사라져버리고 그 자리에 점점 화가 들어찼습니다. 그렇게 또다시 부부싸움을 벌였습니다.

저는 "소리에 놀라지 않는 사자와 같이, 그물에 걸리지 않는 바람과 같이, 흙탕물에 더럽히지 않는 연꽃과 같이, 무소의 뿔처럼 혼자서 가라"라는《우파니샤드》의 구절을 읊조려가며 살아가고 있습니다. 하지만 늘 작은 소리에 놀라 그물에 칭칭 감기고 흙탕물에 나뒹굴며 제 성질을 못 이겨 부르르 화를 냅니다. 어리석게도 제 잘난 맛에 푹 빠져 자신뿐 아니라 상대방까지 끌어들여 화를 내게 만듭니다.

"그럼 도대체 뭘 할 건데. 새 터 구해 이사 가면 앞으로 방송 원고 쓰는 일도 그만둘 거잖아. 대학 강사 일도 그만두고, 대체 농사 지어서 몇 푼이나 번다고."

"대학 강사도 마찬가지지. 그거 몇 푼이나 번다고. 거기 대학생이라는 녀석들 말여, 조중동이 어떤 쓰레기 신문인지도 모르고, 아예 관심조차 없는 녀석들이 더 많다니께. 그런 녀석들에게 혼자서 주절주절, 무슨 약장사도 아니고, 그게 뭐가 좋다고. 농사짓는 게 훨씬 뱃속 편하지. 정직하고."

처남이 맡기겠다는 펜션을 관리하네 마네 아내와 티격태격하고 있을 무렵 들어온 대학 강의 요청을 거절했는데 그게 못내 아쉬웠던 모양입니다. 대전에 있는 모 대학에서 그동안의 다큐멘터리 방송작가 경력을 싼 맛에 사주겠다는 요청이 들어왔는데, 이전 대학 과는 달리 학과 교수에게서 전화 한 통 오지 않았습니다. 마치 노동인력센터에서 전화하듯 조교를 통해 "할 겨, 말 겨"라는 식의 무례한 요청을 해왔던 것입니다. 그렇잖아도 강단에 섰던 일을 크게 후회하던 중이었는데 말입니다.

학생들에게 비싼 등록금 받아 그만한 교육 여건도 갖춰놓지 않은 채 손익분기점만 따지며 장사꾼 노릇이나 하는 대학 교수들 밑에서 일당벌이로 전락한 저 자신을 용납할 수 없었습니다. 쥐꼬리만 한 지식을 팔아먹고 있는 제 꼬락서니에 시선을 집중하는 몇몇 학생들에게 한없이 부끄럽고 미안했습니다. 더 이상 강단에 설 자신이 없었습니다. 누구에게나 자기 일이 있듯이 제 일도 따로 있었습니다.

"농사 얘기는 그만하고, 앞으로 대체 뭘 해서 먹고산다는 거야."

"그동안 땅 한 평 없이 잘 먹고 잘 살았잖어. 애들도 건강하고."

"그게 뭐가 잘 먹고 잘 산 거야. 인효 아빠 고집 때문에 남들 다 쓰는 핸드폰도 이제 겨우 하나 장만했고, 날 추우면 엉덩이 시려 쭈그려 앉기도 힘든 푸세식 화장실에, 거기에다 빨래할 물이나 제대로 나오나?"

이쯤 되면 제 목소리가 점점 기어들어가기 마련입니다. 저처럼 어리석은 인간은 상대방의 화를 통해 자신의 화를 가라앉히기도 합니다.

행운: 우연이 안겨준 운명의 터

"거시기, 앞으로는 수세식 화장실에 목욕시설 있는 집에서 살기로 했잖어."

"아, 몰라! 오빠가 지어준다는 펜션이 싫으면 민박집이라도 해야 해. 그러지 않으면 더 이상 인효 아빠 뜻대로 하지 않겠어!"

먹고사는 데 큰 걱정거리가 없을 정도의 돈벌이를 할 수 있는 번듯한 펜션까지 포기했으니, 민박집에 대한 아내의 요구는 좀 더 강력해지고 말았습니다.

결국 저는 한 발짝 뒤로 물러나 새 터를 구하는 조건에 민박집을 포함시키기로 했습니다. 그 대신 꼬장꼬장 몇 가지 조건을 내세웠습니다. '민박집을 하되 그걸 염두에 두고 생활하지 말 것이며, 돈 없는 사람들에게는 최대한 적게 받는 넉넉한 마음자리를 갖고 꾸려나가야 한다.' 민박집에 목을 매면 생활이 힘들어지니, 손님이 없으면 없는 대로 그동안처럼 소박하게 생활하자는 것이었습니다. 아내는 마지못해 동의했습니다.

그렇게 우리 부부는 새 터를 찾기도 전에 수없이 많은 시행착오를 겪고 있었습니다. 그 과정에서 조금씩 생각의 차이가 좁혀지는 듯했습니다. 아내는 자신이 원하던 민박집에 대한 동의를 얻어냈고, 저는 어디든 원하는 곳에서 농사지을 수 있게 되었으니까요. 하지만 종잇장 하나 정도의 차이가 생각하기에 따라 하늘과 땅만큼이나 다를 수 있다고 했던가요. 새 터를 놓고 벌이는 우리 부부의 갈등은 시작에 불과했습니다.

집시 부부에게
찾아온 행운

터를 구하기 위해 전국을 헤매고 다니다가 아랫녘 고흥까지 내려갔습니다. 공주에서 고흥까지 장장 3시간 40분 거리를 열 차례 넘게 들쑤시고 다녔습니다. 아는 사람 하나 없는 무연고지 고흥에 터를 잡기까지 6개월 동안 보름에 한 번 꼴로 뻔질나게 오갔던 것입니다.

처음에는 부동산을 통해 값싼 땅을 기웃거려봤습니다. 하지만 원하는 땅이 나오질 않았습니다. 갈아먹을 농지와 아내의 민박집까지 조건이 맞아떨어져야 했기 때문에 값싼 땅을 입맛대로 찾기가 쉽지 않았습니다. 부동산에서는 본래 땅값보다 1만~2만 원 높게 흥정을 붙여왔고, 풍경 좋은 곳은 이미 대처 사람들이 땅값을 올려놨습니다.

결국 부동산 소개를 포기하고 혼자서 찾아 나설 수밖에 없었습니다. 고흥 바닷가 시골 마을 곳곳을 누볐습니다. 반농반어를 할수 있는 적지를 찾아다녔습니다. 바다를 옆에 낀 볕 좋고 산세 좋은 마을에서 무작정 발길을 멈춰 동네 어르신들을 만났습니다. 바닷가는 기본 찬거리를 해결하기 좋은 데다 경치 좋은 곳은 민박집하는 데 쓰고 볕 좋은 곳은 농사짓는 데 쓸 수 있기에 더할 나위 없는 호조건입니다.

마을 어르신들은 생면부지인 제게 속사정을 있는 그대로 가감 없이 털어놨습니다. 혹 투기꾼인가 싶어 곁눈질로 보는 어르신들도 있었지만, 대부분은 친절하게 속마음을 받아주며 상세한 정보를 내줬습니다.

이름이 기억나지 않는 한 마을의 정자나무 아래에서 만난 할아버지에게는 살아온 얘기를 두 시간 넘게 늘어놓기도 했습니다. 할아버지는 첫 만남에 삶의 이력을 주절주절 늘어놓는 제게 '별 싱거운 놈 다 보겠네'라는 표정으로 말했습니다.

"첨 보는 사람인디, 어디 가서도 살아온 얘기를 그렇게 다 하는 갑소?"

어느 시골길에서는 소달구지를 타고 가는 노부부를 만나기도 했습니다.

"사진 좀 찍어두 돼유?"

"찍어요 찍어. 지난번에는 방송국에서도 찍어 갔는디……."

할머니는 수줍은 새색시처럼 고개 숙이고, 할아버지는 껄껄 웃으며 자랑스럽게 우마차를 몰았습니다.

"어디서 왔소?"

"공주에서요."

"공주요? 충남 공주라구요? 아이고 이 먼 디까지 뭔 일로 왔소이."

"혹시 이 동네에 농사짓고 살 만한 땅이나 빈집 나온 거 있나 해서유."

"여그요? 여긴 땅 나온 거 없는갑소."

또 어느 마을에서는 제 손을 이끌고 논으로 안내하던 할아버지가 있었습니다. 할아버지는 논길을 걸으며 공부 잘하는 아들 자랑을 늘어놨습니다.

"우리 막내가 공주대학교에 다니는디요."

"그래요? 제가 공주에서 왔는디."

"이 땅 좀 팔았음 쓰겠는디요. 그놈이 요번에 대학원에 들어갔는디, 아직두 하숙방을 못 구해줬소."

"공주대학교는 다른 대학에 비해 학자금이 싼 걸루 아는디유."

"그래두 이것저것 들어가는 게 많은갑소. 이거 한 해 농사지어 봤자 돈 나오는 구멍은 빤하구."

할아버지의 땅은 경지 정돈이 잘 된 논 한가운데 있었기에 집을 짓기 어려운 자리였습니다. 발길을 돌릴 수밖에 없었습니다. 할아

행운 : 우연이 안겨준 운명의 터

버지에게 미안했습니다. 할아버지는 쓸쓸하게 뒷짐을 진 채 논을 한참 바라보고 있었습니다. 평생 뼈 빠지게 농사지어온 논이었을 것입니다. 그런 논을 팔아야 할 처지인데 나서는 사람조차 없으니 그 심정이 오죽할까 싶었습니다. 가슴이 답답했습니다. 미안하고 죄송스런 마음에 쓸쓸하게 돌아서는 할아버지에게 다가갔습니다.

"거시기 막내 아드님이 무슨 과 다니는디요?"

"글쎄, 무슨 과라드라? 잘 모르겄는디. 왜 그요?"

"제가 공주 사니께, 만나서 밥 한 끼라도 같이 먹고 싶어서요."

아들이 무엇을 전공하는지조차 모르는 순박한 할아버지에게 해 줄 수 있는 것은 아무것도 없었습니다. 저는 할아버지의 논을 빠져나와 다시 살 구멍을 찾아다녀야만 했습니다.

그렇게 여름이 다 지나가던 어느 날, 내심 포기하고 있던 부동산에서 아주 값싼 땅이 나왔다는 연락이 왔습니다. 늘 그래왔듯이 인터넷에서 제공하는 위성사진으로 위치를 확인해보니 바닷가에 자리한 밭이었습니다. 저는 저대로 농사를 실컷 지을 수 있고, 아내 또한 원하는 민박집을 꾸릴 수 있는 자리로 보였습니다.

이번에는 아내와 함께 작심을 하고 고흥 길에 나섰습니다. 하지만 막상 가보니 위성사진으로는 확인할 수 없는 급경사 땅이었습니다. 집 짓고 평생 터를 일궈 살기에는 가당찮아 보였습니다.

땅을 둘러보고 나자 날이 어둑어둑해지기 시작했습니다. 내친 김에 하루 이틀 더 둘러볼 심사로 민박집을 찾았으나, 고흥 길에 나설 때 돈 아끼겠다며 도시락까지 싸온 아내는 민박집을 거부했습니다.

"텐트 가져왔는데 왜 돈 들여 민박집에서 자려구 그래?"

"혜 참, 민박집 하겠다는 사람이……. 민박집도 먹고살아야지."

텐트 칠 곳을 찾아 외나로도 대교를 건넜습니다. 일전에 큰아이 인효 녀석과 함께 밤낚시를 하며 하룻밤을 보낸 바닷가로 향했습니다. 나로도 주변에는 도로 공사가 한창이었습니다. 지명이 기억나지 않는 그곳은 산 넘고 산 넘어 고불고불한 비포장 길을 달려야 나오는데, 아내는 차 한 대 오가지 않는 어둠 속에서 울퉁불퉁한 비포장 길을 달리니 짜증을 내기 시작했습니다.

"어디 적당한 곳에 차 세우고 텐트 치면 안 돼?"

"조금만 더 가믄 나오니께 기다려봐."

"아까도 조금만 더 가면 된다고 하더니만……."

거의 다 왔다고 해놓고 한참을 달리다가 "어? 여기가 아닌개벼? 밤길이라서 헷갈리네" 하니 아내의 불만이 극에 달했습니다.

"에이 참, 그냥 돌아가자! 차도 없고 마을도 나오지 않는데."

"쪼금만 더 가믄 된다니께."

내비게이션인가 뭔가 하는 길 안내 장치도 없이 우여곡절 끝에 목적지에 도착했습니다.

"야, 역시 나는 동물적인 감각이 있어. 두 번째 오는 곳인디, 그것도 어둠 속에서 떡하니 제대로 찾아왔구먼. 여기서 아침에 일어나면 기가 맥힌다니께. 눈앞에 바다가 탁 펼쳐져 있다구."

하지만 그 기고만장함은 곧 바람 앞의 등불 신세가 됐습니다. 차문을 열자마자 거센 바닷바람이 불어 자동차 문짝을 부숴버리겠다는 듯이 '꽝' 하고 닫아버렸습니다.

"어? 바람이 엄청 부네……."

저는 아내의 눈치를 살폈습니다. 아내는 어치구니없다는 표정으로 닫힌 자동차 문짝처럼 입을 봉한 채 고개를 외로 꼬고 있었습니다.

"에이, 안 되겠네. 여기다가는 텐트 못 치겠네. 여기 경치가 그만인디……."

"……."

"그냥 갈까?"

"……."

"바람이 세서 안 되겠지잉."

"당신 낚시하고 싶어서 여기까지 온 거지?"

아내가 정색을 하며 말했습니다.

"거시기 낚시도 하고, 텐트 쳐놓고 파도 소리도 듣고 그럴려구 그랬지. 경치도 좋고 해서……."

"이런 데다 텐트 치겠다고? 바람이 저렇게 부는데, 차문도 못 열 정도로……."

"바람이 이렇게 심할 줄 몰랐지."

"바람이 불지 않아도 그렇지, 어떻게 이런 데다 텐트를 치겠다는 거야?"

"널찍하니 좋잖아? 그냥 여기 차 옆에다가 치면 된다니께. 방파제라서 판판하니 텐트 치기도 좋구. 가로등도 있어서 좋구. 전에 인효하고 왔을 때는 그냥 차 옆댕이에다가 깔판 펼쳐놓고 잤다구."

"순전히 낚시하려구 왔으면서."

"인효 엄마는 어차피 잘 거잖아. 기왕 바닷가에 온 거, 낚시 좀 하면 어때서 그려. 큰 고기 잡아서 당신 좋아하는 회도 먹을 수 있고. 또 뭐냐, 암튼 아침에 일어나면 여기 경치가 좋다니께."

"좋기는 뭐가 좋아, 캄캄하니 바람만 불고 있구만."

"하 참, 밤이니까 그렇지. 여유 있게 좀 살자, 여유 있게. 당신은 너무 성질이 급해서 탈이라니께."

"뭐라구? 바람 때문에 밖으로 나서지도 못하고 있는데, 지금 그런 말이 나와?"

급기야 성질 급한 아내가 폭발했습니다. 그렇잖아도 느려 터진 남편 때문에 답답해하던 아내였는데 여유 있게 살자는 말을 시도 때도 없이 주절거리니 열불이 날 일이었겠지요. 결국 차를 돌려 그 삼삼한 바닷가 방파제에서 나와 서로 자신의 입장만 늘어놓으며 싸웠습니다.

그렇게 외나로도 대교를 건너 도무지 어디가 어딘지 분간할 수 없는 고흥 길을 어둠 속에서 뱅뱅 돌았습니다. 길이 나오면 길인가

행운: 우연이 안겨준 운명의 터

싶어 달렸지요. 길 끝에 다다르면 "어? 여긴 도로가 아닌개벼" 하고는 차를 돌려 또 달렸지요. 그렇게 낯선 길을 한두 시간쯤 헤매다 아내가 결론을 내렸습니다.

"그냥 아무 데나 세워. 너른 데 나오면 거기에다 텐트 치자."

"그려 그럼."

그렇게 합의를 보고 길가에서 텐트 칠 만한 너른 공터를 찾았습니다. 하지만 적당한 곳이 나오지 않아 한 시간쯤 더 헤맸습니다. 한참을 헤매다가 어느 해수욕장(나중에 그곳이 도화면 발포해수욕장이라는 것을 알게 됐습니다) 근처에 도착했습니다. 끝물이긴 했지만 여전히 신 나는 음악소리에 들떠 있었습니다. 텐트 칠 곳을 찾았지만 쉽지 않았습니다.

"여기 돈 받는 거 아냐? 그냥 돌아가자."

"그려 그럼."

해수욕장에서 나와 1킬로미터쯤 떨어진 큰 도로에서 콘크리트 포장길이 나오기에 그냥 냅다 차를 몰았습니다. 헌데 200미터도 채 못 가서 길이 막혀버렸습니다. 차에서 내려 두 눈 껌뻑이며 살펴보니 주변이 온통 밭이었습니다. 우리가 들어선 길은 농로였던 것입니다. 어둠 속이라서 차를 돌리기가 쉽지 않았습니다.

"그냥 여기서 자자."

"그러지 뭐."

텐트 칠 만한 자리도 나오지 않았습니다. 임기응변에 능한 아내가 자동차 뒷좌석을 이렇게 저렇게 하니 앞쪽으로 착 접혔습니다. 우리 차는 막내 동생이 끌고 다니다가 어느 해인가 인도에 간다며 건네준 열댓 살 먹은 낡은 갤로퍼 승용차입니다. 저는 이 차를 5년 가까이 끌고 다니면서도 잠잘 수 있을 만큼 너른 공간이 나온다는 것을 알지 못했던 것입니다.

"그냥 잘 만하지?"

"어? 어떻게 한 거여? 야, 널찍하니 좋은데……."

그렇게 우리 부부는 어느 해수욕장 근처 밭 한 귀퉁이에서, 그것도 자동차 안에서 총총한 밤하늘의 별을 보며 잠을 청했습니다. 하지만 아내보다 길고 넓적한 체구를 가진 저는 쉽게 잠을 이룰 수 없었습니다. 안개 자욱한 새벽녘, 꾸부러진 다리와 허리를 펴고 부스스 일어나자 아내도 일어섭니다.

"인효 엄마는 그냥 더 자. 장소 옮겨야겠어."

"그냥 더 자고 옮기지."

"농사짓는 사람들은 새벽부터 일허니께, 길 비켜줘야 혀."

아내는 그대로 침낭을 덮어 다시 잠을 청했고, 저는 덥수룩한 수염에 봉두난발한 머리로 자동차를 몰아 해변 도로를 달렸습니다. 자동차 머리맡에 붙은 거울을 통해 곤히 잠든 아내를 봤습니다. 이상하게도 안쓰럽다는 마음이 들지 않았습니다. 집시 부부가 따로 없었습니다. 갑자기 큰 웃음이 터져 나왔습니다. 저는 미친놈처럼 혼자 웃어 젖혔습니다. 아내는 웃음소리에 부스스 일어나 창밖을

행운 : 우연이 안겨준 운명의 터

두리번거리다가 문득 운전석 머리맡의 거울을 봤는지 배시시 웃으며 그럽니다.

"아이구 머리채 좀 봐, 우리가 꼭 집시 부부 같네."

"햐! 나두 그 생각했는디!"

다시 웃음이 터져 나왔습니다. 새벽 공기만큼이나 기분이 참 좋았습니다. 남을 의식하는 관습 따위를 훌훌 벗어던진 아내가 자유로워 보였기 때문입니다. 어쨌거나 그날의 잠자리는 아내 스스로 선택한 '민박'이었으니까요(아내는 훗날 사람들에게 이날의 '집시 행각'을 재미 삼아 두고두고 떠벌렸습니다).

그래도 이날은 10여 년 전, 공주에서 빈집을 구하러 다닐 때에 비하면 양반이었습니다. 그때는 자동차는 고사하고 운전면허증도 없어 버스를 타고 시골 구석구석을 찾아다녔습니다. 두어 살 먹은 큰아이는 제가 안고 작은놈은 아내가 남산만 한 뱃속에 모셔놓고 수없이 빈집을 찾아다녔으니까요.

어쨌거나 저는 집시 같은 행색으로 차를 몰다 세면을 하기 위해 어느 마을 해변에 들어섰습니다. 백사장이 아담하게 펼쳐진 작은 해수욕장이었습니다. 아내가 인적 드문 해수욕장에 설치된 간이 수돗가에서 세면하는 동안 저는 느긋하게 담배를 피워 물고 있었습니다. 그때 마을 주민으로 보이는 60대 초반의 아저씨가 저만치에서 양동이와 낚싯대를 들고 가는 것이 보였습니다.

저는 차 안에 있던 낚싯대를 주섬주섬 챙겨 해수욕장 옆 갯바위 고흥의 아침 해.

나로도 방향에서 떠오릅니다.

에서 낚시 준비를 하는 아저씨에게 다가갔습니다. 생각대로 아저
씨는 이 마을 주민이었습니다. 지금껏 그래왔듯, 공주에서 생활하
며 이런저런 일로 먹고사는 아무개인데 평생 살아갈 터를 구하러
다닌다는 속사정을 털어놨습니다. 그런데 아저씨 말이 마을에 우
리가 원하는 터가 있을 것 같다는 것이었습니다.

"집에 갔다 올 테니께 있다가 보소."

아저씨는 '깔따구'라 불리는 농어 새끼 몇 마리를 잡아 되돌아
가며 그 터를 소개해주겠다고 했습니다. 그 터는 마을에서 1킬로
미터쯤 떨어져 있었습니다. 본래 논자리였던 곳을 밭으로 일궈놨
는데, 야트막한 산이 터를 감싸고 있었습니다. 동남향으로 자리한
앞산은 풍만한 젖가슴처럼 둥그렇게 놓여 있었고, 멀리 보이는 뒷
산 역시 너른 품에 부드러운 산세로 펼쳐져 있었습니다.

게다가 터에서 300미터 정도 거리에 아주 작은 해변이 기가 막
히게 펼쳐져 있었습니다. 바로 이곳이다 싶을 정도로 맘에 쏙 드는
자리였습니다. 아내는 한적한 해변을 찾는 사람들을 위해 민박집
을 꾸릴 수 있었고, 저 또한 평생 원 없이 농사지을 수 있는 자리였
습니다. 1500평에 평당 2만 원. 땅값이며 평수가 우리가 원했던
것과 얼추 맞아떨어졌습니다.

하지만 이것은 시작에 불과했습니다. 드디어 평생 살 만한 터를
찾았구나 싶어 좋아했지만, 우리는 그야말로 대책 없는 부부였습
니다. 첫눈에 반한 그 터를 구입하는 데 법적인 하자가 없다 하더

라도, 민박집은 고사하고 당장 의식주를 해결할 집을 마련하는 게 문제였습니다.

소작농에서
대지주로

평소 가깝게 지내던 건축사가 고개를 가로저었습니다.

"그 땅에다가 집 짓기는 어렵겠는데요. 자세한 것은 좀 더 알아봐야겠지만 지적도상으로 보면 도로가 없는 맹지로 돼 있네요."

"비포장 길이 터에 맞닿아 있는디도 맹지유?"

"길이 있다 해도 지적도상에 도로로 돼 있지 않으면 건축 허가가 나질 않습니다."

3년 가까이 헤맨 끝에 맘에 쏙 드는 새 터를 찾았는데, 그곳이 하필 맹지(도로가 아닌 타 지번의 토지로 둘러싸인 토지)라는 것입니다. 주변 경치는 말할 것도 없고, 좋은 터의 첫째 조건인 물이 풍부해 가뭄 걱정하지 않아도 될 넉넉한 '둠벙'을 갖추고 있는 데다 농업용 전기까지 설치돼 있는 곳을 겨우 찾았는데 건축 허가가 나질 않는 맹지라니 이게 뭔 날벼락인가 싶었습니다.

"방법이 없을까요?"

"일단 군청이나 면사무소에서 상세한 것을 확인해보세요. 지방마다 건축 허가에 대한 조례가 조금씩 다르니까 좋은 방법이 나올 수도 있습니다."

그동안 여기저기 돌아다니며 살 만한 땅이다 싶은 데를 만나도 전기가 들어오지 않거나 전기가 들어와도 물이 나질 않았습니다. 또 제 맘에 들면 아내가 원치 않았고, 아내 맘에 드는 땅은 제가 원치 않았습니다. 이것저것 조건이 다 맞는다 싶으면 땅값이 감당할 수 없을 만큼 비싼 곳이었습니다. 이제 겨우 값도 싸고 우리 둘 모두 맘에 쏙 드는 땅을 찾아 한시름 놨다 싶었는데 더 큰 한숨이 곱절로 나왔습니다.

건축사 말대로 무작정 면사무소를 찾아갔습니다. 담당 직원에게 터의 지번을 알려줬더니 친절하게 커피까지 권하며 이런저런 관계 서류를 뒤적이더군요. 그러더니 묻지도 않은 귀농 혜택 정보까지 상세하게 곁들여 희망의 불씨를 지펴줬습니다.

"우리 면으로 이사 오신다니 고맙죠. 그 터에 물려 있는 비포장 농로가 임야로 돼 있는데, 그 주인에게 토지 사용 승낙서를 받아오면 가능하겠는데요."

고흥에서 살고 싶은 까닭 중 하나가 인심 때문이었습니다. 아무리 명당이라 할지라도 거기에 눌러 사는 사람이 고약하면 무슨 소용이 있겠습니까? 고흥 초입에 들어서면 이런 문구가 새겨져 있습니다. "고흥이 아름다운 건 당신이 아름답기 때문입니다." 그랬습니다. 고흥이 아름답게 다가온 것은 바다를 끼고 있는 절경도 절경이지만, 사람들의 후덕한 인심 때문이었습니다.

어떤 이는 외진 곳이다 보니 고흥 사람들이 타지 사람을 경계한다 하지만, 제가 만난 사람들은 전혀 달랐습니다. 고흥 땅을 헤매고 다닐 때 열에 일곱은 아주 친절한 사람들을 만났습니다. 길을 묻는 낯선 이방인에게 웃는 얼굴로 상세히 알려줬고, 어떤 이는 아예 길잡이를 자청하고 나서기도 했습니다. 포두면에 있는 한 낚시점에서 바다낚시용 갯지렁이를 사려는데 지금은 겨울철이라 살 필요가 없다며 상세한 낚시 정보까지 알려주기도 했습니다.

특히 포두면사무소 직원들은 더할 나위 없이 친절했습니다. 이전에 살던 곳에서는 어쩌다 면사무소에 볼일을 보러 갈라치면 최대한 공손한 자세로 공무원들을 대하리라 다짐해야 했습니다. '공무원들이 불친절하더라도 참고 또 참아야 하느니라' 하며 스스로 마음을 다잡아야 했던 거죠.

마을 앞 해수욕장에서 만나 터를 소개해준 서군섭 씨는 두 팔 걷어붙이고 토지 사용 승낙서를 받는 데 도움을 주겠다며, 자신의 집에서 하룻밤 머물러 가라고 권하기도 했습니다.

"아, 우리 마을로 이사 온다는디 당연히 협조해야지. 거기에다 중학생이 둘이나 늘어나는디. 걱정 마소. 다 잘 될 테니께."

제가 매입할 땅 주인 역시 비포장 농로의 토지 사용 승낙서를 받아줄 테니 아무 걱정 말고 계약서를 쓰자 했습니다. 하지만 저는 귀동냥으로 들은 법적 문제를 들먹이며 그를 쉽게 믿지 못했습니다.

"건축 허가가 나질 않으면 아무 소용이 없어서 말유. 집을 지으려면 먼저 토지 사용 승낙서부터 받아놔야 한다는디요."

"뭐시 그리 사람을 못 믿소. 그 땅이 우리 형님 땅이라 안 하요. 걱정 마소. 계약하고 나서도 늦지 않아요."

"그래두 그게……."

"아따 속고만 살었소?"

"거참, 속고 안 속고 문제가 아니잖습니까?"

기분이 팍 상해 큰소리를 쳤지만 속으로 뜨끔했습니다. 사람이 사람을 믿지 못하는 세상이라며 한탄하곤 했던 작자가 바로 저인데, 그깟 인감도장 찍힌 종이 한 장 받아내기 위해 사람을 믿지 못하고 있던 것입니다.

공주에서 빈집을 구할 때는 건축물 등기 이전도 하지 않은 채 생면부지의 집주인을 믿고 약식 계약만 한 채 10여 년을 별일 없이 살았는데, 새 터를 구하는 동안 알게 모르게 사람에 대한 불신을 키워왔던 것입니다. 그것은 다른 사람의 문제가 아니었습니다. 바로 저 자신의 문제였습니다.

그것은 두려움 때문입니다. 불신은 욕심과 두려움에서 비롯됩니

행운: 우연이 안겨준 운명의 터

다. 스스로를 믿지 못하기 때문입니다. 욕심과 두려움에 눈이 멀어 자기 자신조차 믿지 못하는 것입니다. 토지 사용 승낙서를 먼저 받아야 한다고 고집하면서 땅 주인을 믿지 못한 것은 저를 믿고 성심성의껏 친절을 베푼 사람들에 대한 배신이기도 했습니다.

계약을 미루고 공주에 눌러앉아 스스로에 대해 한없이 부끄러워하며 '그냥 계약서를 쓸까?' 전전긍긍하고 있는데, 때마침 땅 주인이 부산에 산다는 임야 주인의 인감도장이 찍힌 토지 사용 승낙서를 받아냈다는 전화가 걸려왔습니다.

미안한 마음을 감추고 적당한 날을 잡아 고흥으로 내려갔습니다. 서류 챙기는 데 젬병인 제가 못 미더웠는지 아내도 따라나섰습니다. 면사무소에서 땅 주인을 만나 토지 사용 승낙서를 확인하고 계약금을 건넸습니다.

"계약서 써 드릴까요?"

"에이, 그냥 됐습니다."

계약서 얘기를 꺼내자 문득 "아따 속고만 살았소?"라던 그의 말이 떠올라 돈만 건네고 헤어졌습니다. 며칠 후 잔금을 주기로 약속하고 공주로 돌아오는 길에 종이 한 장 받지 않고 선뜻 계약금 500만 원을 건넨 아내가 뭔가에 홀린 기분이라며 뒷말을 흐립니다.

"계약서 안 써도 될까? 괜찮겠지?"

"그럼 괜찮지. 수많은 사람 중에 한두 놈이 사기 치고 그러니께 괜히 불안해지는 겨. 괜찮어. 그 양반 계약금 떼먹을 사람 아녀. 만에 하나 문제가 생기면 그 땅은 어차피 우리하고 인연이 없는 겨."

"그렇지? 그렇게 생각하니까 편하네."

"근디 당신은 왜 계약금 내줄 때 가만있었던 겨? 계약서라도 받으려고 따라온 거 아녀?"

"그랬는데, 인효 아빠가 됐다고 해서 나도 그냥 그래도 될 거 같았지"

솔직히 돈을 건네고 돌아서는 순간 저 역시 아내처럼 마음 한구석이 찜찜했습니다. 다만 속고만 살았냐는 그 한마디를 더 이상 듣고 싶지 않았던 것뿐입니다.

며칠 후 잔금 지불하며 토지매매계약서를 쓰기 위해 다시 고흥으로 내려갔습니다. 계약서 같은 서류 작성에 눈뜬장님이나 다름없는 우리 부부는 한때 법무사 사무소에서 일하다가 지금은 신용카드 회사에 다니고 있는 아내 친구의 도움을 받기로 했습니다.

그리고 그날 이런저런 서류를 갖춰 아무 이상 없이 토지를 매입할 수 있었습니다. 등기소에 서류를 제출하고 땅 문서를 챙겨 돌아오면서, 도우미를 자처한 아내 친구의 권유를 거절할 수 없어 원치 않는 신용카드도 난생처음 만들었습니다.

"성영 씨 신용 조회해봤는데 1등급도 아니고 그냥 제로네요."

"그거 등급이 좋다는 거죠? 그동안 은행 돈 빌려 쓰거나 빚진 게 한 푼도 없으니까 그럴 겁니다."

"아니, 그게 아니고요. 그동안 부동산 같은 재산도 하나 없었고, 신

행운: 우연이 안겨준 운명의 터

용거래한 사실도 전혀 없어서 신용카드 쓰는 데 불리하다는 겁니다."

"그동안 이런저런 원고료 받아 농협에 넣어놓고 써왔는디, 그건 신용과는 상관없나요?"

"그런 거하고는 상관없어요."

"결론적으로다 말하자믄 내가 신용이 좋지 않다는 건가요?"

"그렇죠. 1등급에서 10등급까지 있는데 성영 씨는 등급이 나오질 않아요. 그냥 말 그대로 제로죠."

그동안 농약으로 찌든 땅을 소작해 자연농으로 살려 지주들에게 헌납하기 일쑤였습니다. 그래서 드디어 제 농지를 구했다는 마음에 들떠 있었는데, 그놈의 신용카드가 기분을 상하게 했습니다.

"거참, 이상한 세상이구먼. 그럼 돈을 많이 빌려서 이것저것 소비하는 사람들이 신용이 좋다는 얘긴가? 뭐 그런 게 다 있어! 물처럼 급수가 낮을수록 좋은 건 줄 알았는디, 그게 아니었구먼."

가진 것 없어 쓸 돈이 없는 사람은 신용이 없다는 것인가? 순간 저는 소작농에서 땅을 소유한 지주로 대변신했다는 사실을 깨달았습니다. 고리대금업자들의 잣대로 판단하는 그놈의 '신용'이라는 게 생긴 것입니다. 저 역시 가진 자들만 누린다는 신용 등급이 생길 것입니다. 그 신용 때문에 좀 더 벌고 좀 더 쓰게 될지도 모릅니다. 불쌍한 중생, 그렇게 되면 좀 더 많은 일에 짓눌려 골머리를 앓겠지요.

그날 이후, 13년을 살아온 공주 땅을 떠난다는 소식에 이별주를 청해오는 자리가 부쩍 늘어났습니다. 저는 그때마다 주변 사람들에게 고해성사하듯 주절거렸습니다.

"나 이제 지주 됐슈. 평당 2만 원짜리라고는 하지만 그 땅이 싸든 비싸든 간에 1500평이나 소유한 대지주가 됐단 말유. 우리 집 마누라 말대로 사기 쳐서 산 것도 아니고 주식 따위를 부풀려 산 것도 아닌데, 기분이 왜 이렇게 찝찝한지 모르겠네유."

어느 개그맨의 술 취한 연기를 빌리자면 '뼈 빠지게 일하는 소 작농들이 그 대가를 제대로 받지도 못하는 데다 신용까지 얻지 못하는 이 더러운 세상에서' 말입니다. 그럼에도 저는 남편으로서 자식으로서 기쁠 수밖에 없었습니다. 땅을 구입하자 가장 좋아한 사람이 아내와 어머니였기 때문입니다.

아내는 소박한 삶이 어쩌니 저쩌니 하며 돈벌이와는 담을 쌓고 살아가는 못난 남편 만나, 빗물이 줄줄 새는 허름한 시골집에서 자식들에게 입힐 옷도 직접 만들며 남몰래 돈을 모아왔습니다. 또 어머니는 소작농인 아버지를 만나 7남매 먹이고 입히고 가르치랴 힘겨운 세월 보내며, 평생 자기 땅 한 평 갖지 못한 분이었습니다. 1500평이라는 너른 땅을 구입해 먹지 않아도 배부르다는 아내의 자랑에 팔순을 넘긴 어머니는 목이 메어 말을 잇지 못했습니다.

"아이구 에미야, 그려 그려 잘했다 잘했어. 내 소원풀이를 니가 했구나."

행운: 우연이 안겨준 운명의 터

가진 게 없기에
까다로웠다

터를 구하고 나서 가장 먼저 나무부터 심었습니다. 공주 집 뒤로 호남고속철도가 뚫리게 되면 무지막지한 굴착기에 짓뭉개질 어린 소나무 몇 그루를 비롯해 어린 뽕나무, 오가피나무, 매실나무 몇 그루를 옮겨 심었습니다.

"아, 얼른 집 짓고 이사 와서 같이 삽시다."

터 앞에는 이미 1년 전에 집 짓고 이사 온 박 씨 부부가 살고 있었는데, 외진 곳에서 부부만 달랑 생활하는 것이 만만치 않았던 모양입니다.

외진 곳에 대한 불안감으로 가스총까지 갖춰놨다는 박 씨 부부에게서 저녁 식사 대접을 받고 공주로 돌아오는 길에 동네 구멍가게에 들러 담배를 사려는데, 그 앞에 쪼그려 앉아 있던 어르신이 빤히 올려다보며 물었습니다.

"첨 보는 양반인디, 어디서 왔소?"

"공주에서요."

"충남 공주? 아따 멀리서 왔구만. 이 동네 누구 아는 사람이 있소?"

"아뉴, 아무도 없는디요. 이제 마악 이웃들이 생기고 있네요."

"뭘 하는 양반인가?"

봉두난발한 머리채에 덥수룩한 수염을 기른 제 꼴이 어르신의 호기심을 자극했던 모양입니다.

"글도 좀 쓰고, 농사도 좀 짓고, 바다 일도 배워가며 인저 이 동네서 살 건디요."

"이 동네서? 어디로 이사 오는가?"

"아직 집은 없는디 저기 바닷가 안쪽 있잖유. 거시기 그 터를 만나는 데 3년이나 걸렸다께요."

밑도 끝도 없이 터를 구하는 데 3년 가까운 세월을 보냈다고 푼수처럼 말하자 동네 어르신이 마뜩찮다는 투로 말했습니다.

"뭐 그렇게 까다롭게 땅을 구하러 다녔데요이. 어디든 정 붙이고 살믄 고만이지."

"그러게 말입니다."

그 '어디든'이 바로 이 동네라고 말하려다가 그만뒀습니다. 언젠가 친구 녀석도 그런 말을 했습니다. 어디든 눌러 살면 그만이지 뭘 그리 까다롭게 땅을 보러 다니느냐고요. 그랬습니다. 아주 까다롭게 땅을 구하러 다녔습니다. 먼저 가진 돈에 맞춰야 했습니다. 그리고 개발 염려가 없는 땅을 찾아야 했습니다.

하지만 대대로 물려받은 땅도 있는 데다 수억 원짜리 아파트에서 생활하는 그 친구는 모를 겁니다. 가진 게 별로 없으면 까다로워질 수밖에 없다는 걸 말입니다.

그는 모를 겁니다. 먹고 입고 자는 규모를 줄일 수만 있다면 가진 게 별로 없는 사람이야말로 대자연을 누리며 살아갈 수 있다는 걸 말입니다. 또 가진 게 별로 없는 사람이야말로 정말 좋은 땅을 구할 수 있다는 것도 모를 겁니다. 그는 좋은 땅의 개념을 투자 가치가 있느냐로 보기 때문입니다. 투자 가치가 있는 땅은 개발과 관련돼 있기 마련입니다. 결국 그 땅은 좋은 땅이 아닙니다. 언젠가는 망가지는 땅입니다. 자연과 어울려 사람이 살 만한 땅이 아닙니다. 돈으로 환산되는 땅은 생명 차원에서 보면 죽어가는 땅입니다. 그런 땅은 자금이 넉넉하면 얼마든지 쉽게 구할 수 있습니다. 까다롭게 구할 필요가 없는 거죠.

새 터를 구하러 다니면서 새삼스럽게 확인한 것 중 하나가 대한민국은 개발 천국이라는 것입니다. 생명이 살아 있는 강줄기를 무지막지하게 후벼 파내 죽음의 삽질을 하고 있듯이, 구불구불 생동감 넘치는 시골길을 반듯하게 뚫어 큰 도로로 만들고 있습니다. 시골 구석구석 큰 도로가 닿지 않은 곳이 별로 없을 정도입니다.

누가 빨리 달릴 수 있나 달리기 시합이라도 하듯 큰 도로 옆에 고속도로까지 뚫고 있습니다. 큰 도로가 닿은 곳은 상대적으로 땅값이 비쌉니다. 개발의 손길이 닿은 큰 도로를 피하면 상대적으로 땅값이 싼 편입니다. 큰 도로가 온 국토에 거미줄처럼 이어져 있기에 값싼 땅을 찾기가 쉽지 않아 결국 까다롭게 구할 수밖에 없는 것입니다.

전남 고흥은 대도시에 비하면 교통의 오지라 할 수 있는 곳입니다. 게다가 우리 가족이 찾은 새 터는 개발될 염려가 거의 없는 오지입니다. 새 터로 들어서려면 바다를 옆에 낀 구불구불한 산길을 거쳐야 합니다. 마을에서 1킬로미터 이상 떨어져 있어 전화선도 들어오지 않습니다. 터로 이어지는 도로는 아직 콘크리트 포장도 돼 있지 않습니다. 지적도상에 도로와 맞닿은 땅이 거의 없어 투자 가치가 없는 오지지만, 자연환경은 더할 나위 없이 좋습니다.

터를 구하기 전, 값싼 땅을 찾아다니는 것이 안타까웠는지 어떤 이는 임야를 권하기도 했습니다. 임야는 논밭에 비하면 아주 싼 편입니다. 하지만 임야를 구하면 산을 훼손해야 합니다. 온갖 나무들을 베고, 굴착기를 동원해 산을 허물어 터를 다져야 합니다. 그렇게까지 해가며 보금자리를 일구고 싶지는 않았습니다.

"임야를 원치 않으면 경매로 나온 땅을 아주 싼 값에 구할 수도 있는데, 그것도 한번 알아봐요."

행운: 우연이 안겨준 운명의 터

잘 아는 후배가 고리대금업자들, 즉 금융기관에서 내놓은 경매 물건들을 권하기도 했습니다. 땅 구하러 다니는 데 지칠 대로 지쳐 있던 터라 그 말대로 한동안 경매 사이트를 기웃거리기도 했습니다. 경매로 나온 매물들은 일반 땅 시세의 반도 안 됐습니다. 하지만 그것도 마땅치 않았습니다.

"대부분 가슴 아픈 땅들일 틴디, 나는 그 짓 못허겄어."

후배가 혀를 찼습니다

"어이구 성님, 이것저것 따지면 어느 세월에 땅을 구할 수 있겠어요?"

"그런 아픈 땅에다가 어떻게 희희낙락 농사지으며 살 수 있겠어?"

"그래도 누군가는 그 땅을 매입할 텐데, 차라리 성님이 구입해서 그분들한티 잘해드리면 되잖아요."

"그게 말처럼 쉽겠어. 그렇게 한다 해도 결국 그 사람하고 한동네에서 얼굴 마주보며 살아야 허는디, 그 양반이 오가며 그 땅을 보면 얼마나 가슴 아퍼하겠어. 아이구 나는 그 짓 못혀."

막상 땅을 손아귀에 쥐면 그게 말처럼 쉽지 않을 것이었습니다. 싼 땅을 구하겠다고 경매 물건에 손을 댄 사람이 생면부지의 사람에게 자비를 베풀 수 있을까요? 애초에 그런 자비로운 마음이 있다면 경매 물건 따위를 기웃거리지 않을 것이었습니다. 저 또한 그런 자비를 베풀 만큼 너그럽지 못했습니다.

"그러면 투기하는 사람들이 은행에 잡혀 나온 매물도 있다고 하던데 그걸 한번 찾아봐요."

"그걸 어떻게 찾겠어? 아이구 경매 사이트 뒤적이다 보니께 머리에 쥐가 날려구 그려. 그냥 경매는 그만둘 텨."

"개처럼 벌어 정승처럼 쓰라는 말도 있잖아요."

"나는 그럴 자신도 없고, 그 말 안 믿어."

하루 세 끼 먹고 사는 것으로 만족한다는 선배가 있었습니다. 도를 닦는다던 그 선배는 나중에 알고 보니 수천 평의 땅이 있었습니다. 주식으로 돈을 벌어 좋은 사업을 벌이겠다며 후배들까지 동참시키더니 결국 투자에 실패해 낭패를 보기도 했습니다. 개처럼 벌어 정승처럼 쓰겠다는 심사였겠죠.

저는 그 말을 믿지 않습니다. 간혹 이 일 저 일 가리지 않고 피땀흘려 번 돈을 사회에 환원하는 분들을 두고 그 말을 갖다 붙이곤합니다. 하지만 그분들이 사회에 환원한 돈은 개처럼 번 것이 아닙니다. 사람답게 번 돈입니다. 사람답게 벌었기에 사람답게 쓸 수있는 것입니다.

사실 저는 그 선배처럼 좋은 일에 쓰겠다며 주식에 투자할 만큼의 여유 자금도 없었습니다. 그는 주식 투자에 실패해 돈도 비우고마음도 비울 수 있었는지 모르지만, 저는 비울 것도 날릴 것도 없었습니다. 그럼에도 저는 그들이 누리지 못하는 것을 누릴 수 있습니다. 산과 바다와 대자연입니다. 교통 불편한 오지에 땅을 구할수 있었던 것은 그들보다 덜 가진 특권 때문이기도 합니다.

자식 교육 문제를 묻는 이들이 있지만 걱정할 필요 없습니다. 시골 마을의 작은 학교에서는 선생님에게 고루 사랑받으며 지낼 수 있고, 친구들과 죽어라 경쟁하지 않아도 됩니다. 바닷길을 따라 삼삼한 등굣길이 늘 열려 있습니다. 게다가 바다는 거대한 도화지를 돈 한 푼 받지 않고 제공합니다. 어느 때건 물이 빠지면 해변으로 달려가 맘껏 그림을 그릴 수 있는 영구 재생 도화지입니다. 그림에 소질이 있는 작은아이, 글 쓰는 데 관심이 많은 큰아이에게 이만한 교육 환경이 또 어디에 있을까요?

그렇다면 땅과 바다를 통해 어떻게 먹을거리를 해결할 것인가 하는 문제가 남아 있었습니다. 그동안 그래왔듯이 구체적인 계획은 없었습니다. 하지만 분명한 것은 뭔가 하게 되리라는 것이었습니다. 맘껏 갈아먹을 농토가 있고, 산과 바다가 있으니까요. 산에 나물 캐러 다니고, 바다에서는 조개를 캘 수 있습니다. 미역이나 톳을 뜯고 고기를 잡아 어느 정도 찬거리를 해결할 수 있습니다. 아내에게 말했다가 늘 된통 당하기 일쑤인 사이비 교주 같은 말로 표현하자면 '큰 욕심부리지 않고 흘러가는 대로 땀 흘려 살다 보면 하늘이 다 알아서 해줄 것'이라 믿습니다.

말은 번지르르하게 하지만, 사실 당장 살 집이 문제였습니다. 몸을 의지할 둥지가 있어야 날갯짓도 할 수 있으니까요.

3000만 원으로
집 짓기

아는 후배에게 땅을 구입해 졸지에 대지주가 됐다고 고해성사를 했더니 걱정스런 눈빛으로 정곡을 찔러왔습니다.

"살 집은 구했슈?"

맘에 쏙 드는 터를 구했지만 문제는 보금자리였습니다. 처자식과 유목민처럼 텐트를 쳐놓고 생활할 수는 없는 노릇이니까요. 통나무 주택을 짓는 처남이 땅을 구해놓으면 남아도는 목자재로 보금자리를 마련해주겠다고 했지만, 이제 땅을 구했으니 집 좀 지어달라고 말할 처지가 못 됐습니다. 그렇다고 당장 집을 지을 만한 자금도 없었습니다.

"일단 내가 먼저 고흥에 내려가서 어떻게 해볼려고 하는디 돈이

행운: 우연이 안겨준 운명의 터

문제지 뭐."

"아이구 성님이 언제부터 돈 걱정을 했대요. 그동안 없으면 없는 대로 잘 사셨잖아요."

"그러게 말여. 뭔가 생기니께 더 머리 아픈 거 같혀. 땅 없을 때가 좋았는디. 인저 내가 했던 말을 돌려받는구먼."

그 어떤 행위든 말이든 주는 대로 돌려받기 마련입니다. 그동안 뭐 그리 잘났다고 후배들과의 술자리에서 주절거리곤 했습니다. 뭔가를 소유하면 할수록 그만큼 사는 게 더 힘들어진다는 말을 입버릇처럼 했는데, 결국 제가 그 판에 끼어들고 있었던 것입니다.

그나마 숨통 트이는 일이 있었습니다. 예전에 가까운 사람에게 빌려줬던 2000만 원을 땅을 구하러 다닐 무렵 돌려받을 수 있었습니다. 그 돈을 합쳐 땅을 구입한 뒤 아내의 통장에 남은 자금은 3000만 원 정도였습니다.

어떻게 되겠지 하는 막연한 심정이었습니다. 만약 빈집을 구하지 못하면 컨테이너 박스 두 개로 우선 살림집을 마련하고, 1년이든 2년이든 시간을 들여 열댓 평 세 칸 집을 지으면 될 것 같았습니다.

먼저 너무 낡아 덜덜거리는 갤로퍼 승용차를 중고 트럭으로 교체하기로 했습니다. 트럭이 있으면 이삿짐 옮기는 데 큰돈 들이지 않아도 되고, 나중에 생활이 어려워지면 개인 용달업이라도 할 요량이었습니다. 하지만 첫 계획부터 빗나가기 시작했습니다. 눈에 불을 켜고 중고차 매매 시장을 둘러봤지만 낡은 갤로퍼와 맞바꿀 만한 중고 트럭은 없었습니다. 그 계획은 현실 감각이 무딘 제 생각에 불과했습니다.

중고차 시장에서는 낡은 갤로퍼를 80만 원밖에 쳐줄 수 없다 하고, 쓸 만한 중고 트럭은 400만~500만 원 이상 줘야 했습니다. 중고 트럭 수출이 호황인 데다 경제 사정이 최악이다 보니 다들 중고 트럭을 선호하고 있었던 것입니다.

땅을 구입한 뒤부터 당장 달려가 농사를 짓고 싶었지만 화중지병(畵中之餅), 즉 그림의 떡이었습니다. 일단 중고 컨테이너부터 구해보자는 심사로 여기저기 기웃거리는데 처남에게서 연락이 왔습니다.

"그동안 바쁜 일이 있어서 연락이 늦었네. 여주에 올라와서 집지을 자재부터 챙겨보게."

경기도 여주의 처가에는 집 짓는 목재들이 산더미처럼 쌓여 있었습니다. 돈벌이가 시원찮은 사위인데도 늘 반겨주는 장모님과 처남에게 미안한 마음을 감추고 쓸 만한 목재를 둘러봤습니다.

아내는 어지간하다 싶을 정도로 꼼꼼하게 챙겼습니다. 창고에 굴러다니는 창호나 문짝은 물론이고 하물며 못이나 수도꼭지까지 하나하나 챙겼습니다. 이것저것 챙겼음에도 부족한 자재들이 꽤 많았습니다. 어떻게든 부족한 부분을 메우며 집을 지을 수 있다고는 하지만 여전히 큰 자금이 필요했던 것입니다. 기둥 올리기는 고사하고 땅을 단단하게 다지는 기초 공사에만 1000만 원을 준비해야 한다는 것이었습니다. 입이 떡 벌어졌습니다.

"걱정 말게. 자네하고 나하고 둘이서 죽었다 생각하고 일하면 될 거네. 내가 따로 생각한 공법이 있으니까 기초 공사에 큰돈 들이지 않아도 돼. 집 짓다가 일손이 부족하다 싶으면 그때그때 사람 쓰면 되고."

처남은 통나무 주택 짓는 데 이골이 나서 목조 주택 짓는 것쯤은 식은 죽 먹기라는 식으로 말했지만, 그래도 이것저것 부족한 것을 메우다 보면 최소 3000만 원 이상 자금이 필요했습니다. 우리가 가진 전 재산을 털어놔야 할 처지였기에 애초 계획했던 중고 트럭은 물론이고 어느 정도 뱃길을 익히고 난 다음 구입하려 했던 중고 낚싯배 역시 엄두를 낼 수 없는 상황이었습니다.

"그냥 열댓 평 정도로 짓죠 뭐."

"에이 무슨 소리야. 30평 정도는 돼야지."

"본래 컨테이너 박스 갖다 놓고 생활하면서 초가삼간 짓듯이 하려고 했는디, 우리 형편에 30평은 너무 큰디요."

"애들도 다 컸는데, 걔들 방도 따로 있어야 하질 않나?"

"그래도 30평은 너무 큰디……."

공주로 돌아와 한껏 들뜬 아내는 당장 설계도면을 그리기 시작했습니다.

"30평은 너무 크지 않어? 돈도 부족한데……."

"그래두 최소한 30평은 돼야지. 오빠가 지어주겠다고 하잖아."

"그동안 20평도 채 안 되는 집에서 널널하게 잘 살았잖어."

"그거하고 다르지."

"집 없는 사람들은 다들 어떻게 살겠어. 집이 크면 거기에 채워 넣어야 할 것도 많아질 거고, 또 청소하려면 힘만 들고……."

"우리 식구만 살 집이 아니잖아. 민박을 하려면 최소한 방 한두 칸은 따로 있어야지."

"민박?"

"이제 와서 왜 딴소리야. 민박집 하기로 했잖어?"

저는 아내가 그토록 노래 불렀던 민박집을 까맣게 잊고 있었습니다.

행운: 우연이 안겨준 운명의 터

새 터의 주인들에게
절을 올리다

집 짓기를 시작하기도 전에 아내가 그린 설계도면을 펼쳐놓고 아침부터 부부 싸움을 벌였습니다.

"민박집 하는 건 더 이상 말리지 않겠는디 방이 너무 비좁잖어. 우리가 잘 거면 몰라도 그런 방에 어떻게 손님을 재울 수 있어."

"좁지 않다니까 그러네. 방 두 칸은 있어야지."

"그래두 그렇지, 그렇게 좁으면 여인숙이나 다름없지."

"두 가족이 놀러 오거나 단체 손님이 온다고 생각해봐. 남자 여자 따로 쓸 방 두 칸은 있어야지."

건축 허가가 떨어지기도 전에 아내는 욕심을 덧붙이기 시작했습니다.

"대부분 아는 사람들이 놀러 올 건디 뭘 그려. 방 부족하면 돈 안 받고 그냥 우리 방 내주면 되잖어."

"그래도 민박집 하려면 방 두 칸은 있어야 해."

"욕심은 끝이 없는 겨. 우리 형편에 30평짜리 집도 분에 넘쳐. 자꾸 욕심부리다가는 탈 난다니께 그러네. 우리가 지금 싸우고 있는 것도 그렇고."

"작은 방 한 칸 더 늘리자는데 그게 뭐가 욕심이라고."

"에이 몰라! 자꾸만 욕심부리면 민박집이고 뭐고 그만둘 거니께, 당신 혼자 하든 말든 맘대로 혀!"

눈치 빠른 큰아이가 불안하게 지켜보다 은근슬쩍 중재에 나섰습니다.

"아빠, 땅 제사 지내러 언제 가는 겨?"

"며칠 있다가."

"오늘 가자."

"지금 밖에 비 오잖어."

"고흥에는 비 안 올 겨. 오늘 가자. 엄마도 가고 싶지? 거 봐, 엄마도 간대잖어."

화를 삭이지 않으면 견디지 못하는지라 아이들 손에 이끌려 마지못해 집을 나섰습니다. 고흥으로 향하는 호남고속도로에 접어들 무렵 화가 풀렸습니다. 문득 그런 생각이 들었습니다. '내 화는 어디서부터 오는가?' 땅을 구하러 다니고 보금자리를 준비하는 과정

행운: 우연이 안겨준 운명의 터

에서 화내는 횟수가 점점 늘고 있었습니다. 뭔가를 좀 더 소유하고자 하는 욕심 때문이었습니다. 아내의 욕심에 마지못해 끌려다닌다고 생각했지만, 사실 제 안에 더 큰 욕심이 자리 잡고 있었습니다. 아내가 힘들어하는 것을 뻔히 알면서도 무작정 소박하게만 살겠다는 더 큰 욕심이 자리하고 있었던 겁니다. 화는 제 안에 숨은 욕심이 분출되는 것이기도 했습니다.

고흥에 도착하자 비가 그쳤습니다. 새 터 한가운데에 조촐하게 준비한 제물을 놓고 격식 없는 땅 제를 올렸습니다. 새 터에 깃든 생명들에게 집을 짓게 된다는 사실을 고했습니다. 사방팔방에 깃든 생명들에게 큰 욕심 없이 살다 가겠노라 큰절을 올렸습니다. 식구들 모두 술잔을 올리며 평화로운 터에 갑자기 들이닥쳐 소란을 피우게 될 것에 대해 사전 양해를 구했습니다. 제 몸뚱이 편히 간수하겠다며 본래 땅 주인인 온갖 생명들을 밀어내고 끔찍한 장비들을 동원해 해괴한 짓을 벌일 것임에도 땅은 말없이 받아줬습니다.

"좋은 날 지네요이."

새 터를 구하면서 알게 된, 근처 암자에서 홀로 지내는 스님이 불쑥 찾아와 손가락을 꼽더니 오늘이 호랑이 날이라고 합니다. 아주 길한 날이라는 것입니다.

"그류? 고맙습니다. 나는 그렇게 좋고 나쁜 거, 믿고 안 믿고 하는 것도 없지만 기분 좋네요. 좋은 날이라니께. 어? 그러고 보니께 우리 집사람이 호랑이 띠고, 큰놈 태몽이 호랑이, 또 집이 완성되

"누구한터 절해야 돼?"
"니들은 그냥 이 터에 사는 주인들에게 앞으로 사이좋게 잘 지내겠다고 절하면 돼."

석고대죄 하듯 머리채를 풀어헤치고
이 땅에서 우리 식구가 저지르게 될 죄를 낱낱이 고했습니다.

아내와 싸움을 덜하게 보살펴주시기를 함께 빌었습니다.

는 게 호랑이 해니께, 오늘이 묘하긴 묘한 날이네요."

"거기에다 저 앞산이 호랑이 아니겠소."

"나는 그냥 보이는 그대로 풍만한 젖가슴으로 보이는디요."

"잘 보소. 호랑이요, 호랑이. 딱 보면 호랑이가 웅크리고 있는 형상 아니오."

인간을 보호해줄지 잡아먹을지는 호랑이 맘에 달려 있겠지만, 결국은 인간이 어떻게 하느냐에 따라 그 운명이 달라질 것입니다. 아무튼 흉한 날이라 말하기보다는 길한 날이라고 하니 기분은 좋았습니다.

인간이 손가락을 꼽아 길흉을 따지거나 말거나 땅은 말없이 인간을 받아주고 있었습니다. 땅은 언제나 생명을 품어 안습니다. 그것이 해롭건 해롭지 않건, 미생물이건 곤충이건 동물이건 사람이건 모두 넉넉하게 껴안아줍니다. 어디에서 와서 어디로 가든, 어떤 형태로 어떻게 누리며 살든 다 받아줍니다. 모든 것을 내주고 스스로 침묵합니다. 하지만 침묵하면서도 받은 만큼 되돌려줍니다. 땅은 단순한 진리 그 자체입니다. 좋은 마음으로 살면 좋은 것을 내주고, 나쁜 마음으로 살면 그만큼 나쁜 것을 내줍니다.

엄마 아빠 따라 생각 없이 사방팔방에 큰절을 올리던 큰아이가 물었습니다.

"아빠! 근디 누구한티 절해야 돼?"

"이 터에 사는 주인들."

"그게 누군데?"

"여기 사는 모든 생명들. 개미, 벌, 새, 나비, 곤충, 해충, 익충 할 것 없이 모두 다."

"이 터 주인은 우리 아녀?"

"그 생명들이 먼저 이곳에서 살았으니까 주인인 셈이지. 니들은 그냥 그 모든 생명들과 앞으로 사이좋게 잘 지내겠다고 절하면 돼."

저는 땅에 엎드려 제문도 없이 속으로 읊조렸습니다. 석고대죄 하듯 평소 묶고 다니던 머리채를 풀어 봉두난발한 채 앞으로 우리 식구가 저지르게 될 죄를 낱낱이 고했습니다.

'모든 땅은 사원입니다. 경건한 사원입니다. 어머니의 자궁처럼 생명을 먹이고 기르는 신성한 사원입니다. 이 신성한 사원 앞에서 절을 올리고 또 올립니다. 사방팔방에 무릎 꿇어 큰절을 올립니다. 나와 우리 식구들을 비롯해 이 신성한 터를 찾는 모든 사람들이 잠시라도 욕심을 내려놓고 하루 세끼 먹는 것에 만족하며 제자리로 돌아갈 수만 있다면 그것으로 족합니다. 지금 머리 숙여 욕심을 줄여 살겠노라 고하고 있지만, 이 신성한 땅에 깃들여 사는 생명들을 알게 모르게 함부로 대할 것입니다. 내 욕심은 땅에 깃들인 모든 생명들에게 해코지를 하게 될 것입니다. 그들은 어떤 식으로든 내게 도움을 주는 진정한 땅의 주인입니다. 그럼에도 나는 온갖 변명과 핑계로 그들을 해치게 될 것입니다. 그동안 그래왔듯이 앞으로 또 얼마나 많은 불경죄를 저지르게 될지 모릅니다. 그 죄를 어찌

행운: 우연이 안겨준 운명의 터

말로 다 표현할 수 있겠습니까? 그러니 그 죄 또한 얼마나 크겠습니까? 어찌 그 죄업이 불교에서 말하는 수미산보다도 크다 하지 않을 수 있겠습니까? 그 죄의 무게가 벌써부터 내 어깨를 짓누릅니다. 부디 용서하소서. 이 심약하고 사악하며 불쌍하기 그지없는 중생을.'

그렇게 집 짓기에 앞서 속 깊은 죄를 고하며, 최대한 죄를 짓지 않겠노라 약속했습니다. 하늘과 땅, 그 모든 세상에 깃든 생명들과 더불어 평화를 기원했습니다. 이것저것 바라지 않고 사심 없이 고하려 했지만, 본래 불쌍한 중생인 건 어쩔 수 없었습니다. 욕심을 덧붙여 '바람 좀 덜 불게 해주십사' 빌었습니다. 거기에다가 "이 땅에 깃들여 살면서 아내와 싸움 좀 덜하게 보살펴주십시오"라고 소리 내어 말했더니 아내가 빙그레 웃습니다.

고해성사 끝의 홀가분한 기분으로 아이들과 너른 바다의 품에 안겨 축구를 하다가 늦은 밤 공주로 돌아와 아내와의 합의점을 찾을 수 있었습니다. 민박용 방은 두 칸을 만들되, 찾아오는 손님들이 편히 쉬며 토론할 수 있을 만큼 큰 방 하나에 조그만 다락방 하나를 올리기로.

인연:
온정이 가득한 나무 집

농민이 농가주택을
못 짓는 이유

"고흥에서 다시 농민 자격을 갖춰야만 농가주택을 지을 수 있습니다."

"공주에서 농사지었던 것이 적용되질 않는다는 겁니까? 어떻게 이런 거시기한 법이 다 있슈?"

농가주택을 짓기 위해서는 다시 농지원부를 취득해야 했습니다. 전남 고흥에서 다시 농민 자격을 갖춰야 한다는 것이죠. 본래 공주에서 농지원부를 취득한 상태였기에 고흥에서는 다시 만들지 않아도 될 것이라 생각했는데 그게 아니었던 겁니다.

농림수산식품부 담당자 말에 따르면 농가주택 건축은 현재 농사를 짓는 지역 주변에서만 허용된다는 것이었습니다. 자동응답이 반복되는 농림수산식품부에 일곱 차례에 걸쳐 전화한 끝에 원론적인 말만 반복하는 직원에게서 겨우 확인할 수 있었습니다.

농사도 짓지 않고 농가주택을 짓는 가짜 농민들을 사전에 막기 위한 방책일 테지만, 타 지역으로 이주해 계속 농사짓고자 하는 농민들에게는 참으로 이상한 조항이었습니다. 어처구니가 없었습니다.

고흥에서 농민 자격을 갖추려면 집 지을 터에 먼저 컨테이너 형태로 농막이라도 설치해놓고 주소를 이전해야 하나 고민했습니다. 하지만 컨테이너로는 주소를 옮길 수 없다 하니 참으로 난감한 일이었습니다. 지나치게 형식적인 제도 때문에 일이 번거로워진 셈입니다. 새 터를 구하는 데 큰 도움을 준 분이 걱정하지 말라며 일단 자신의 집으로 주소를 옮기라고 했습니다.

"우리 집으로 주소를 옮기소. 어차피 농사지으며 살 거 아니오."

"그렇죠. 돈 안 된다고 못마땅해하는 마누라와 다퉈가면서까지 지으려 하는 농산디요."

"농지원부를 만들려면 이장 도장과 마을 운영위원들의 도장이 더 필요한데, 내가 얘기해놓을 테니 걱정 마소."

그저 별 생각 없이 주소 옮겨놓고 농지원부를 발부 받으면 그만인데 공연히 찜찜했습니다. 주변 사람들이 이런 경우는 '위장전입'이 아니라고 위로했지만, 결국은 주소만 옮기고 실제 생활하지는 않는 '위장전입'의 모양새였으니까요.

인연: 온정이 가득한 나무 집

집 짓기를 준비하던 무렵인 2009년 가을, 자식 교육이나 세금 문제 때문에 위장전입을 했다는 의혹을 받고 있는 총리며 검찰총 장이며 장관 내정자들이 텔레비전에 뻔뻔한 얼굴을 내밀고 있었습 니다. 게다가 한술 더 떠서 한나라당 정치인과 보수신문들은 그들 의 위장전입이 지나간 과거사라며 변호하는, 속 뒤집히는 장면을 연출하고 있었습니다. 전과 기록이 수두룩한 대통령이 꿰차고 앉 아 있는 정부가 위장전입자들을 영입한다는 것이 어쩌면 당연한 일인지도 모르지만 말입니다.

스스로 '나는 그런 인간들과 다르다. 과도한 경쟁이 없는 곳에 서 아이들을 공부시키고, 개발을 피해 땅값 걱정 없는 곳에서 살기 위해 잠시 주소를 옮기는 것뿐이다. 본래 농사를 지어왔고 앞으로 도 평생 그럴 것이기에 농민 자격을 취득하는 것은 당연하다'고 위 안했지만 찜찜하기는 마찬가지였습니다.

그렇다고 제가 당장 불합리한 법을 고칠 수는 없는 노릇이었습 니다. 다만 민주화 역사를 거꾸로 돌리는 상식 이하의 정부에서 상 식 이하의 법 조항과 대면하다 보니 은근히 화가 치밀어 올랐습니 다. 한 달이든 두 달이든 그 집에 눌러 살지 않고 어쩌다 우편물이 나 찾아가는 전입이기에 '위장전입'은 매한가지라는 생각이 들었 기 때문입니다. 무엇보다도 장관이니 총리니 하는 뻔뻔스런 위장 전입자들과 한 패거리가 된 듯해 기분이 몹시 더러웠습니다. 하지 만 공주 집 안방에서는 빗물이 줄줄 새고 있어 당장 집을 짓고 이

주해야 할 처지였기에 어쩔 수 없이 주소를 옮겼습니다. 말하자면 '위장전입'을 했던 것입니다.

이미 농지원부를 취득해 농사짓던 제가 타 지역에 살기 위해 '위장전입'을 해야 한다는 현실이 기막혔습니다. 그렇게 하지 않으려면 따로 전세방이라도 얻어놓고 가족들과 떨어져 지내며 농지원부를 취득해야 했습니다. 그게 번거로우면 일반주택을 지어놓고 정식으로 주소를 옮긴 뒤 농지원부를 취득해 농가주택을 다시 지어야만 했습니다.

이도 저도 싫다면 농림수산식품부 담당자 말대로 일반주택을 지으면 그만이었지만, 농가주택보다 세금을 더 많이 내야 한다는 게 문제였습니다. 농가주택 건축은 그나마 농민들에게 주어진 얼마 안 되는 혜택 중 하난데 그걸 저버릴 이유가 없었습니다.

농가주택 건축 허가 요건이 얼마나 말도 안 되는 것인지를 말해주는 농민 관련법이 있습니다. 농사짓던 사람이 다른 지역으로 이주하면 본래 농민이었기에 귀농 혜택을 받을 수 없다는 겁니다. 당연한 말입니다. 하지만 만약 그렇다면 다른 지역에서 취득한 농민 자격을 인정한다는 게 됩니다. 그런데 어째서 농가주택 건축 문제에서는 이를 인정하지 않는 걸까요? 복잡한 조항을 만들어놓고 순박한 농민들에게 세금을 더 많이 거둬들이려는 속셈은 아닐까요?

결국 농민이 다른 지역으로 이주하며 농가주택을 지으려면 위장전입 아닌 '위장전입'을 할 수밖에 없었습니다. 혹여 사리사욕을

인연: 온정이 가득한 나무 집

채우기 위해 위장전입을 밥 먹듯 하는 인간들이 그 법을 만들어놓은 건 아닐까요? 설마 농민들로 하여금 어쩔 수 없이 위장전입하게 해놓고 자신들과 무늬가 같은 동일범으로 만들려는 더러운 속종이 깔려 있는 건 아니겠지요?

어쨌든 우여곡절 끝에 농지원부를 취득해 30평 미만으로 허용되는 농가주택 건축 자격을 취득할 무렵, 목수인 막내 동생이 인도에서 돌아왔습니다.

"형수님, 저 왔어요."

언제나 헤벌쭉 웃으며 찾아왔다가 맑은 미소 남겨놓고 훌쩍 떠나곤 하는 동생이었습니다. 동생은 목수이자 수행자이기도 합니다. 동생이 마당으로 들어서자 한창 설계도면에 코를 박고 있던 아내가 뛸 듯이 반겼습니다.

"삼촌, 때맞춰 잘 왔네요! 터 구해놓고 이제 막 집 지으려고 하는데."

"그래요? 잘됐네요. 그런데 어쩌죠, 바로 떠나야 하는데. 비자 문제로 잠깐 나왔어요."

그동안 인도 다람살라에서 달라이라마 선사 곁에 있었는데, 이번에는 아예 몇 년 동안 눌러살며 경전 공부에 몰두하고 싶다는 것이었습니다.

우리 부부는 막내 동생과 함께 처가에 있는 목재를 정리하기 위해 여주로 올라갔습니다. 동생은 집을 지어주겠다는 큰처남과 머리를 맞대고 기초 공사에 관한 의견을 나눴습니다. 처남은 일반적인 공법보다 공사비를 절반으로 줄일 수 있는 새로운 공법을 제안했습니다. 사실 건축에 관한 한 깡통인 저로서는 모든 공법이 새로울 수밖에 없었습니다.

요철 모양 블록을 쌓고 거기에 철근을 박아 콘크리트를 부어 기초를 다지는 공법이라고 하는데, 문제는 그 블록 하나의 무게가 장정 한 사람이 겨우 들 정도로 무겁다는 것이었습니다. '아이고' 하는 소리가 뼛속까지 파고들었지만, 집을 지어준다는 사람이 그러자는데 다른 방도가 없었습니다. 그래서 짐짓 자신만만하게 말했습니다.

"까짓 거 하면 되지요 뭐. 죽었다 생각하고."

"두 분으로는 힘들어서 안 돼요. 그걸 언제 다 쌓겠어요? 제가 있는 동안 도와드릴 수 있는 방법이 있는데……."

동생은 처남이 말한 공법으로 둘이 작업하기는 어렵다며, 일손을 나눌 수 있는 다른 공법을 제안했습니다. 이제 살았구나 싶었지만, 처남과 동생이 서로 다른 공법을 두고 팽팽하게 맞섰습니다. 중간에서 이러지도 저러지도 못하고 지켜보다가 입에서 그만 "아이고 골치 아파 죽겠네"라는 소리가 툭 튀어나왔습니다. 동생과 처남은 이구동성으로 말했습니다.

"집 짓다 보면 다 그래. 골치 아픈 일이 어디 한두 가지겠어. 이제 시작인데 벌써부터 골치 아프면 어떻게 하셔."

인연: 온정이 가득한 나무 집

결국 그날은 뒷전에서 꿰다 놓은 보릿자루처럼 멀뚱멀뚱 쭈그려 앉아 있다가, 집 짓는 데 필요한 목재를 정리해놓고 공주로 돌아왔습니다. 처남과 동생 역시 기초 공사 방법에 대해서 결론을 내리지 못했습니다. 기초 공사를 하기 전에 동생이 먼저 집 지을 현장을 찾아가보기로 했습니다.

그에 앞서 동생의 후배인 댕기머리 이윤구 씨가 찾아왔습니다. 오랫동안 동생과 한 팀이 되어 목조 주택을 지은 윤구 씨는 30대 후반의 젊은 목수입니다. 그는 한옥도 여러 채 지어본 경험이 있고, 10여 년에 걸쳐 목조 주택만 30채 가까이 지었다고 합니다. 그는 아주 별난 사람입니다. 땅, 물속, 하늘을 자유롭게 드나드는 사람입니다. 집 짓는 일뿐 아니라 스킨 스쿠버, 패러글라이딩, 스키 강사 일까지 하고 있습니다.

수년 전 그는 공주 시골집에서 이틀 동안 발이 묶인 적이 있습니다. 갑작스런 폭설로 작은 도로, 큰 도로 할 것 없이 온통 눈으로 뒤덮여 꼼짝없이 갇혀 있어야 했습니다. 때마침 쌀이 떨어진 상황이었는데, 그가 스키를 타고 면 소재지에 나가 쌀을 사오기도 했습니다. 그는 이틀 동안 신세 진 것을 갚겠다며 집에 있던 자투리 목재로 동생과 함께 근사한 밥상을 짜주기도 했습니다. 우리 부부는 그 밥상에서 느낀 그의 따뜻한 마음 씀씀이를 가슴 깊이 새겨놓고 있었습니다.

"그때 형님이 폭설 내린 상황을 생중계하듯 〈오마이뉴스〉에 올렸잖아요. 그리고 곧바로 영국에 사는 지인이 내게 전화를 했었죠. 기사 보고 전화한다고."

"그랬죠. 그때 인터넷의 위력을 실감하기도 했었지요이."

"근데 집은 언제 짓기로 했습니까?"

"글쎄 나도 잘 모르겠어요. 처남이 늘 바쁘니께."

늘 바쁜 처남이었기에 당장 집을 지을 수 있는 형편이 아니었습니다.

"맘먹었을 때 지어야 하는데."

"먼저 컨테이너 박스를 갖다 놓을까 싶기도 한데, 그냥 이러지도 저러지도 못하고 있어요. 동생이라도 있으면 좋은데 곧바로 인도로 떠나야 하고……."

성질 급한 아내가 나섰습니다.

"그럼 윤구 씨가 지어주면 안 되나?"

"오빠 분이 지어주신다고 했다면서요."

"아이고, 언제 지어줄지……. 큰오빠 일이 워낙 바빠서요. 삼촌도 곧바로 인도로 떠날 거고. 그냥 윤구 씨가 지어주세요."

"에이, 안 돼. 그 돈 가지고는 턱도 없어. 3000만 원 갖고 어떻게 30평짜리 목조 주택을 짓는다고 그랴. 염치도 없이."

아내는 제가 그러거나 말거나 윤구 씨를 끈덕지게 물고 늘어졌습니다.

"집 지을 자재는 오빠가 준다고 했으니까, 그 돈으로 어떻게 안

될까요?"

"안 될 거 없죠. 돈이 부족하면 나중에 주셔도 되고요."

윤구 씨는 어떤 일이든 겁내지 않고 막무가내로 추진하는 아내만큼이나 대책 없는 제안을 했습니다. 하지만 빚지고는 못 사는 저는 고개를 가로저었습니다.

"아이구, 그걸 어느 세월에 갚으라구."

"나중에 벌어서 주시면 되죠."

"그건 서로 부담되는 일이니께 이렇게 합시다. 뼈대에 지붕까지만 올려주시고 나머지는 내가 짓는 걸루."

"아이고 형님, 그게 말처럼 쉽지 않아요."

"아직 개집 하나 반듯하게 지어본 적 없지만, 까짓 거 배워가며 하면 되질 않겠슈."

"못할 건 없지만, 처남 분이 목재 주신다고 했으니까 그 돈으로 어떻게 맞춰보기로 하죠. 하다 보면 다 하게 돼 있으니까 한번 시작해보시죠? 형님도 옆에서 거들어주시면 되잖아요."

어떻게 된 영문인지 제가 "아이구, 고맙습니다" 해야 할 판국에 오히려 그가 저를 설득하고 있었습니다. 그렇게 얼떨결에 집 짓기를 시작했습니다. 그가 차려준 고마운 밥상에 둘러앉아 밥을 먹다가 아무런 계획도 대책도 없이 반찬 얘기하듯 꺼낸 말이 씨가 돼 집 짓기를 시작했던 것입니다.

우리 식구의 경제 사정을 빠히 알고 있는 그였기에 자신이 챙겨야 할 인건비를 대폭 삭감해가며 두 팔 걷어붙이고 나섰습니다. 그러고 나서 며칠 후, 인도행 비행기 표를 예약해놓은 동생과 함께 전남 고흥으로 나섰습니다.

먼저 집 지을 자리를 정해야 했습니다. 동생과 윤구 씨는 측량기를 이용해 대지로 지목된 땅 여기저기에 팻말을 꽂아가며 경사도를 측정했는데, 눈으로 보는 것보다 훨씬 높게 나왔습니다. 집 앉힐 자리를 중심으로 높은 곳은 파고 낮은 곳은 메우며 평탄 작업을 해야 했습니다.

두 사람은 목수들답게 일사천리로 일을 진행했습니다. 집이 들어설 자리 30평 공간을 정해놓고 곧바로 굴착기 기사를 수소문해 다음 날 터파기 작업을 예약했습니다. 그날 저녁, 면 소재지로 나가 집 짓는 동안 밥을 먹을 만한 식당을 찾다가 고흥 군내에 숙소를 잡았습니다.

다음 날 새벽, 일찌감치 숙소를 나서는데 추적추적 비가 내리기 시작했습니다. 비가 오면 터파기 작업이 어렵기에 굴착기 예약을 취소할 수밖에 없었습니다. 비가 오는 날씨임에도 숙소에서 얼굴을 마주친 노동자 서너 명은 새벽 일터로 나서고 있었습니다. 밥집에서도 이른 새벽 서둘러 식사하는 사람들을 만났습니다. 30대의 젊은 사람들이 대부분이었습니다.

그들은 말없이 밥을 먹습니다. 우리도 별 말 없이 밥을 먹습니다. 우리들처럼 그들 모두에게는 가족이 있을 겁니다. 그들은 가족을 위해 일거리를 찾아 남쪽 끝 전남 고흥까지 왔을 겁니다. 몸뚱이 하나 밑천 삼아 노동판으로 나서기 위해 새벽밥을 먹는 사람들, 아직 장가가지 않은 채 홀어머니를 모시고 사는 외아들일지도 모르고 일찌감치 결혼해 초등학교에 갓 입학한 자식이 있는 가장일지도 모를 일이었습니다. 이곳저곳 타지를 옮겨 다니며 막일을 하겠죠. 일주일이나 열흘 후쯤 일당을 받으면 홀어머니를 위해 고기를 사거나 아이들을 위해 선물 꾸러미를 사서 지친 기색을 감추고 기분 좋게 집으로 돌아갈 것이었습니다.

불현듯 그런 생각이 들었습니다. 저들에게도 집이 있을까? 집을 장만하려면 얼마나 더 힘들게 몸을 굴려야 하는가? 제 집을 소유하지 못한 사람들이 즐비한 세상에서 집 짓기가 새삼 사치스럽게 다가왔습니다.

초보가 알아야 할
집 짓기의 기본

며칠 내내 비가 내렸습니다. 터파기 작업과 동시에 기초 공사를 시작해야 하는데, 흙 한 삽 뜨지 못하고 다시 공주로 올라갈 수밖에 없었습니다. 그 며칠 새 기초 공사라도 도와주겠다던 막내 동생은 비행기 시간에 맞춰 인도로 떠났고, 집을 지어주기로 한 윤구 씨마저 갑자기 일이 생겼다고 합니다.

"한 달 보름쯤 걸릴 겁니다. 그때 가서 시작하시죠."

"급할 거 없으니께 천천히 일 보고 와요. 근디 한겨울에 추워서 집 짓겠슈?"

"고흥은 춥지 않아서 괜찮아요."

윤구 씨가 다른 현장에서 집 짓는 일을 하는 동안 아내와 저는 어려서부터 일찌감치 목수 일을 시작한 고향 친구에게서 아파트 모델하우스를 철거하는 중고 건축자재상을 소개받았습니다. 창호, 현관 문, 변기, 세면기 등 모델하우스에서 나온 건축자재들은 말끔했습니다. 중고라지만 새것이나 다름없었습니다. 가격도 새것의 절반이 채 안 됐습니다.

따지고 보면 세상에 새것이 어디에 있겠습니까? 제아무리 새것이라 해도 한 번 쓰기 시작하면 그때부터 중고나 다름없는 것입니다. 자재만 멀쩡하면 그만이지요. 고향 친구의 도움을 받아 일단 처가에서 구할 수 없는 몇 가지 건축자재들을 점찍어났습니다.

예정대로 한 달 반 만에 윤구 씨에게서 기초 공사를 시작하자는 연락이 왔습니다. 아내가 챙겨준 밑반찬을 비롯해 세끼 때울 수 있는 도시락을 싸 들고 윤구 씨와 약속한 날보다 하루 먼저 고흥으로 내려갔습니다. 아내는 아이들이 겨울방학 시작하자마자 따라오기로 했습니다.

집을 짓고 나면 우리 식구가 평생 정붙이고 살 마을에 사글셋방을 잡아났는데, 목수들이 오기 전에 방 청소라도 해놔야 했습니다. 애초에 윤구 씨가 책정한 인건비에 먹고 자는 문제가 포함돼 있었지만, 너무 미안해 사글셋방을 따로 마련해주기로 했던 것입니다.

공주 집에서 기르던 닭 몇 마리를 챙겨 고흥으로 내려가던 길에 김민해 목사님이 교장으로 있는 전남 순천의 평화학교(2011년 '사랑어린학교'로 개명)에 들렀습니다. 집을 다 짓기 전에 남아 있는 닭들을 처분해야 했는데, 목을 비틀어 잡아먹자니 영 내키지 않았던 것입니다. 우리 집에서 그랬던 것처럼 녀석들이 평화학교 아이들을 위해 알을 낳고 병아리를 품으면 좋을 듯했습니다. 이전에도 고흥으로 내려가다가 평화학교에 들러 병아리 몇 마리를 풀어놓은 적이 있는데 벌써 알을 낳는다고 했습니다.

김 목사님은 학교에서 김장을 했다며 시집간 딸 챙기는 친정어머니처럼 김치며 된장이며 마른반찬을 바리바리 싸줬습니다. 평화학교에 닭을 풀어놓고 고흥으로 발길을 돌리며 문득 이제 공주에서 함께했던 모든 것들과 하나하나 이별이구나 싶었습니다. 닭도 그중 하나였습니다. 질 좋은 유정란에 닭고기는 물론이고 채소밭을 거름지게 해주는 계분에 이르기까지 아낌없이 내주던 닭들이었습니다.

고흥 새 터로 들어서는 길목에서 큰 도로를 접어두고 마복산 산림도로를 탔습니다. 12월 중순임에도 철모르는 진달래가 피어 있는 마복산 능선을 올라타자 산과 바다가 어우러진 절경이 한눈에 들어왔습니다. 이곳뿐 아니라 바다를 끼고 있는 고흥 곳곳이 절경입니다.

거친 입심과는 달리 후덕한 사글셋방 주인 할머니는 우리가 마당에 들어서자마자 끼니부터 챙겼습니다.

"밥은 먹었소?"

"지금이 몇 신디 아적도 안 먹었겠슈."

"하두 소식이 없길래 지랄하고 안 오는 줄 알았소이."

"집 짓는 사람이 일이 있어서 늦었슈."

이제 겨우 두 번째 만남이었지만, 할머니의 속없는 거친 입심 덕분에 스스럼없이 대할 수 있었습니다.

"우리 집 큰아들이 고향으로 돌아와 살겠다고 지어논 방인디요이. 지랄하고 살지도 않고……."

"지금 어디 있는디요."

"순천에서 버스운전 안 허요. 그나저나 여기까지 와서 뭣 해 먹고 살려구 그려요."

"바다 일해서 먹고, 농사져서 먹고, 또 글 써서 먹고 살라구요."

"우리 할아버지도 글씨를 썼는디, 천하고 천한 게 글 쓰는 일이라니께. 바다에 나가믄 먹을 것이 생기고 돈이 생기는디, 글씨 쓰는 일은 돈도 밥도 생기지 않소. 그런 일을 지랄하고 뭐라 허요."

일찍이 세상 떠난 할아버지는 한문 공부를 했다고 합니다. 한문 글씨를 써가며 동네 사람들에게 필요한 서류를 작성해주고, 농사나 바다 일은 건성건성 했다 합니다. 땅마지기 처분해가며 팔자 좋은 세상 살다 갔다 합니다.

"나하구 나이 차가 너무 나서 일찍 가부렸지만, 그려도 영감 없응께 허전허요."

"우리 아버지도 환갑 지나서 돌아가셨는디."

"각시는 몇 살여?"

"저하고 두 살 차이밖에 안 나는디요."

"몇 살 차이 안 나는구만."

"제가 수염이 허여서 많이 나는 줄 알았쥬?"

"나처럼 나이 차가 너무 많이 나믄 말년이 쓸쓸 안 허요……."

홀로 생활하는 할머니는 끊임없이 한탄을 쏟아냅니다. 만만한 상대를 만나면 살아온 세월을 밑도 끝도 없이 쏟아내는 것이 저하고 꼭 닮았습니다.

밖에는 바닷바람이 횡하니 불어옵니다. 할머니의 앞니는 세월을 견디지 못해 죄다 빠져 나갔습니다. 저는 나이 오십에 앞니 몇 개를 틀니로 감쪽같이 바꿔놨지만, 팔순을 넘긴 할머니의 앞니는 그냥 비어 있었습니다. 할머니와 각자 살아온 나날들을 주거니 받거니 얘기하다 보니 어느새 밖이 어둑어둑해졌습니다.

"저녁 먹어야제? 나가 금방 채려올 테니께 그대로 있소이."

"아뉴, 할머니 말씀은 고마운디 마누라가 도시락 싸줬슈. 안 먹으면 상해요."

아내가 싸준 보온 도시락을 챙겨 야밤에 새 터로 나섰습니다. 보온 도시락으로 적어도 세끼를 때울 수 있었습니다. 그동안 터를 구하러 나설 때마다 늘 도시락을 지참하고 다니며 궁상맞게 바닷가나 깊은 산속에서 홀로 도시락을 까먹곤 했습니다.

밥숟가락을 입 안으로 넣기 전에 몇 숟가락 고수레했습니다. 내일 굴착기 작업으로 천지가 진동하게 될 테니 미안하다고 모든 생명에게 죄를 고한 것입니다. 덧붙여서, 일하는 사람들이 아무런 사고 없이 무사히 일을 마칠 수 있도록 도와달라고 빌었습니다.

꾸역꾸역 배를 채우고 나서 밤바다로 나섰습니다. 밤하늘은 별빛 총총했지만, 바람이 심하게 불었습니다. 점퍼 깃을 올려 담배를 꺼내 물다가 문득 학창시절 매년 찾아가던 삽시도의 민박집 소년이 떠올랐습니다. 벌써 20여 년의 세월이 흘렀습니다. 손님이 오면 장대를 메고 앞장서 갯바위 낚시터로 안내하던 그 소년은 이제 30대 중반을 넘겼을 것입니다.

담배 연기를 길게 뿜어내며 스스로에게 물었습니다. 삽시도 민박집 소년처럼 세상일에 지친 사람들이 쉬어 갈 수 있도록 돕는 안내자가 될 수 있을까? 영화 속에서 낚싯대에 망태기 메고 주인공 옆으로 있는 듯 없는 듯 스쳐 지나가는 엑스트라 행인처럼 살 수 있을까?

제게 바다는 안식처이자 도피처였습니다. 반복되는 현실이 지겨울 때마다 훌쩍 떠난 곳도 바다였고, 늦깎이 대학생으로 총학생회에서 활동하다 수배자 명단에 올라 도망치듯 떠난 곳도 바다였습니다. 친구들이 지하실에 끌려가 고초를 당하고 있다는 것을 빤히 알면서 말입니다.

20여 년이 흘러 또 다른 바다 앞에 서 있었습니다. 겨울 바닷바람이 거세게 얼굴을 후려칩니다. 더 이상 달아날 곳도 없습니다.

가장 낮은 곳에서 모든 것을 품에 안는 바다, 바다는 이제 평생 살아야 할 운명의 자리인 것입니다. 잠시 머무는 안식처나 도피처가 아니라 삶 그 자체가 될 것이었습니다. 그날 밤, 거센 바람을 피하지 않고 그렇게 오랫동안 바다와 마주 서 있었습니다.

다음 날 오후, 윤구 씨는 서울에서 도시설계사 일을 그만두고 이제 막 목조 주택 일을 시작했다는 이성훈 씨와 함께 새 터로 찾아왔습니다. 30대 후반의 성훈 씨는 이제 19개월 된 딸이 하나 있다고 했습니다.

성훈 씨와 세상 살아온 얘기를 주거니 받거니 하는데, 갑자기 사글셋방 함석지붕이 '우다닥 우다닥' 큰 소리를 냅니다. 우박이라도 떨어진 줄 알고 밖에 나가 보니 장대비가 내리꽂히고 있었습니다. 저는 비 때문에 공사에 차질이 생길까 싶어 걱정이 앞섰는데, 윤구 씨는 태평하게 누워 계산기를 두드리며 부지런히 건축자재 품목을 뽑고 있었습니다.

저녁 식사를 하기 위해 면 소재지로 나설 무렵 다행히 비는 그쳤고, 때맞춰 대전에서 내려온 이종수 씨가 합류했습니다. 성품이 시원시원한 종수 씨는 낚싯대까지 챙겨 왔습니다. 횟감을 담당하겠다는 그는 집 짓는 틈틈이 바다낚시를 할 모양이었습니다.

새 터에서 가장 가까운 면 소재지의 밥집들을 기웃거리며 집 짓는 동안 신세질 만한 곳을 물색했는데, 아침 7시에 문을 여는 식당은 쉽게 나타나지 않았습니다.

인연: 온정이 가득한 나무 집

"큰일 났네. 고흥 읍내는 너무 멀고, 아침 식사를 어떻게 하쥬?"

"걱정 마세요. 식당 많은데 아침 식사할 만한 곳 하나 없겠어요?"

한 식당을 점찍어놓고 정을 붙이다 보면 아침밥을 해결할 수 있을 거라고 했습니다. 윤구 씨는 전국 각지를 떠돌며 집을 짓다 보니 그만큼 세상 물정에 밝았습니다.

다음 날 아침, 다들 아침 식사를 하기 위해 면 소재지로 떠난 뒤 저는 한 끼 분량이 남아 있는 보온 도시락을 꺼냈습니다. 식사를 마치고 나서 새 터 연못 주변의 잡목들을 정리하다가 낡은 모터 펌프를 발견했습니다. 정확히 8시에 도착한 굴착기를 이용해 농업용 관정이 묻혀 있을 만한 자리를 찾아내 모터 펌프와 연결했더니 물이 콸콸 쏟아져 나오기 시작했습니다. 앞집 박 씨는 관정을 파는 데만 80만 원을 들였다고 하는데, 모터와 관정까지 합치면 100만 원 이상을 절감한 것입니다. 하지만 농업용 관정이었기에 식수로 쓸 수 있을지는 미지수였습니다.

굴착기로 터파기 작업을 하는데 무당벌레 한 마리가 눈에 잡혔습니다. 미안한 마음에 굴착기 작업장을 피해 저만치 밭 가장자리로 옮겨놨습니다. 고흥의 12월 중순은 겨울이 아닌 모양입니다. 철모르고 나돌아 다니는 무당벌레처럼 풀꽃들 역시 겨울을 까맣게 잊고 있었습니다. 새 터 주변에는 온갖 풀꽃들이 피어 있었습니다. 윗녘은 겨울로 접어들면서 꽁꽁 얼어붙고 있다는데, 아랫녘 고흥 땅은 여전히 초가을 날씨였던 것입니다.

납작 엎드려 사진기를 들이대고 풀꽃들에게 초점을 맞췄습니다. 냉기 없는 연한 바람에 풀꽃들이 떨고 있었습니다. 녀석들이 떠는 까닭은 단지 바람 때문만은 아니라는 생각이 들었습니다. 녀석들에게는 굴착기 작업 때문에 생기는 소음이 천지를 진동하는 소리일 테니까요.

늦은 오후, 기초 공사에 쓰일 철근이 도착했습니다. 철근 1톤에 70만 원. 앞집 박 씨 말에 따르면 2년 전 집을 지을 당시 철근 값이 엄청났다고 합니다. 톤당 100만 원이었다는 겁니다. 당시 고물상들이 값비싼 철근을 사재기하다가 폭삭 망한 경우가 많았다고 합니다.

뒤이어 정화조가 도착했습니다. 3~4년 전까지만 해도 15만 원 정도 했다는 10인용 정화조가 무려 40만 원이었습니다. 벌써부터 예상치 못한 돈이 새나가고 있었습니다. 하지만 관정을 파는 데 100만 원 정도 절감했으니 그나마 다행이었습니다.

"기사님! 그쪽을 까 내리면 안 된다니까 자꾸만 그러시네."

"아따, 괜찮다니게 그러요."

책임자라 할 수 있는 윤구 씨는 굴착기 기사와 신경전을 벌였습니다. 그가 원하는 대로 하지 않고, 알아서 방향을 잡아 고집스럽게 작업하고 있었기 때문입니다. 저는 이러지도 저러지도 못하고 그저 지켜보기만 했습니다. 두 사람 모두 터를 좋게 다지기 위해

인연: 온정이 가득한 나무 집

벌이는 다툼이었으니까요.

하지만 불안한 부분이 있었습니다. 기초를 단단히 하려면 맨 땅이 나올 때까지 겉흙을 거둬내야 한다는 말을 들은 적이 있는데, 높은 곳의 흙을 지대가 낮은 집터로 옮겨 쌓는 것처럼 보였기 때문입니다. 참견하고 싶어 입이 달싹거렸지만 윤구 씨를 믿고 꾹꾹 참았습니다. 막내 동생이 인도로 떠나면서 신신당부했던 말이 떠올랐기 때문입니다.

"형! 일하는 데 절대로 참견하지 말아. 윤구 씨가 다 알아서 할 테니까."

그런데 작업 종료 1시간을 남기고 그만 굴착기가 고장 나고 말았습니다. 평탄 작업이 채 끝나지 않았는데 걱정이었습니다. 굴착기 기사 조합에서는 아침 8시부터 오후 5시까지의 작업시간을 칼같이 지킨다고 합니다. 이를 어기면 조합에서 제명 처리된다는 것입니다. 평탄 작업을 다 끝내지 못하면 다음 날 굴착기를 반나절 더 써야 할 판이었습니다. 고장 난 굴착기를 둘러보던 기사 아저씨가 분통을 터트립니다.

"이눔의 전자식은 이래서 지랄여. 뭐 하나 잘못되면 그냥 멈춰 버린다니까."

결국 굴착기 회사의 젊은 기사가 득달같이 달려왔고, 한참 만에 고장 원인을 찾아냈습니다. 아주 단순한 고장이었습니다. 시동 거는 부분의 연결선 피복이 벗겨져 합선되는 바람에 램프가 나갔다고 합니다. 피복선을 수리하고 램프를 갈아 끼우니 다시 시동이 걸렸습니다. 이미 작업 종료 시간인 5시를 넘어 6시가 다 돼가고 있었지만, 굴착기는 '조합 규정시간'을 어기고 불을 환하게 밝혀 하루 분량을 말끔하게 끝냈습니다.

늦은 저녁까지 작업한 것이 미안해 38만 원 달라는 것을 40만 원 채워 건네줬더니 무척이나 고마워합니다. 비록 큰돈은 아니었지만 그 정도는 돌고 도는 거라는 생각이 들었습니다. 결국 그 돈은 인건비를 적게 책정한 윤구 씨가 제게 내준 돈이기도 한 것이기 때문입니다.

저녁 식사를 하기 위해 작업장을 나서는데, 경북 구미에서 한참을 달려왔다는 정창영 씨가 합세해 목수는 4명으로 늘었습니다. 뒷일을 돕는 저까지 합세하면 모두 5명이 집을 짓게 된 것입니다. 일행은 저녁 9시가 다 돼 도화면에 자리한 민정식당을 찾아갔습니다. 아들 이름을 따서 간판을 내걸었다고 하는데, 푸짐한 상차림을 보며 비로소 이곳이 음식 인심 후한 전라도 땅임을 실감했습니다.

하지만 밥값이 한 끼에 6000원으로 다소 비싼 편이었습니다. 도화면에 있는 다른 식당도 마찬가지였습니다. 아무튼 다행히 민정식당에서 아침 식사를 준비해주기로 했습니다. 저녁 식사를 마치고 식당 밖으로 나서자 거리는 한산했습니다.

사글셋방으로 돌아와 다들 집으로 안부 전화를 걸었습니다. 집

인연: 온정이 가득한 나무 집

바람도 바람이거니와 굴착기 작업 때문에
철모르는 풀꽃들이 떨고 있었습니다.

이곳이 음식 인심 후한 전라도 땅인 것을 실감했습니다.

을 나선 지 겨우 사흘에 불과한데 저 또한 가족이 그리워졌습니다. 전화를 걸다가 문득 작은아이 인상이의 생일이라는 사실을 알았습니다. 미역국은 먹었냐고 물었더니 녀석은 생일이 무슨 특별한 날이냐고 되묻기라도 하듯 별 감흥 없이 대답했습니다.

"응."

"아빠가 전화도 안 걸고 섭섭했지?"

"아니, 괜찮아."

그게 전부였습니다. 우리 식구는 본래 기념일 같은 것을 요란하게 챙기지 않는 편입니다. 어쩌다 누군가 늦게 귀가하는 날을 제외하고는 늘 온 가족이 함께 밥상 앞에 모이기 때문입니다.

다음 날 아침, 목수들은 핸드폰 알람 소리에 맞춰 6시 30분에 일어나 7시쯤 밥을 챙겨 먹고 8시부터 본격적으로 기초 공사를 시작했습니다.

"여름에는 일을 더 많이 하겠네요?"

"겨울이나 여름이나 일하는 시간은 다 똑같아요."

해가 길든 짧든 사계절 내내 같은 시간에 일어나 오전·오후 4시간씩 하루 8시간을 일한다고 합니다. 오전에 목재가 도착했습니다. 목수들은 목재를 이용해 틀을 짜기 시작했습니다. 기초 공사용 거푸집으로 쓸 틀이라고 합니다. 제가 예상했던 것과 사뭇 다른 공법이었습니다.

대개 기초 공사 거푸집은 철제를 사용하는데, 윤구 씨는 목재로

인연: 온정이 가득한 나무 집

거푸집을 만들어 거기에 콘크리트를 쏟아붓는다는 것이었습니다. 목재 틀이 콘크리트의 압력을 못 이겨 터져버리면 어쩌나 불안했지만 입을 꽉 틀어막았습니다. 목수들 일하는 데 절대로 참견하지 말라던 막내 동생의 말이 다시 한 번 떠올랐기 때문입니다.

빈손으로 만난
바다

"어, 어 저기!"

갑자기 목재 거푸집 한쪽 면이 '두두둑' 소리를 냈습니다. 건물이 들어설 자리 주변에 목재 거푸집을 짜놓고 레미콘과 펌프카를 동원해 콘크리트를 붓는데, 그 무게를 이겨내지 못한 버팀목이 부러지는 소리였습니다.

콘크리트를 쏟아내던 펌프카 작동을 멈추게 하고 목수들과 함께 달려들어 버팀목을 떠받쳤습니다. 다행히 터진 부분이 50센티미터도 채 안 돼 쏟아져 내리던 콘크리트가 곧바로 멈췄습니다.

목수들은 서둘러 터진 부분을 수습하고 다시 목재를 잇대 단단히 말뚝을 박아 고정했습니다. 팀장 격인 윤구 씨가 터진 부분을

인연: 온정이 가득한 나무 집

마무리한 후 진단을 내렸습니다.

"버팀목을 하나 더 만들어놨어야 했는데, 거기가 좀 약했던 모양입니다."

"이만하기에 천만다행이네요. 다시 뜯어서 작업해야만 하는 줄 알고 진땀 뺐는데."

애초에 터를 다지던 굴착기 기사는 목재 거푸집 기초 공사에 고개를 가로저었습니다. 목재 거푸집에 원하는 만큼 콘크리트를 쏟아부으면(일반적인 기초 공사보다 지면에서 10센티미터 정도 더 높게 깔기로 했습니다) 금방 터져버려 다시 작업해야 할 확률이 높다는 것이었습니다. 하지만 윤구 씨의 생각은 달랐습니다.

"걱정 마세요. 한두 번 해본 것도 아니고, 끄떡없습니다. 목재로 하면 철제 폼에 들어가는 임대비에 인건비, 공사 기간까지 줄일 수 있습니다."

가슴이 철렁 내려앉는 사고가 발생하긴 했지만, 굴착기 기사가 우려했던 것과는 달리 무사히 기초 공사를 마칠 수 있었습니다. 불안감을 감수한 대가로 기초 공사 비용을 대폭 줄일 수 있었고, 거푸집에서 나온 목재를 재활용해 건물 틀을 짜는 데 쓸 수 있었습니다. 이는 윤구 씨에 대한 철저한 믿음에서 비롯된 것이기도 했습니다.

무사히 하루 일과를 마치고 늘 그랬듯이 식당을 찾았습니다. 일하다 보면 먹는 일이 가장 큰일입니다. 집터까지 배달은 고사하고 마을 근처에 적당히 먹을 만한 식당조차 없다 보니 공사장에서 차로 10여 분 거리에 있는 도화면까지 꼬박꼬박 나서야 했습니다.

식대도 만만치 않았습니다. 다섯 사람이 한 끼 식사를 하려면 최소 3만 원, 하루에 10만 원이 듭니다. 애초에 식대는 인건비에 포함하기로 했기 때문에 저로서는 크게 신경 쓰지 않아도 될 일이었지만, 목수들에게 인건비를 지불해야 하는 윤구 씨에게는 식대가 큰 부담이 아닐 수 없었습니다. 그 스스로 인건비를 적게 책정해 시작한 공사였기 때문입니다.

저는 윤구 씨의 부담을 덜어주기 위해 전기밥솥에 쌀과 밑반찬까지 챙겨왔지만, 새참을 해 먹을 틈이 없었습니다. 목조 주택을 지을 때는 보통 네댓 명의 목수들이 한 팀을 이룬다고 하는데, 이들을 이끌어야 하는 윤구 씨는 인건비를 절감하기 위해서라도 하루 8시간을 최대한 활용해야 했습니다.

목수들은 팀장을 중심으로 각자 맡은 일을 척척 해나가는 '프로'였습니다. 30대의 젊은 목수들에게는 새참이 따로 없었습니다. 중간 중간 잠시 짬을 내 일회용 커피를 마시거나 가끔 빵 한 조각으로 참을 대신했고, 일하는 도중에는 술을 단 한 잔도 마시지 않았습니다.

다 먹고살자고 하는 일인데, 그렇게 철저하게 일하는 목수들에게 빈약한 식사를 제공할 수는 없었습니다. 매일 어둠이 채 가시지도 않은 이른 새벽에 일어나 힘겹게 일하는 목수들에게는 충분한

인연: 온정이 가득한 나무 집

상차림이 필요했던 것입니다.

하루 일을 마치고 저녁 식사를 하기 위해 식당에 둘러앉은 목수들의 표정은 하나같이 힘들어 보였습니다. 아무리 고흥이 포근하다 할지라도 겨울 날씨는 어쩔 수 없었습니다. 예년에 비해 추운데다가 바닷바람이 거세 체감온도가 뚝 떨어져 일하는 데 애를 먹고 있었습니다. 그렇게 일을 시작한 지 사나흘이 지나면서 목수들의 입가에서 점점 웃음기가 사라지고 있었던 것입니다.

"어? 이거 우리 고향에서 만든 거네."

논산이 고향인 종수 씨가 식탁 위에 놓인 화랑 성냥을 들어 올려 보입니다. 요즘 보기 드문 '통성냥'이었습니다. 통성냥을 둘러보니 옆면에 아일랜드 문학가 오스카 와일드가 썼다는 글귀가 어색하게 새겨져 있었습니다.

"인간은 오직 노동에 의지함으로써 세상에서 편안히 지낼 수 있다. 그러므로 노동하지 않는 자는 편안함을 누릴 수 없다."

언뜻 보면 새삼 노동의 신성함을 되새기게 하는 글귀였습니다. 하지만 자본주의 세상에서 몸 하나 밑천 삼아 살아가는 노동자들은 편안하게 살 틈이 별로 없습니다. 자본주의 세상에서는 노동하지 않는 자들이 오히려 안락함을 누리고 살아갑니다. 다른 사람들의 노동을 통해 먹고살기 때문입니다. 힘겨운 노동 끝에 천근만근 무거운 몸으로 읽게 돼서 그런지, 마치 노동 착취를 합리화하는 것처럼 다가왔습니다.

윤구 씨가 하는 일도 그랬습니다. 돈깨나 있다 하는 사람들에게 번듯한 주택을 지어주고도 임금을 제때 받지 못하는 경우가 허다하다고 합니다. 아주 못된 '집주'(목수들은 집주인을 '집주'라고 불렀습니다)들은 아예 임금을 떼먹는 경우도 있다고 합니다.

이는 비단 집 짓는 공사 현장에서만 벌어지는 일이 아닙니다. 산업 현장 곳곳에서 같은 일들이 벌어지고 있습니다. 힘겹게 일하는 노동자들을 착취한 대가로 번듯한 집에 눌러앉아 편안히 목구멍으로 밥알을 넘기는 자들이 있습니다. 다른 이들의 땀을 착취해 태평하게 밥알을 넘길 수 있는 그들의 목구멍이 참 신기하기만 합니다.

저녁 식사를 마치고 사글셋방에 돌아오면, 목수들은 차례로 뜨거운 물에 샤워하고 가벼운 전신 운동을 합니다. 하루 종일 힘들었던 근육을 풀어주는 것입니다. 땀 흘려 일하는 사람들은 일부러 다이어트를 할 필요가 없습니다. 초보 목수인 성훈 씨를 제외하고는 모두 군살 하나 없는 근육질이었습니다.

목수들은 샤워를 통해 하루의 피로를 개운하게 날려 보내고, 가족들과 안부 전화를 합니다. 대전에 사는 종수 씨는 17개월 된 아들이 있다는데, 거의 매일 밤마다 영상통화를 했습니다. 더러는 일찌감치 잠자리에 들고, 더러는 텔레비전을 시청합니다. 마침 사글셋방에는 유선 케이블이 연결돼 있었습니다. 주인 할머니 말로는 예전에 서너 달쯤 사글세를 살다 간 약장수가 설치해놨다고 합니다. 여러 편의 영화 파일이 담겨 있는 윤구 씨의 노트북은 텔레비전 역할까지 하고 있었습니다. 집 짓는 현장에서 살다시피 하는 목수들을 위해 텔레비전까지 시청할 수 있는 노트북을 장만한 것이었습니다.

윤구 씨는 공사 현장에서 일머리를 파악해 팀원들을 척척 이끌어가는 카리스마 넘치는 팀장이지만, 텔레비전 앞에 앉아 있을 때는 순박하기 이를 데 없습니다. 그는 노트북에 영화나 다큐멘터리 프로그램을 저장해놓고 즐겨 보는데, 혹 텔레비전을 통해 뉴스나 드라마를 볼라치면 영락없이 말 많은 노인네가 됩니다.

"정치하는 인간들은 순 사기꾼이라니."

"어이구 저 여자가 다 알고 있는데, 거기 숨어 있다고 모르나?"

강원도 두메산골이 고향인 그는 구수한 사투리를 섞어 혼잣말로 중얼거리며 텔레비전과 대화합니다. 저는 체력 좋은 윤구 씨 옆댕이에 누워 늦은 시간까지 영화를 보다가 가물가물 눈이 감겨오는 것을 느낍니다. 어린 시절 텔레비전을 처음 봤을 때 그랬던 것처럼 작은 노트북 화면 안에서 사람들이 움직이는 게 마냥 신기하기만 합니다.

영화 속에 커다란 집과 거실이 보입니다. 제가 집을 짓고 있다는 사실을 까맣게 잊은 채 '사람 사는 데 고래 등 같은 집이 뭔 소용이 있는가? 그저 빗물 새지 않고 등 따신 집만 있으면 그만 아닌가?' 별별 생각을 하다가 곤하게 잠이 듭니다. 어쨌든 그날, 목수들에 비하면 새 발의 피에 불과하지만 고된 노동을 했기에 편히 잠을 이룰 수 있었습니다.

다음 날 집터의 콘크리트가 굳는 동안 건물 틀을 짜기로 했는데, 목재가 도착하지 않아 하루 일을 접기로 했습니다. 쉬는 시간을 이용해 목수들은 고흥 곳곳을 둘러보러 유람을 나섰고, 저는 바다낚시를 가기로 했습니다. 집 짓는 동안 목수들에게 횟감을 마련해주겠노라 큰소리를 쳤기 때문입니다.

낚시 미끼를 사기 위해 도화면으로 나섰는데 때마침 장날이었습니다. 도화면에서는 3일과 8일에 전통 오일장이 서는데, 인구가 점점 줄어들어서 그런지 겨울철이라서 그런지 장터 분위기가 한산한 데다 나온 물건들은 대부분 해산물들이었습니다.

오일장 날짜인 3과 8을 기억해두기 위해, 화투 패 두 장으로 끗발을 가리는 노름판의 '삼팔따라지'를 대입했습니다. 끗발 좋은 '삼팔광땡'이 아닌 '삼팔따라지', 6·25한국전쟁 당시 이북에서 이남으로 피난 온 사람들을 끗발 없는 '삼팔따라지' 인생이라고 했습니다. 돈도 백도 없었기 때문입니다.

돈도 백도 없이 아무런 연고도 없는 고흥 땅에 집 한 채 달랑 짓고 빈손으로 정착하려 하는 제 처지가 그런 게 아닌가 싶었습니다. 집 없는 사람들을 생각하면 정말로 배부른 생각이지만, 더 이상 나빠질 일도 없으리라는 심정이었습니다.

갯지렁이를 사들고 바다로 나섰습니다. 집터에서 걸어 5분도 채 안 되는 거리에 모래와 자갈이 섞인 해변이 있고, 그 옆으로 갯바

인연: 온정이 가득한 나무 집

위가 늘어서 있었습니다. 적당한 자리를 골라 낚싯바늘을 던져놨는데 영 소식이 없었습니다. 찬바람을 맞으며 서너 시간 동안 겨우 노래미 한 마리 건져 올렸는데, 그걸 가져오기가 민망해 바다에 놓아주고 빈손으로 돌아왔습니다.

지난가을 집터 주변 갯바위에서 팔뚝만 한 숭어와 깔따구(농어 새끼)에 감성돔까지 낚았는데 이상한 일이었습니다(사실 그때는 바다낚시꾼과 동행했습니다). 동네 사람들에게 물어봤더니 아무리 따뜻한 남녘 바다라 해도 겨울철에는 낚시가 잘 되질 않는다고 합니다. 바닷물이 차가우면 물고기들이 움직이지 않아 입 앞에 미끼를 던져줘도 물지 않는다는 것이었습니다.

기초 공사를 마무리하며, 바다낚시 초보자인 저는 그렇게 바다의 기초를 배우고 있었습니다. 직접 힘들여 경험하지 않고 거저 얻으려 했으니, 바다는 제가 원하는 걸 내줄 리 없었습니다.

우리 가족만의
집이 아니야

"아따, 오도 가도 못 하고 죽는 줄 알았다니께요."

처가에서 보내온 목재, 창호, 문짝 등 자재를 가득 싣고 집터로 들어선 50대 후반의 5톤 트럭 기사 아저씨가 한숨을 내쉬었습니다. 농로가 비좁아 겨우 들어올 수 있었다는 겁니다. 특히 마을에서 바다가 보이는 산길을 타고 들어서면 비좁은 곡선 길을 만나게 됩니다. 7미터 가까운 장축을 지닌 5톤 트럭이 들어서려면 아슬아슬한 곡예를 펼쳐야 합니다. 운전에 이력이 붙은 기사가 아니면 엄두도 못 낼 길이었기에 진땀깨나 흘렸을 것입니다.

"하 참 죄송해서 어쩌지. 괜히 집 짓는다고 여러 사람 고생시키네유."

"뒤돌아 갈 수만 있었다면 그냥 갔을 거요."

문제는 또 있었습니다. 집터가 본래 푸석푸석한 밭 자리인 데다 며칠 전 내린 빗물에 땅이 질퍽거렸습니다. 트럭이 짐을 풀어놓고 돌아서려는데, 땅이 미끄러워 앞으로 나가지 못하고 계속해서 헛바퀴만 돌았습니다. 목재를 깔아놓고 시도해도 소용이 없었습니다.

기사 아저씨보다 제가 더 진땀이 났습니다. 미안해서 어쩔 줄 몰라 하며 공연히 고개를 외로 꺾어 바퀴만 바라보는데, 윤구 씨가 사륜구동 지프차에 밧줄을 연결해 끌어당기자고 제안했습니다.

"저 큰 덩치를 끌어댕길 수 있을까?"

"형님이 앞에서 사륜으로 당기고, 뒤에서 밀어주면 될 거 같은데요."

윤구 씨의 예상이 적중했습니다. 15년 가까이 된 낡은 지프차에 사륜 기어를 넣고 가속 페달을 힘차게 밟았더니 육중한 트럭이 움직이기 시작했고 결국 진흙탕을 빠져나갈 수 있었습니다. 중고 시장에서 80만 원밖에 쳐줄 수 없다던 늙은 애마가 이렇게 큰 힘을 발휘할 줄은 꿈에도 몰랐습니다. 여기저기 몸 상태가 좋지 않아 종종 카센터 신세를 지는 지프차지만, 여전히 제 힘을 발휘하는 것을 보니 5년 이상은 거뜬히 타고 다니겠다는 생각이 들었습니다.

목수들은 집터에 쏟아부은 콘크리트가 굳자 서둘러 거푸집을 제거하기 시작했습니다. 거푸집에서 떼어낸 목재들 가운데 쓸 만한 것을 골라냈습니다. 그것들은 건물 틀을 짤 때 요긴하게 쓰여, 정확히 환산하긴 어렵겠지만 그만큼의 비용을 절감해줬습니다.

저는 목수들 옆에서 목재에 박힌 못을 뽑아내고 건물 짓는 데 쓸 수 없는 것들을 분류해 쌓아놨습니다. 집을 다 짓고 나면 선반이나 밥상이나 책상을 만드는 데 요긴하게 쓰일 자투리 목재들이었습니다. 또 거푸집을 제거하는 과정에서 갈라지고 터져 전혀 쓸모없어진 목재들은 땔감으로 쓰면 될 일이었습니다.

다음 날, 늘 그래왔듯이 식당에서 아침밥을 챙겨 먹고 집터로 향했습니다. 집터로 들어서다 보면 바다를 낀 야트막한 산들 틈에서 아침 해가 산뜻하게 솟아오르기 시작합니다.

종수 씨와 성훈 씨는 집 구조에 맞춰 목재를 적당한 크기로 잘라냈고, 경험 많은 목수 윤구 씨와 창영 씨는 설계도면을 펼쳐놓고 먹줄로 콘크리트 바닥에 안방, 손님방, 아이들 방, 거실, 화장실 등 공간을 그려 나갔습니다.

설계도면은 아내가 인도로 떠난 동생의 도움을 받아 한 달 동안 고민을 거듭한 끝에 완성한 것입니다. 아내는 모눈종이를 이용한 조악한 설계도면에 전기시설, 수도시설, 창호 사이즈까지 꼼꼼하게 기록해놨습니다. 윤구 씨는 거기에 맞춰 정확한 치수로 공간을 나누면서 약간 수정을 했습니다.

"여기는 조금 늘리고, 여기는 좀 줄여야겠네요."

"알아서 해요. 나는 잘 모르니께, 집 짓는 데 편리한 대로 해요. 나는 밥벌이하러 일주일쯤 공주에 갔다 올 테니께."

기초 공사에 쓰였던 거푸집을 해체한 뒤
목재는 재활용했습니다.

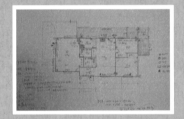

아내는 전기시설이며 수도시설,
창호 사이즈까지
꼼꼼하게 기록해뒀습니다.

윤구 씨와 창영 씨는 먹줄을 이용해 아내의 설계도면에 따라
정확한 치수로 집 구조를 그려나갔습니다.

무척 지쳐 있었지만 생활비를 벌기 위해 공주로 향할 수밖에 없었습니다. 공주로 돌아와 보니 아내가 집을 팔기 위해 내놨다고 합니다.

"집 내놨어."

"이런 집을 누가 사겠어? 필요한 사람들이 그냥 들어와 살라구 그랴."

"사겠다는 사람이 왔다 갔어."

"벌써? 이걸 얼마에 팔려고?"

"500만 원은 받아야 하지 않겠어?"

"안방에 빗물 새는 거 얘기했지잉."

"그 사람이 직접 봤어. 양동이 받쳐놓은 거."

지난여름부터 공주 집 안방에 양동이를 받쳐놔야만 했습니다. 지붕을 수리해보겠다고 용을 쓰기도 했습니다. 저보다 10킬로그램이나 덜 나가는 사촌동생이 지붕에 올라갔지만 오히려 구멍만 키웠습니다. 다 낡은 함석지붕이 바스러졌기 때문입니다. 당장 이사를 가야 한다는 생각에 이러지도 저러지도 못한 채 비가 올 때마다 양동이를 받쳐놓고 있었던 겁니다.

"집 뒤로 호남고속철도가 뚫릴 예정이라는 것두 말했지?"

"당연히 했지."

"그 사람들 우리 앞으로 등기가 올라 있지 않다는 것두 알고 있는 거?"

"다 알고 있더라구. 이미 시청에 가서 다 떼본 거 같던데."

10여 년을 살아온 공주 시골집은 '법적'으로 우리 집이 아니었습니다. 다 쓰러져가는 빈 농가를 구입할 당시 집 주인을 믿고 등기조차 올리지 않았던 겁니다.

"그래도 사겠대?"

"아직은 모르지. 예전 집 주인하고 직접 계약하면 되니까 잘하면 팔릴 거 같은데."

"막상 집을 처분한다고 생각하니께 집한티 미안하네. 인효 엄마 손길 닿지 않은 곳이 없는데. 서운하지?"

"그렇지 뭐. 아이들도 마찬가지고. 기분이 좀 이상해. 허전하고."

공주 시골집은 우리 아이들에게는 고향이나 다름없었습니다. 10여 년 전, 두세 살 무렵부터 흙 마당에 구르며 몸과 마음을 키워온 정든 집이었으니까요. 본래는 그 집을 사회운동가나 집도 절도 없이 떠도는 수행자들이 원하는 만큼 머물다 갈 수 있는 공간으로 활용할 예정이었습니다. 지붕만 고치면 안채는 멀쩡하니까요. 하지만 아내는 턱없이 부족한 자금에 조금이라도 보탬이 되고자 처분하기로 작정했던 것입니다.

"사랑방 구들장은 그대로 놔두고 허물어버린 다음 새로 지으려나 봐."

"알아서 하겠지."

그날 밤 저는 아궁이에 불을 지펴 그동안 내내 작업실로 쓰던 사랑방에서 방송 원고 작업을 했습니다. 천장에서 쥐들이 운동회를 벌이곤 하는 사랑방은 이미 수년 전부터 한쪽 지붕이 내려앉아 있었습니다. 대전에 사는 어머니는 비나 눈이 오면 전화를 걸어 사랑방에서 잠자지 말라고 신신당부했습니다.

방송 원고를 마감하고 고흥으로 돌아오는 길에 20만 원짜리 중고 노트북 한 대를 장만했습니다. 아내와 아이들, 그리고 우리 집 개 곰순이를 데리고 고흥 집터로 향하면서 뒤늦게 노트북 구입을 후회했습니다. 집 짓는 동안 꼬박꼬박 일지를 쓰기 위한 방편이었지만, 수첩으로도 얼마든지 기록할 수 있었기 때문입니다. 말 그대로 조금 더 편리해지자고 불필요한 소비를 한 것이었습니다. 오래되긴 했지만 제겐 이미 컴퓨터가 있었습니다. 그걸로 동영상을 보며 원고를 써도 전혀 지장이 없었습니다.

거금의 공사 자금을 지출하면서 소비에 무감해진 게 아닐까 싶었습니다. 10만 원은 물론이고 100만 원조차 종이 쪼가리처럼 여겨던 것입니다. 물론 돈이야 본래 불붙이면 타는 종이 쪼가리에 불과하지만, 문제는 소비에 무감각해지는 것이었습니다. 불필요한 소비에 익숙해진다는 건 자본의 수렁에 깊이 빠져든다는 뜻입니다. 자본의 수렁에 빠지면 어떤 형태로든 고통이 뒤따르게 될 것이었습니다.

가족들과 함께 일주일 만에 집터로 돌아와 보니, 어느새 집의 겉모습이 완성돼 있었습니다. 신기한 듯 둘러보던 아이들은 이내 별

벽을 세우고

골조 작업을 하고

지붕까지 얹어 기초 공사 보름 만에 집 꼴을 갖췄습니다.

생각 없이 곰순이와 어울려 너른 풀밭에서 공을 차고 있었고, 아내는 지붕까지 얹힌 구조를 보면서 감격에 겨워 어쩔 줄 몰라 했습니다.

"야! 이게 정말 우리 집 맞아?"

"거참, 생각보다 집이 너무 호화판인디. 소박하게 사느니 어쩌니 해놓고 이런 집을 짓고 있으니 사람들이 보면 욕하겠다."

"그게 무슨 소리야. 그 돈을 어떻게 모은 건데. 우리가 투기해서 번 돈으로 짓는 것도 아니고, 주식 투자해서 모은 돈으로 짓는 것도 아닌데."

"이건 그냥 우리 가족들만의 집이 아닌 겨. 이런 집 짓겠다고 이 사람 저 사람 신세를 얼마나 많이 졌어."

별 생각 없이 말해놓고 보니 그랬습니다. 인건비를 적게 받으며 집 짓기에 나서준 윤구 씨, 목재를 대준 처가, 집 짓는 데 부족한 거금을 선뜻 내준 사람들, 10여 년 동안 아내에게 그림을 배운 수많은 아이들……. 한 달에 2만~3만 원씩 지불하며 아내에게 그림을 배운 수많은 아이들이 없었다면 집 짓기는 불가능했습니다.

어디 그뿐이겠습니까? 우리 아이들에게 용돈을 건넨 사람들, 제가 농사지어 판매한 2만 원짜리 야채 상자를 고맙게 먹어준 사람들, 방송 원고료를 받을 수 있게끔 다큐멘터리에 출연해준 사람들, 〈오마이뉴스〉를 통해 받은 원고료며 '좋은 기사 원고료'를 내준 낯모르는 사람들이 있었습니다.

모두 고마운 사람들입니다. 특히 그들 중에는 그 은혜를 평생 다

　　　　　　　인연: 온정이 가득한 나무 집

갚지 못할 윤재철 선생이 계십니다. 언젠가 새로 지을 집 평수 문제로 아내와 다투고 나서 선생의 시집 《능소화》를 읽다가 전화를 걸었습니다. 안부 인사 끝에 전남 고흥으로 이사 갈 예정이라 했더니, 평교사 박봉을 쪼개 큰돈을 보내왔습니다. 한사코 거절했지만 기어코 아내에게서 통장 번호를 알아냈던 것입니다. 뭐라 말할 수 없이 감사했지만, 선생은 오히려 미안하다 했습니다.

"미안하다. 부담되게 공연한 짓을 한 건지 모르겠다. 그냥 받아 둬. 문예기금이라는 것도 있잖어."

"아이구 참, 선생님도 어려우실 텐디. 뭐라 할 말이 없네유."

"괜찮어, 니 맘 알어……."

"어이구 참, 죄송하고 고맙습니다."

"괜찮데두. 그럼 이렇게 해. 자네 아내 그림 한 점 보내."

"집사람 그림이 뭐시가 거시기 하다구유."

"그림은 그냥……. 내 맘 알지?"

"알아요, 무슨 말씀이신지……."

"공연히 부담 주는 거 아닌가 모르겠다. 그냥 말여, 그냥 그렇게 해. 부담 없이 받어."

녹록지 않은 사정임에도 선뜻 보내온 그 돈은 뭐라 말로 표현할 수 없을 만큼 가슴 저미는 큰마음이었습니다. 《민중교육》지 사건으로 해직과 투옥의 고초를 겪은 윤재철 선생을 처음 만난 건 결혼 전, 계룡갑사 주변에서 가부좌 틀고 앉아 똥폼 잡고 있을 때였습니다.

당시 선생은 빗자루를 들고 청소부가 된 성자처럼 묵묵히 법당 주변을 쓸고 또 쓸었습니다.

시집 《능소화》 발문에서 문학평론가 김영호 선생이 언급하듯, 윤재철 선생은 "가난해도 꼬장꼬장한 자존심을 잃지 않고, 온갖 시련에도 굽힘 없이 오직 고통을 안으로 삭인 채 삶의 기품을 간직할 줄 아는, 남산골샌님과 같은 강직한 선비로서의 본이 되는" 스승입니다.

갑사 법당 주변에서 비질하는 선생을 두고 서울대 나온 사람이 저러고 있다며 뒷말하는 사람도 있었지만, 그때 저는 빗자루처럼 초라한 선생의 겉모습에서 스스로를 한없이 낮추는 커다란 마음자리를 엿볼 수 있었습니다.

그 후로 선생은 가끔 우리 집 부근을 지나던 길에 두세 차례 찾아왔고, 저 역시 간혹 선생에게 안부 전화를 했습니다. 저는 때로 선생이 《녹색평론》 등에 발표한 시나 산문을 통해 그를 만났고, 또 선생은 어쩌다 〈오마이뉴스〉에 올린 보잘것없는 제 글을 통해 우리 식구들이 살아가는 모습을 엿보곤 했습니다.

그랬습니다. 그 무렵 선생을 떠올리며 아내가 원하는 평수에 대해 더 이상 가타부타 말하지 않기로 했습니다. 윤재철 선생을 비롯해 그동안 알게 모르게 도움을 준 수많은 이들이 찾아오면, 우리 식구와 더불어 별 생각 없이 편히 쉬어 갈 수 있는 공간이 됐으면 싶었습니다.

지붕만 달랑 얹혀 있는 집 안으로 들어서는 아내에게 우리 가족들만의 집이 아니라고 했더니, 아내는 기분 좋게 한마디 툭 던집니다.

"그럼 우리한테 도움 준 분들과 이 집을 같이 쓰면 되지 뭘. 손님방이 따로 있으니까 언제든지 놀러와 쉬고 갈 수 있잖아."

우리는 잠시나마 기분 좋은 꿈을 꿨습니다. 이제 겨우 외부 골조를 완성한 텅 빈 집, 그 집이 앞으로 예상치 못한 돈을 집어삼키고자 입을 '떠억' 벌리고 있다는 사실을 까마득히 모른 채 말입니다.

대책 없는 부부를
도운 손길들

지붕 골조까지 올린 집을 둘러본 아내는 그날 저녁 불고기집에서 기분 좋은 회식자리를 마련했습니다.

"집이 맘에 드세요?"

"그럼요. 이게 우리 집인가 싶기도 하고, 벌써 집을 다 지은 거 같아요. 추운데 너무 고생하셨어요. 오늘 한턱 낼 테니까 맘껏 드세요."

"내부 공사 시작하면 돈 들어갈 일이 많을 텐데, 돈 아끼셔야죠."

"까짓 거, 집 짓기 시작할 때부터 생각 없이 시작한 일인데요. 걱정 없어요, 여기까지 왔는데 어떻게 되겠죠."

세상만사 걱정 없어 보이는 아내의 말을 듣고 있자니, 목재를 가득 싣고 집터로 들어서는 길목에서 진땀을 뺐다던 운전기사 아저

인연: 온정이 가득한 나무 집

씨의 말이 떠올랐습니다. "뒤돌아 갈 수도 없는 노릇이고 어쩌겠소? 그냥 왔지."

그날 밤, 아내와 아이들은 목수들이 머무는 사글셋방이 비좁아 근처 암자에서 보냈고 그다음 날은 모텔에서 보냈습니다. 그렇게 동가식서가숙(東家食西家宿)하며 이틀을 머물다 아이들과 함께 공주로 돌아가는 아내가 혹여 돈 걱정으로 잠 못 이룰까 싶었습니다.

"벌써부터 자금에 구멍 나기 시작하긴 했는디 걱정하지 말어. 지붕까지 올렸으니 정 자금사정이 어려우면 시간을 두고 내가 조금씩 마무리하믄 되니께."

"걱정 안 해. 공주 집 팔리면 500만 원 생기잖아."

"팔릴 거 같혀?"

"이 사람 저 사람 보고 갔으니까 팔리겠지."

목수들 말대로 사소하게 들어가는 비용이 만만치 않았지만, 아내는 큰 걱정을 하지 않았습니다. 10여 년에 걸쳐 한 푼 두 푼 모아온 아내의 '티끌 모아 태산'이 불과 보름 만에 바닥을 보이고 있었지만 대수롭지 않게 여겼습니다.

시골생활을 시작한 지 3년쯤 지날 무렵에도 그랬습니다. 너무 질퍽거려 아이들 옷가지를 흙투성이로 만들던 마당, 산에서 쫄쫄거리며 흘러들어와 세탁기를 돌리기도 힘들던 식수, 장마철마다 똥물을 튀기던 재래식 화장실, 시도 때도 없이 쥐새끼들이 휘젓고 다니던 부엌에서도 아내는 태연했습니다. 10년 가까이 한 달에 60

만 원 생활비로도 끄떡 없이 잘 살았습니다. 근심 걱정 접어두고 살고자 했던 제가 오히려 걱정할 만큼 태평하기만 했습니다.

하지만 시골생활 10년째로 접어들면서부터 갱년기 증세가 찾아왔고, 불편한 시골집에서 벗어나고 싶어 했습니다. 적게 벌어 적게 먹고사는 소박한 삶을 지상 과제처럼 여긴 저를 무능한 남편 취급할 정도로 날이 서 있었습니다. 그렇게 불과 몇 개월 전까지만 해도 소박한 시골생활을 지긋지긋하게 여긴 아내였는데, 제법 꼴을 갖춰가는 새집을 보더니 없으면 없는 대로 살아가겠노라 말하는 것이었습니다. 예전의 '대책 없는' 마음자리를 되찾기 시작한 것입니다.

본래 우리는 대책 없는 부부였습니다. 불과 몇 개월 전만 해도 번듯한 목조 주택을 지으리라고는 상상조차 하지 못했습니다. 터를 구하기 전까지는 보금자리를 마련할 구체적인 계획도 없었습니다.

저는 목수들에게 '집주'라 불리고 있었지만 속을 들여다보면 한심하기 짝이 없었습니다. 설계도면을 그린 아내가 선택한 돌회색의 '아스팔트 싱글'이라는 것이 한창 지붕을 장식하고 있었지만, 그저 남의 집 구경하듯 멍하니 올려다보고만 있었습니다.

제가 하는 일이라곤 윤구 씨가 필요한 건축 자재 목록을 내밀면 이것저것 따지지 않고 냉큼 주문하고, 주문서에 빠져 있는 자잘한 물건들을 구입하기 위해 철물점을 들락거리며 잔심부름꾼 노릇을 하거나 목재를 나르는 것이 전부였습니다.

인연: 온정이 가득한 나무 집

그렇다고 넉넉한 건축 자금으로 여유를 부릴 수 있는 형편도 아니었습니다. 3000만 원으로 30평짜리, 그것도 다락방이 두 개나 있는 목조 주택을 짓겠다는 것 자체가 무모한 짓이었습니다(다락방을 지어주겠다고 제안한 것은 윤구 씨였습니다). 처가에서 목재와 창호를 내줬고 윤구 씨가 인건비를 낮게 책정해줬지만, 그럼에도 최소 5000만 원 이상의 자금을 손에 쥐고 있어야 했습니다. 말 그대로 대책 없이 집 짓기를 시작했던 것입니다.

하지만 윤구 씨 말대로 '집을 짓다 보면 다 짓게 돼 있다'는 대책 없는 믿음이 맞아떨어지고 있었습니다. 기초 공사를 시작하며 이제 비로소 집을 짓는다는 걸 실감하고 있을 때, 가까운 사람들에게서 2000만 원이라는 거금이 송금돼온 것입니다. 마치 하늘에서 돈다발이 툭 떨어지듯이 말입니다.

사실 집을 짓기 전에 이것저것 따졌다면 시작하지도 못했을 것입니다. 애초에는 빈집을 구하려 한 것이지 집을 지으려 한 것이 아니었던 것처럼, 집 짓는 과정 역시 꼼꼼하게 준비한 것이 아니었습니다. 윤구 씨도 공사 일정에 맞춰 그때그때 필요한 일손들을 불러들였고, 건축 자재들도 그에 맞게 구입해 썼습니다.

경험 많은 윤구 씨는 나름대로 진행 계획이 있었겠지만, 우리 부부는 사실 이 모든 일들을 예상치 못했습니다. 하지만 대책 없는 우리 부부와 상관없이 집은 하루가 다르게 완성돼갔습니다. 그렇게 대책 없이 집을 짓는 과정에서 귀한 손길들이 곳곳에서 나타났습니다. 이 역시 전혀 뜻하지 않은 도움의 손길들이었습니다. 전기 공사도 마찬가지였습니다. 애초에 전기설비업자를 따로 정해놓지 않았습니다. 처음에는 공주에서 건설현장 소장 일을 하던 외사촌 동생이 잘 아는 전기설비업자를 보내주겠다고 했습니다.

"전기설비를 하려면 보통 평당 9만 원 정도 하는데 7만 원에 해주겠대요."

"거리가 멀어서……."

"출장 가는 게 문제긴 하지만, 잘 아는 사람이니까 믿고 맡겨도 돼요."

"출장비도 줘야겠지."

"집 짓는 데 도움도 못 주고 있는데 그런 거 걱정 마세요. 출장비는 내가 알아서 할게요."

하지만 저는 가능하면 비용이 조금 더 든다 해도 고흥 사람들과 함께 일하고 싶었습니다. 집 짓고 나면 평생 함께할 사람들이니까요.

외사촌 동생은 공사 진행 상태에 따라 전기설비업자를 보내주겠노라 했지만, 건설현장 소장이라는 안면 때문에 고흥까지 내려와 싼값에 일할 사람을 생각하니 마음이 편치 않았습니다. 그 무렵 공사 현장을 구경하러 온 인근 암자 스님에게 사정 얘기를 했더니 잘 아는 업자를 소개해주겠다며 즉석에서 전화를 걸었습니다.

"평당 10만 원 정도 한다는데 오라고 할까요?"

"그 정도 한다고들 하는데, 9만 원에 할 수 없을까요?"

"그것도 아주 싸게 하는 거라 안 하요."

선뜻 결정하기가 어려워 주저하던 차에 전화가 한 통 걸려왔습니다. 집터 다지는 일을 도왔던 굴착기 기사 아저씨였습니다.

"저번에 얘기했던 전기 공사는 어떻게 하기로 했소?"

"그렇잖아도 고민 중인데 잘 아시는 분 있남유?"

"좋은 사람이 있는디요."

"아 그래요? 평당 얼마 정도 한답니까?"

"잠깐만 기다려 보시요이. 내가 잘 얘기해볼 테니께."

얼마 뒤 굴착기 기사 아저씨가 다시 전화를 걸어와, 평당 7만 원에 해줄 수 있다고 했습니다. 굴착기 작업을 할 때 윤구 씨와 신경전을 벌이며 고집스럽게 일했지만, 그럼에도 저는 싫은 소리 한마디 하지 않고 웃돈까지 얹어줬는데, 그것이 저렴한 비용의 전기설비업자 소개로 되돌아온 것입니다. 세상 모든 일이 하나로 연결돼 있다는 사실이 새삼스럽게 다가왔습니다.

그런데 전기설비업자 김 선생은 속 터질 만큼 느리게 공사를 진행했습니다. 우리 식구가 평생 살아갈 곳이기도 한 고흥군 포두면에서 생활하는 그는 짬짬이 집 짓는 현장에 찾아와 하루 이틀 동안 전기선이 들어갈 자리에 구멍을 뚫어놓고, 며칠 후 다시 찾아와 전기선을 넣었습니다. 전기선을 설치하는 기간만 사나흘, 거기에 콘센트 설치하고 전등 다는 데 하루 이틀이 더 걸렸습니다. 사나흘이면 끝낼 수 있다는 전기 공사가 일주일 넘게 걸렸던 것은 그가 한 번 찾아올 때마다 두세 시간씩 잠깐 동안 일을 하고 돌아갔기 때문이었습니다. 뒷일을 거드는 조수도 따로 없었습니다. 하루는 아들, 또 다른 날은 부인과 딸을 조수로 삼았습니다.

하지만 김 선생 가족은 모두 좋은 사람들이었습니다. 사실 느려터지게 사는 걸로 치면 저 역시 일가견이 있었고, 그래서인지 김 선생 가족이 찾아오면 기분 좋게 이런저런 사는 얘기들을 주절주절 늘어놨습니다. 하지만 윤구 씨는 일 진행이 느려 공사에 차질이 생긴다며 속 터져 했습니다. 그럼에도 김 선생은 여유 만만했습니다.

"아, 걱정 마소. 공사에 차질 없이 할 테니까."

'집주'인 저는 김 선생에게 일당으로 계산해서 공사 대금을 지불하는 것이 아니었기 때문에 애면글면할 이유가 없었습니다. 아무리 일처리가 늦어도 입주하기 전까지는 전기가 설치돼 훤하게 불을 밝히게 될 테니까요. 훗날 벽지 도배를 할 때 콘센트 설치가 늦어져 약간의 불편함을 감수해야 하긴 했지만 말입니다.

집 짓는 목수들 입장에서는 속 터질 일이었지만, 결과적으로 '집주'인 저는 잃은 것보다 얻은 것이 더 많았습니다. 우리 부부가 가진 건 쥐뿔도 없으면서 분에 넘치는 집을 대책 없이 짓고 있다고 솔직하게 털어놨더니, 훗날 김 선생이 예상치 못한 선의를 베풀었습니다. 자신이 갖고 있던 외등과 거실 천장에 매다는 큼직한 전등을 내준 것입니다. 외등은 앞뒤로 두 개면 충분하다고 했음에도 집 주변을 빙 돌아가며 예닐곱 개를 설치해줬습니다.

어쨌든 전기설비가 시작될 무렵 지붕 올리는 작업과 함께 외벽 마감 작업을 했습니다. 본래 외벽 마감 방식은 윤구 씨와 약속한 바가 있었습니다. 처가에서 가져온 나무 판때기를 가지고 폼 나게 설치하기로 한 거지요. 하지만 새참도 없이 힘들게 일하는 목수들을 보고 있자니 차마 그걸 요구할 수가 없었습니다. 결국 윤구 씨와 상의한 끝에 일손이 많이 들지 않고 가격이 저렴한 '시멘트 사이딩'을 설치하기로 했습니다.

그렇잖아도 예상치 못한 한파가 아랫녘까지 몰아쳐 목수들이 점점 지쳐가고 있었습니다. 서울을 기준으로 10도 이상 온도 차가 나는 남쪽 바다 마을이라고는 하지만, 겨울 바다가 그러하듯 거의 매일같이 칼바람이 불어닥쳤습니다. 지붕 위에서 위태롭게 작업하는 목수들을 보며 막내 동생이 떠올라 코끝이 찡해왔습니다. 힘겹게 일하는 목수들 모두가 동생처럼 안쓰럽게 다가왔습니다. 지붕 아래에서 마냥 지켜보고 있기가 미안했습니다.

"나도 올라가 거들까요?"

날다람쥐처럼 지붕 위를 성큼성큼 걸어 다니는 윤구 씨가 손을 내저었습니다.

"형님은 그냥 커피나 한 잔씩 타주세요. 지붕에 올라와 작업하기 쉽지 않아요."

그 이름도 생소한 '아스팔트 싱글'이라는 것으로 지붕 마감 공

'집을 짓다 보면 다 짓게 돼 있다'는
윤구 씨를 믿고 따랐습니다.
귀한 손길들이 곳곳에서 나타났습니다.

사를 진행하고 있을 무렵, 추가로 주문한 외벽 마감제인 '시멘트 사이딩'이 도착했습니다. '시멘트 사이딩'이라는 게 알고 보니 슬레이트처럼 생긴 것이었는데, 적당한 크기로 재단돼 있어 필요에 따라 잘라 붙이면 그만이었습니다. 윤구 씨 말로는 크기와 두께가 일정치 않은 목재 판때기로 작업했을 경우 일손이 두 배 이상 들어갔을 거라고 합니다.

'시멘트 사이딩' 작업으로 하루 이틀 이상 일손을 덜 수 있게 돼 목수들에게 들여야 할 인건비 부담을 줄일 수 있었습니다. 예상치 못한 자재비가 지출되긴 했지만, 인건비를 턱없이 낮게 책정한 윤구 씨에게 미안한 마음을 조금이라도 덜 수 있었습니다.

돈으로 안 되는 일도 있었습니다. 날씨였습니다. 바람이 심하게 불어 고생깨나 했지만, 그래도 전반적으로는 날씨 역시 우리를 도왔습니다. 지붕 공사를 마무리하고 저녁 식사를 하러 가는 길에 해병대 출신이라는 종수 씨가 기분 좋게 말했습니다.

"지붕 올릴 때까지 비가 오질 않아 참 다행이네요."

"비 오면 다들 푹 쉬면 되잖아요?"

"그게 아니고요. 아무래도 목조 건물이다 보니 비 맞으면 나중에 집주들이 애를 많이 먹으니까요."

"그렇겠네요."

"집주가 이것저것 참견하면 지붕 올리기 전에 꼭 비가 오곤 했는데, 선생님네는 비가 한 번도 안 왔잖아요. 이것저것 간섭하지 않고 목수들한테 믿고 맡기셔서 그런 거 같아요."

"사실 나도 말 많은 놈인디, 일머리를 알아야 참견을 하죠."

목수들에게는 집 지을 때 어떤 예감 같은 것이 있는 모양입니다. 선무당이 사람 잡는다고 하던가요. '집주'가 몇몇 단편적인 지식으로 시시콜콜 참견하면 그만큼 일이 늦어지고, 그러다 보면 지붕 올리기 전에 비가 온다든가 이런저런 골칫거리가 발생한다는 것입니다. 아무튼 지붕을 완성할 때까지 바람은 심하게 불었지만 비가 전혀 오질 않아 천만다행이었습니다.

공사를 시작한 지 보름을 넘기면서 온몸 구석구석이 욱신거려왔습니다. 저보다 몇 배 더 힘들게 일하는 목수들 앞에서는 차마 '아이고' 소리도 내지 못하고 꾹꾹 눌러 참았는데, 그들 중 누군가 저도 모르게 흘러나온 신음 소리를 들었던 모양입니다.

"힘드시죠? 우리야 늘 하는 일이지만 힘드실 겁니다. 집 짓다가 치아를 몇 개나 뽑은 집주도 있습니다. 몸 관리 잘 하세요."

"새집 짓는 일이 좋은 일인지 어떤 건지 갈수록 헷갈리고 있는 참인디, 암튼 좋은 일이 있으면 좋지 않은 일도 찾아오기 마련 아니겠슈?"

그랬습니다. 좋은 일과 좋지 않은 일은 한몸처럼 따라다니기 마련이었습니다. 편하게 새집 짓고 살겠다고 수많은 나무들로 치장하고 있으니, 당연히 제 몸인들 온전할 리 있겠습니까? 그것은 제가 감당해야 할 자업자득이기도 했습니다.

인연: 온정이 가득한 나무 집

하루 세끼 먹는 거
참 힘들다

지붕과 벽체가 완성돼가는 것을 보다가 다시 충남 공주 집으로 올라갔습니다. 매달 휴먼 다큐멘터리 원고를 써왔는데, 그 주인공을 미리 섭외해야만 했습니다. 그런데 공주 집에 도착하니 큰아이 인효 녀석이 슬슬 제 눈치를 살폈습니다.

"왜 그려? 송인효, 너 무슨 사고 쳤지?"

"컴퓨터 고장 났어."

"니 컴퓨터 저번에 고장 났다고 했잖어?"

"아빠 컴퓨터."

"뭐? 그럼 거기에 있는 자료가 다 날아갔단 말여?"

흥분을 가라앉히고 컴퓨터 앞에 앉았습니다. 컴퓨터가 먹통이 돼 있었습니다. 모니터에 메인 화면조차 뜨질 않았습니다. 문서 파일에는 접근조차 못했습니다. 녀석이 인터넷을 통해 게임을 하다가 바이러스에 된통 당한 듯싶었습니다. 그놈의 바이러스가 내 머릿속까지 깊숙이 파고들어 오고 있었습니다.

"송인효, 너! 이눔 자식이."

"아빠 자료, 외장 하드에 옮겨놓지 않았어?"

만약 외장 하드디스크에 옮겨놓지 않았다면 출판 준비를 하던 원고는 물론이고, 6·25한국전쟁 당시 공주 왕촌 집단 학살지에서 희생당한 사람들의 유가족들을 동영상으로 담아놓은 증언록 등 귀중한 자료들이 죄다 날아갔을 것입니다. 생각지도 않았던 집 한 채가 뚝딱 세워지고 있었지만, 다른 한편에서는 오랫동안 준비해온 자료들이 한순간 뚝딱 사라져버렸을지도 모를 일이었습니다. 눈앞이 캄캄했습니다.

결국 고장 난 컴퓨터를 수리 센터에 맡겼는데 복구할 수 없다는 판정을 받았습니다. 하드디스크를 새로 교체해야 한다는 것이었습니다. 출판 예정인 원고와 그동안 틈틈이 일상을 기록해둔 원고며 사진이 몽땅 날아갔지만, 다행히 공주 왕촌 학살지 관련 자료는 외장 하드에 옮겨져 있었습니다. 또한 천만다행으로 출판 예정인 원고는 프린트를 해놨기에 다시 정리하면 될 일이었습니다. 오랜 시간이 들겠지만 이미 엎질러진 물이니 어쩔 수 없었습니다.

"아빠 컴퓨터에 중요한 자료가 있으니 손대지 말라고 그렇게 신신당부했는데 그 약속을 어겨? 너 약속 어기고 사고 친 게 벌써 몇 번째여. 니가 선택해. 집 짓는 데 가서 아빠하고 생활하든지 아니면 혼자서 배낭 메고 여행을 떠나든지."

큰아이 인효 녀석에게는 중요한 자료가 다 날아가 지난 1년 동안 고생한 것이 한순간에 물거품이 됐다며 시치미 뚝 떼고 으름장을 놨습니다. 녀석은 선택의 여지가 없어 보였습니다.

"아빠하고 고흥에 갈게."

"거기 가면 틈틈이 책 읽어가며 아빠 일 도와야 혀."

"알았어."

녀석은 엄동설한에 홀로 배낭여행을 떠난다는 것이 엄두가 나질 않았던 모양입니다. 방송에 출연할 다큐멘터리 주인공을 섭외한 뒤, 녀석이 독파해야 할 책 보따리를 싸 들고 다시 고흥으로 향했습니다.

녀석을 집 짓는 현장으로 데려가는 데는 두 가지 노림수가 있었습니다. 하나는 우리 식구 보금자리를 만들기 위해 거센 바람 맞아가며 일하는 사람들을 보고 노동 현장을 느끼게 하고 싶었고, 또 하나는 방학 내내 엄마하고 공부 문제로 티격태격 입씨름하고 있을 게 불 보듯 빤하니 잠시라도 해방시켜주고 싶었던 것입니다.

녀석은 유배지로 떠나는 죄인처럼 기가 팍 죽어 창밖만 바라보고 있었습니다. 평소 말 많은 녀석이 입을 닫고 있는 게 보기 안쓰러워 말문을 열어줬습니다.

"이미 지난 일이니까 다 잊어버려. 고흥에 가서 아빠 일 거들며 여기저기 여행도 하고 그러자. 그 대신 너 아빠하고 약속한 거 지켜야 혀."

"알았어. 먼저 《데미안》부터 읽을게."

녀석의 얼굴이 금세 환해졌습니다. 녀석의 얼굴색이 밝아지는 것을 보며 미안한 마음이 들었습니다. 비록 사고를 치긴 했지만 군소리 없이 아빠 의견에 따라주는 녀석이 고마웠습니다. 친구 하나 없는 바닷가 마을, 그것도 텔레비전은 물론이고 인터넷도 들어오지 않는 외딴 오지로 이사 가겠노라 했을 때 군소리 없이 동의해준 녀석이었습니다. 정든 친구들과 헤어져야 하는 심적 고통을 감수하면서까지 말입니다.

녀석은 지금 제 마음자리에 따라 얼굴색이 달라집니다. 문득, 부모와 자식이라는 관계를 떠나서 저는 녀석에게 무엇일까 싶었습니다. 저는 평등한 인격체인 녀석에게 뭔가 강요하는 측면이 더 많았습니다. 돌이켜보면 컴퓨터 자료가 날아간 것은 녀석만의 책임이 아니었습니다. 제 책임도 있었습니다. 비록 낡고 오래되긴 했지만 이미 컴퓨터가 있으면서도, 따로 공사 현장에서 쓰겠다며 중고 노트북을 구입한 게 화근이었던 것입니다.

물질의 풍요는 '소중하다'는 생각을 흐려지게 합니다. 녀석은 '아빠에겐 노트북이 있으니 고장 나도 큰 걱정할 것 없다'는 식으로 생각했는지도 모릅니다. 노트북이 없었더라면 공주 집 컴퓨터

인연: 온정이 가득한 나무 집

가 비록 낡았다 할지라도 함부로 여기지 않았을 것입니다. 결과가 있으면 원인이 있기 마련입니다. 결국 노트북 구입으로 화근을 제공한 것은 바로 저였던 것입니다.

공주에서 고흥까지는 3시간 40분 거리입니다. 점심을 먹고 출발해서 고흥에 도착하면 어둠이 깔리기 시작합니다. 목수들이 며칠 동안 휴가를 떠난 상태라 집 짓는 현장은 텅 비어 있었습니다.

"밥은 먹었소?"

"도시락 싸와서 먹었는디요."

"아따 잘생겼네이. 우리 손자도 저만 한 게 두 개나 되는디……."

사글셋방 주인 할머니가 인효 녀석을 보더니 녀석만 한 손자가 '두 개'나 된다고 하십니다. 훗날 알게 된 것인데, 사글셋방 할머니 뿐 아니라 제가 이곳에서 만난 노인들 대부분은 손자들을 숫자 헤아리듯 '한 개' '두 개'로 언급하고 있었습니다. 한두 끼 겨우 먹으며 살아가던 시절, 기아로 죽어가는 어린아이들을 보며 그렇게 불렀는지도 모릅니다.

"아빠 배고파."

"할머니가 밥 주신다고 할 때는 가만히 있더니……. 도시락 먹은 지 한 시간도 채 안 됐는디 벌써 배고퍼?"

"컵라면이 먹고 싶어서."

"그려, 나도 모처럼 컵라면 한번 먹어보자."

먹고 나서 돌아서면 배고플 나이 열여섯, 녀석은 눈 깜박할 사이에 컵라면 하나를 비우더니 방귀를 '뿡뿡' 발사합니다. '컴퓨터 바이러스 사건'의 중압감에서 완전히 해방된 모양입니다.

아침에 일어나 세면을 하다 거울을 보니 얼굴이 퉁퉁 부어 있었습니다. 속도 쓰렸습니다. 몇 년 만에 먹은 컵라면 때문이었습니다. 집터에 들러 곰순이에게 밥을 주고 인효와 함께 도화면에 있는 마트에 들러 빵을 샀습니다.

녀석은 바나나 우유와 낱개로 포장된 빵 두 개를, 저는 중간 크기의 우유와 열 개들이 호떡 빵 한 봉지를 사 들고 텅 빈 겨울 바다, 발포해수욕장 앞에 나란히 앉았습니다. 어디서 나타났는지 작은 발바리 한 마리가 저만치서 눈치를 살피고 있었고, 우리는 바다를 바라보며 빵과 우유로 아침 식사를 했습니다.

"그 빵은 얼마여?"

"이거? 어디 보자, 한 줄에 1800원이라고 써 있네."

발바리에게 빵조각을 떼주던 녀석의 두 눈이 휘둥그레졌습니다.

"야, 그렇게나 싸. 열 개에 2000원도 안 하네."

"호떡 빵 열 개가 니가 산 빵 두 개보다 싸지? 아빠가 예전에 취재 여행 다닐 때 밥 대신 이걸로 해결했어."

"결혼 전에?"

"그래. 결혼 전에 카메라 가방 메고 전국 돌아다니며 산 기행도 하고 섬 기행도 했지. 돈 모아서 인도 갈 비행기 표 구하겠다고 열차 대합실 같은 데서 쭈그려 자면서 이 호떡 빵하고 우유 중간 크기 하나를 사서 하루를 먹었어. 너두 한번 먹어봐⋯⋯."

녀석은 우유 한 통과 호떡 빵 한 줄로 하루 세끼를 때웠다는 것
에 놀라워하면서 호떡 빵 하나를 받아 들었습니다. 하지만 한 개를
채 먹지 못하고 얼굴을 찡그립니다.

"맛은 별로네. 나중에 먹을게."

"아직 배가 안 고파서 그려 임마. 하루 세끼 먹는 게 쉬운 줄 알
어?"

"근디 왜 인도에 가질 않았어?"

"엄마 배 속에 니가 생겨서 그랬지 인마."

고흥 곳곳을 둘러보며 점심 역시 남은 호떡 빵으로 해결했습니
다. 녀석은 배가 고픈지 맛이 별로라던 그 빵을 잘도 먹어 치웠습
니다. 혹여 '컴퓨터 사건'으로 생긴 심적 고통이 가슴에 맺혀 있을
까 싶어 실컷 바다 구경을 시켜주고 저녁 무렵에서야 집 짓는 현장
으로 돌아왔습니다. 곰순이 밥을 챙겨주고 터 앞에 널려 있는 냉이
를 캐서 밥을 지어 먹기로 했습니다. 아내가 챙겨준 전기밥솥에 쌀
을 안치고, 미리 뜯어놓은 냉이에 된장을 듬뿍 넣어 끓였으나 맛이
영 싱거웠습니다. 간장은 물론이고 소금조차 넣지 않았기 때문이
었습니다.

"아빠, 냉잇국에 소금 대신 컵라면 수프를 넣으면 어떨까?"

녀석 말대로 컵라면 수프를 넣었더니 그런대로 맛이 났습니다.
밥도 아주 잘됐습니다. 종이 박스로 밥상을 만든 뒤 바닥에 쪼그려

마주 앉았습니다. 냉잇국에 사글셋방 할머니가 준 파래무침과 김치가 전부인 상차림이었지만, 녀석에게는 진수성찬이나 다름없었습니다. 배가 고팠는지 공깃밥 세 그릇을 뚝딱 비웠습니다.

밖에는 어둠이 내리며 빗줄기가 쏟아지기 시작했습니다. 커피잔을 들고 유리창 사이로 내리꽂히는 빗줄기를 바라봤습니다. 지붕만 씌운 속이 텅 빈 집이지만 창문이 달려 있어 아늑했습니다. 배도 채우고 커피까지 마시고 있자니 세상 부러울 게 없었습니다.

문득 비를 막아주는 집이 동굴처럼 느껴졌습니다. 원시 동굴 속에 있다는 묘한 기분이 들었습니다. 머릿속에서 현기증 같은 것이 일었습니다. 빗줄기에 빠져들수록 먼 시원의 전생 여행을 떠나기라도 하듯 존재감이 아뜩하기만 했습니다. 물 한 방울이 바다와 이어져 있듯이 빗줄기가 시원의 세계와 연결돼 있다는 착각마저 들었습니다.

저는 비가 내릴 때면 종종 동굴 속 유인원을 떠올리곤 합니다. 단지 주린 배를 채우고 비를 피할 수 있는 공간 하나만으로도 만족할 수 있다면 얼마나 좋을까 자유로운 상상에 빠져봅니다. 하지만 저는 거기에서부터 너무나 멀리 와 있습니다. 원시 동굴과 목조 주택만큼이나 너무 멀리 떨어져 있습니다.

다음 날 휴가를 마친 윤구 씨가 맨 먼저 도착했습니다. 둘이 보일러 배관 공사를 시작했습니다. 나머지 목수들은 배관 공사가 끝난 다음에 오기로 한 모양입니다. 애초에 인건비를 아끼기 위해 보일러 배관 공사는 우리 둘이 하기로 했던 것입니다.

맨 바닥에 두터운 스티로폼을 깔아놓고 그 위에 '와이어매시'라는 철사 판을 깔았습니다. 그러고 나서 제가 원형으로 말린 PVC파이프를 풀어놓으면, 윤구 씨는 그걸 일정 간격으로 맞춘 뒤 가는 철사로 와이어매시에 단단히 고정시켰습니다.

둘둘 말린 PVC파이프를 푸는 작업 또한 만만치 않았습니다. 잘못 풀면 꼬여버립니다. 본래 급히 서둘러 하는 일에 젬병인 저로서는 쉽지 않은 작업이었습니다. 느려 터진 인간이 집 짓기 선수인 윤구 씨 장단에 맞춰 손에 익숙지 않은 일을 하다 보니 파이프가 여러 번 꼬였습니다.

"아이구 형님, 그쪽으로 풀면 안 된다니까 그러네요."

"글쎄 말유, 이게 아닌디 자꾸만 선이 그쪽으로 풀려버리네. 나중에 돈벌이가 안 되믄 윤구 씨 따라다니며 일당 벌이라도 해볼까 했는디 션찮아서 안 되겠쥬?"

"처음에는 다 그래요. 몇 번 하시다 보면 익숙해질 겁니다."

윤구 씨는 답답해하면서도 웃음을 잃지 않으려 애쓰고 있었습니다. 인효 녀석은 차 안에서 《데미안》을 읽고 있었고, 우리 둘은 이틀에 걸쳐 종일 작업을 한 결과 안방과 아이들 방 그리고 거실에 다락방까지 배관 공사를 마쳤습니다.

늦은 밤, 아내가 그토록 원한 민박용 손님방 보일러 배관 공사를 시작할 무렵 부천에 산다는 박용진 씨가 도착했습니다. 부천에서 서울을 거쳐 광주에서 버스를 갈아타고 다시 고흥에 도착하는 데 장장 8시간이나 걸렸다고 합니다.

다음 날, 인효 녀석과 뒤늦게 현장에 나가 보니 두 사람은 민박용 손님방 문틀을 짜기 시작하고 있었습니다. 본래 목조 주택의 문틀은 자재상에서 문짝과 맞춰 나오는데, 처가에서 가져온 큼직한 중고 유리문 두 짝은 따로 문틀이 없었습니다.

"문틀 짜는 것도 큰 기술이겠네요."

"이거 문틀만 따로 짜서 해 넣는 것보담 새것을 사는 게 인건비가 덜 멕혀요."

"재활용한다고 괜히 일거리만 늘리는 거 아닌가 모르겠네요. 뭐 도와줄 거 없어요?"

"이 일은 둘이서 하면 돼요."

다음 날 아침부터 두 사람은 화장실과 다용도실 내벽 마감 작업을 시작했습니다. 저는 몸살기가 몰려와 일을 거들지 못하고 내내 차 안에 있다가 추운 날씨에 일하는 사람들 보기가 미안해 온몸을 추슬러 밖으로 나왔습니다. 집 머리 위에는 구름이 수상하게 떠 있었고, 날씨조차 잔뜩 인상을 쓰고 있었습니다.

"힘드시면 들어가 쉬세요. 오늘은 도와주실 거 없으니까요."

결국은 목수들에게 따끈한 커피 한 잔씩 타 주고, 인효 녀석과 사글셋방으로 돌아왔습니다. 그런데 기운이 없어서 그랬는지 마당으로 들어서다 살얼음 바닥에서 미끄러졌습니다. 손에 든 카메라

가방과 노트북을 챙기다가 그만 발라당 나자빠지고 말았습니다. 하지만 엉덩이도 아프지 않고 아무런 이상이 없어 보였습니다.

멀쩡하게 털고 일어난 뒤 몸살기를 달래기 위해 보일러를 돌리고 이부자리를 깔았습니다. 뜨끈한 방바닥에 눕자마자 가슴팍이 뜨끔거렸습니다. 몸의 온갖 기운이 가슴팍으로 몰려와 목구멍까지 숨이 턱 막혀왔습니다.

자리에서 일어나 가부좌를 틀고 앉아 숨 고르기를 했습니다. 어떤 일이든 지나치면 탈이 나기 마련입니다. 분수에 넘치는 집 짓기는 하루에 세끼 이상 먹겠다는 것이나 다름없는 일처럼 다가왔습니다. 하루 세끼 먹기도 힘든데 그게 얼마나 큰 욕심인가 싶어 인효 녀석이 듣거나 말거나 혼잣말로 중얼거렸습니다.

"인효야, 하루 세끼 먹는 거 참 힘들지 않냐?"

그건 바로 저 자신을 향한 물음이기도 했습니다.

새집이 완성될수록
가슴은 답답해지고

이른 아침, 몸을 일으키는데 숨이 턱 막혀왔습니다. 전날 마당에서 넘어지던 순간, 가슴 어딘가의 혈 자리가 막힌 것 같았습니다. 목수들은 집 짓는 현장으로 떠나고 인효와 단둘이 남아 몸을 추스르는데 사글셋방 할머니가 방문을 불쑥 열고 들어왔습니다.

"이것 드셔."

"아이구 참, 괜찮은디. 지금 마악 나가려던 참인디요……."

"아적 아침도 안 먹었잖소이. 찬은 없지만 그냥 드시구 가셔."

이틀 전에 건네주신 파래무침을 맛있게 먹었다고 했더니, 이번에는 파래무침뿐 아니라 파랫국에 구운 갈치까지 챙겨 오셨습니다. 할머니 성의를 봐서 먹어야 하는데 통 밥맛이 없었습니다. 몇 숟가락 뜨고 사글셋방을 나서는데 다시 가슴이 뜨끔했습니다.

"아빠, 아프면 좀 더 누워 있다가 가지."

"지금 가서 점심 준비해야 돼."

목수들에게 점심으로 김치찌개를 해주겠다고 약속했기 때문에 더 이상 지체할 수 없었습니다. 사글셋방에서 나와 골목길을 나서는데 허름한 농가에 동네 할머니들이 모여 있었습니다. 다 쓰러져 가는 슬레이트집이지만 볕 좋은 남향집 마루에 걸터앉아 있는 모습이 보기 좋아 재빨리 카메라를 꺼내 들었습니다.

"사진 좀 찍어두 되쥬?"

"뭘라구 찍어요이."

"그냥요. 보기 좋아서유."

"아따 뭐시가 보기 좋아, 다 늙은 것들인디."

"마루에 앉아 계시는 모습들이 하두 이뻐서요."

"아따 참말로 뭐시가 이쁘다구."

"그려. 찍어, 찍어."

다들 한마디씩 하면서 바른 자세로 고쳐 앉습니다. 마루 가득한 남도의 햇살만큼이나 환한 웃음이 사진기 가득 잡혀 옵니다. 주름 잡힌 시골 할머니들의 웃음은 짙은 화장으로 세월을 감추지 않는 건강한 웃음입니다. 순수한 갓난아기의 미소와 닮았습니다.

사진을 찍고 돌아 나오는데 인효 녀석이 방그레 웃으며 할머니들이 따사로운 볕에 앉아 있는 귀여운 고양이들 같다고 합니다.

"그려, 그러기도 하네. 아빠는 할머니들이 갓난아기들 같고 또 뭐시냐, 고목나무에 핀 이쁜 꽃 같던디."

돼지고기를 사 들고 집 짓는 현장으로 가 가슴팍을 어루만져가며 전기밥솥에 쌀을 안치고 김치찌개를 끓였습니다. 사글셋방 할머니가 주신 파래 반찬에 김과 김치를 꺼내놓으니 그런대로 상차림이 근사했습니다.

"밥이 맛있네요. 밥만 먹어도 되겠네요."

다들 맛있게 먹으며 김치찌개 한 냄비를 거의 다 비웠습니다. 밥도 두 공기씩이나 비웠습니다. 맛있게 먹어줘서 고마웠습니다. 점심을 다 먹을 무렵, 바닥 미장에 쓸 모래와 시멘트를 가득 실은 트럭이 들어왔는데 윤구 씨 말로는 모래가 적다고 합니다.

레미콘에 방통차(콘크리트를 부어 바닥 미장일을 하는 차)를 부르면 140만 원 정도 경비가 든다고 합니다. 그것도 고흥에서 구할 수 없어 순천이나 광주에서 불러와야 한다고 합니다. 방통차를 이용하면 빠른 시간 내에 매끈하게 바닥 미장을 할 수 있는데, 사람 손으로 하면 상대적으로 매끄럽지 않게 될 수 있다고 합니다.

하지만 여기저기 수소문해 미장일 하는 사람들을 부르기로 했습니다. 미장 기술자 두 명에 뒷일 봐주는 사람 두 명, 모두 네 명이 일하는 데 100만 원 정도면 할 수 있다고 하니 방통차를 부르는 것보다 40만 원 절감할 수 있는 데다 지역 사람들에게 일거리를 줄 수 있어 일석이조였습니다. 사람 손을 빌리면 일은 좀 더디게 진행

"사진 좀 찍을게유."
"뭘라구 찍어요이."

인효 녀석은 할머니들이 귀여운 고양이들 같다고 합니다.
오른쪽 끝이 사글셋방 할머니입니다.

될지 모르지만 급할 것이 하나도 없었습니다.

윤구 씨는 늦은 오후까지 손님방 문틀을 만들어 큰 유리문을 끼워 넣었습니다. 저는 여전히 숨 막히는 가슴을 부둥켜안고 차 안에 누워 있다가 밖으로 나와 서성거리기를 반복했습니다.

다음 날 내부 바닥 미장일을 시작했습니다. 헌데 미장일을 맡은 사람이 모래가 부족하다며 한 차 더 시켜야 한다는 것입니다.

"어제 모래를 적게 실어오더니, 공사 시작하고 나서 그러시면 어떻게 합니까? 처음 약속하고 다르잖습니까?"

"지금 얼른 주문해야 하는디요."

"거참, 너무하시네……."

"……."

"모래가 부족하다니 할 수 없죠. 주문하세요."

화를 꾹꾹 눌러 참았더니 또다시 가슴팍이 꽉 막혀왔습니다. 이미 시작한 일이었기에 실랑이해도 소용이 없었습니다. 울며 겨자 먹기로 애초의 약속과 달리 20만 원의 경비를 추가할 수밖에 없었습니다.

"어쩔 수 없지요. 그 대신 신경 써서 잘 해주세요. 방바닥이라서 울퉁불퉁하믄 잠자리가 힘드니께요."

집 짓다 보면 종종 이런 일이 생기기 마련이라고는 하지만, 고흥에 와서 처음 겪는 일이다 보니 맥이 쏙 빠졌습니다.

미장일을 지켜보고 있는데 지리산에서 전통차를 만드는 이준호 선생이 찾아왔습니다. 점심을 사주겠다는 것이었습니다. 점심을 먹으며 반주로 소주 한잔을 했는데 또다시 가슴팍이 막혀왔습니다. 이 선생의 차를 타고 집 짓는 현장으로 돌아오는 길목에서 잠시 해변을 둘러보는데 숨이 목구멍까지 차올라 한참을 자갈밭에 엎드려 심호흡했습니다. 견딜 수 없을 지경으로 숨이 막혀왔습니다.

이 선생을 보내고 나서 겨우 운전대를 잡고 한의원을 찾아갔습니다. 인효 녀석이 보호자가 돼 불안한 기색으로 따라나섰습니다. 침을 맞고 뜸까지 떴는데, 왼쪽 팔목 부위에 놓은 침이 잘못됐는지 힘줄 부위가 퉁퉁 부어올랐습니다. 한의사가 침을 놓기 전에 볼펜처럼 생긴 침구로 찔러대는 기계적인 동작이 너무나 우스꽝스러워 그만 웃고 말았는데, 그것이 비웃음처럼 보여 일부러 정맥 부위에 침을 꽂은 것이 아닌가 싶었습니다.

설마 그러지는 않았겠지만 아무튼 그 침 하나로 손목 부위가 마비될 지경이었습니다. 하지만 사혈과 침 뜸으로 큰 효과를 봤습니다(한의원에서는 사나흘 더 치료받아야 한다고 신신당부했지만 더 이상 찾아가지 않았습니다). 막힌 가슴이 한결 좋아졌습니다.

"인효야 일루 와봐. 아빠 침 맞는 거 찍어놔라."

인효 녀석이 불안해할 것 같아 짐짓 태연한 척 사진을 찍어달라고 했습니다. 한의원에서 나오니 건강원 앞에 세워져 있는 포니 승용차가 눈에 띄었습니다. 늘 그 자리에 있는 포니 승용차가 새삼스럽게 다가왔습니다. 문짝에 사용하는 경첩을 달아놓은 연료 주입

구며 고무줄로 감아놓은 부러진 백미러를 비롯해 어디 하나 성한 곳이 없어 보였습니다.

"저 자동차가 아주 오래전에 나온 포니라는 건데 지금도 건강해 보이지잉."

"다 낡았는데 뭐가 건강해."

"수십 년은 됐을 텐디 아직도 굴러다닌다고 하잖어. 저 차만큼 오래된 차는 쉽게 볼 수 없어. 사람으로 치면 백 살이 넘었다고 할 수 있지."

집 짓는 현장에 돌아오니 윤구 씨는 미장한 바닥 콘크리트가 밤새 얼어붙을까 봐 걱정이라며 온열기를 설치하고 있었습니다. 일찌감치 보일러를 신청했는데 본사에서 아직 보내지 않아 하루 더 있다가 설치해야 한다는 것이었습니다.

윤구 씨는 제 집 짓듯 정성을 다해 늦은 밤까지 온열기를 설치해놓고 보일러 배관에 온수를 공급했습니다. 하지만 물은 생각처럼 쉽게 데워지지 않았습니다.

"몸도 좋지 않으신데 먼저 들어가세요."

"같이 들어갑시다. 침 맞고 뜸까지 떠서 그런지 한결 좋아졌슈."

겨우 물이 데워지는 것을 확인하고는 윤구 씨와 함께 사글셋방으로 돌아왔습니다. 늘 그랬듯이 돌아오자마자 노트북을 켜놓고 일기를 쓰려는데 가슴팍이 다시 아파왔습니다.

인효 녀석이 제 손을 대신해 노트북 자판을 두드려줬습니다. 오

망가져가는 몸이

다 낡은 포니 자동차를 닮은 것만

같았습니다.

늘 있었던 일들을 떠올리다가 문득 건강원 앞에 서 있던 포니 자동차가 고장 난 제 몸과 닮았다는 생각이 들었습니다. 아니, 제 몸보다 포니 자동차가 더 건강하다는 생각이 들었습니다.

이제 오십을 갓 넘긴 제 몸은 포니 차보다도 형편없이 낡아가고 있었습니다. 한 달 내내 찬바람에 시달렸다고는 하지만, 몸 상태가 좋지 않으면 잇몸이 붓고 그나마 남아 있는 어금니까지 흔들리는 꼴이 영 말이 아닙니다.

"아빠 몸이 아까 본 낡은 포니 자동차를 닮았네. 아, 그리고 또다 쓰러져가는 공주 집도 닮았다잉. 그치?"

제 몸은 빗물이 줄줄 새는 공주 집을 닮았습니다. 새집을 짓는 동안 공주 시골집은 점점 기운을 잃어가고 있었습니다. 온기 잃은 사랑방은 다시 쥐새끼 소굴로 변해가고 있을 것이었습니다.

"이 말도 쓸까?"

"뭘?"

"아빠 몸이 포니하고 공주 집 닮았다는 거."

"그려 아빠가 하는 말은 다 적어놔. 재밌지?"

인효 녀석을 향해 애써 웃음을 던져보려 했지만 유쾌한 웃음이 나오질 않았습니다. 생각해보니 몸이 고장 난 건 어느 날 갑자기 빙판에서 미끄러졌기 때문만은 아니었습니다.

제 몸의 중심이 무너지기 시작한 것은 삶의 리듬이 무너지면서부터인 것 같습니다. 의식주 전반을 최소한의 돈으로 해결하며 자급자족의 길을 걸어보겠노라 했던 것이 하나둘 무너지면서 몸의 중심 또한 무너지기 시작했는지도 모릅니다.

거센 물살에 둑이 시나브로 무너져 내리듯, 지난 1년 동안 주체할 수 없는 물질의 홍수 속에서 제 몸이 하나하나 고장 나고 있었던 것입니다. 어렸을 적 홍수가 나면 둑을 집어삼킬 듯 쿨렁거리며 내를 휘감아 흐르던 황톳물 앞에 서 있을 때 그랬던 것처럼 물질의 홍수 속에서 현기증이 날 지경이었습니다.

적게 벌어 행복하게 살고자 했던 우리 식구들의 삶에 큰 변화가 온 것은 사실 수입이 는 후부터였습니다. 이전까지 30만~40만 원 벌이를 했던 아내의 수입이 배로 늘었던 것입니다. 그래 봤자 우리 부부가 한 달 동안 벌어들이는 수입은 200만 원도 채 안 됐지만 이전에 비하면 큰 변화였습니다.

버는 만큼 소비도 늘기 시작했습니다. 불과 몇 년 전까지만 해도 먹고 자고 입고 생활하는 데 쓰는 한 달 평균 생활비가 60만 원이 채 안 됐는데, 그 두 배에 가까운 100만 원대로 늘었던 것입니다. 물가 상승이 가장 큰 원인이기도 했지만, 아이들이 중학생이 돼 도시로 나서면서부터 그 씀씀이가 커질 수밖에 없었습니다.

우리 부부 또한 예전보다 씀씀이가 커졌습니다. 저가의 생활필수품이라고는 하지만 아내는 인터넷 쇼핑에 조금씩 눈을 돌리기 시작했고, 인스턴트식품이 하나둘 밥상에 오르기 시작했습니다. 상식이 통하지 않는 세상이다 보니 저 또한 술자리가 늘었습니다.

이전에는 집에서 담근 술을 마셨는데 밖으로 나가 마시는 날이 늘었습니다.

아이들의 몸집이 시시때때로 커지면서 이전처럼 누군가에게 물려받아 입히는 옷이나 신발이 점차 줄어들고 새 신발과 새 옷을 사 입히는 일이 늘었습니다. 가장 큰 지출은 자동차 유지비였습니다. 10여 년 된 중고 자동차가 한두 군데씩 망가지면서 돈을 달라며 입을 쩍쩍 벌렸고, 새 터를 구하기 위해 전국을 헤매고 다니면서 엄청난 연료비를 감당해야만 했습니다.

게다가 값비싼 프로젝터까지 사들였습니다. 텔레비전을 없애는 대신 아이들에게 질 좋은 영상을 선별해 보여주기 위해서였습니다. 당시 대학에서 영상 강의를 하고 있었기에 학생들과 동영상을 제작해 공부할 수도 있겠다 싶었는데, 아직까지 제대로 사용하지 못하고 있습니다.

거기에다 낚시 장비도 구입했습니다. 어느 날 사촌 동생이 릴 뭉치를 선물했는데, 여기에 구색을 맞추겠다며 릴 대를 사들이고 하나둘씩 필요한 소품들을 샀습니다. 나중에 바닷가로 이사 가면 찬거리를 해결할 수 있을 거라는 그럴듯한 변명을 덧붙이긴 했지만, 제가 개인적 필요에 따라 20만~30만 원에 해당하는 고가 장비를 구입한 것은 결혼 후 처음 있는 일이었습니다.

또 하나 큰 변화는 우리 가족에게 그동안 없었던 핸드폰까지 생긴 것입니다. 가족회의를 거쳐 일반전화보다 싸게 먹힌다 하여 장만한 핸드폰이었지만 결국 일반전화를 쓸 때보다 세 배 가까운 전화비를 감당해야 했습니다. 거기에다 새 터를 구하고 전 재산을 털어 분수에 넘치는 새집까지 짓고 있었으니 물질의 홍수에 현기증이 나는 게 당연했습니다.

물과 기름처럼 물질과 마음은 어울릴 수 없습니다. 물질에 얽매이면 그만큼 마음자리를 잃게 되고, 마음자리를 잃으면 건강 또한 잃게 되는 법입니다. 그렇게 제 몸은 새집이 완성돼가면서 시나브로 망가져가고 있었던 것입니다.

집을 다 짓고 나면 다시 시작할 수 있을까? 이전의 소박한 생활로 되돌아갈 수 있을까? 이래저래 혹사해온 몸의 건강 상태를 되돌려놓을 수 있을까? 그날 밤 내내 머릿속이 혼란스러워 쉽게 잠을 이룰 수 없었습니다.

빈방에 24시간
기름보일러를 돌리다

바닥 미장일을 마친 다음 날 보일러가 도착했습니다. 한 통에 20만 원 하는 기름을 두 통 넣고 곧바로 보일러를 가동시켰습니다. 하루라도 빨리 콘크리트 바닥을 굳혀야 내부 작업을 할 수 있기 때문입니다. 사실 제 입장에서는 콘크리트 바닥이 갈라질 염려가 있어 쉬엄쉬엄 말렸으면 했는데, 시간이 돈인 목수들 입장에서는 하루라도 지체할 수 없는 노릇이었습니다.

기름보일러를 24시간 가동시키자 집 안에 훈기가 돌기 시작했습니다. 기름통은 처가에서 가져온 중고를 설치했지만, 보일러는 새로 장만한 것이었습니다. 처음에는 연료비를 아끼기 위해 화목보일러를 염두에 두기도 했습니다. 하지만 멀쩡한 나무를 벨 수는

인연: 온정이 가득한 나무 집

없었기에 땔나무를 장만하는 것이 문제였습니다. 머리를 싸매고 있는데, 후배가 연탄보일러를 적극 권장했습니다.

"형님, 그냥 연탄보일러 쓰세요. 연탄보일러 써보니까 쓸 만해요. 화목보일러 쓰는 사람들 얘기 들어보면 땔나무가 너무 많이 들어 골치래요."

"연탄보일러도 좋은데 연탄재 처리가 문제잖어."

"아, 그거요. 연탄재를 거름으로 쓰면 좋대요."

"연탄재가 토질을 망칠 수 있을 텐디. 자연농 하는 데는 독이 될 텐디."

"아, 그거 걱정 마세요. 연탄재에 좋은 성분이 있어 친환경 농사에도 좋다는데요."

"그거 믿을 수 있을까?"

화목보일러와 연탄보일러 사이에서 고민하다가 인터넷 검색을 해봤습니다. "처치 곤란하던 연탄재가 농경지에 재활용되면서 쓰레기 처리 비용까지 줄이는 일석이조의 효과를 내고 있다" "실제로 농경지에 적당량의 연탄재를 사용할 경우, 연탄재의 광물 성분 때문에 토양의 산성화 예방은 물론, 배수 기능 강화에도 도움을 줄 수 있다"라는 기사들이 올라와 있었습니다. 게다가 한 술 더 떠 농촌진흥청 국립원예특작과학원 연구사의 "연탄재는 광물 성분이 태반이어서 산성 토양을 중화시키는 데 도움이 되고, 물리적으로 토양 배수 효과도 기대할 수 있다"라는 인터뷰 기사까지 덧붙이고 있었습니다.

연탄재가 토양에 좋다는 전문가의 견해에 어느 지역에서는 연탄재를 배달하는 사업까지 실시하고 있다는 내용이 실려 있었습니다. 연탄재 재활용에 관한 기사들을 살펴보니 입력 시기가 대부분 1~2년 지난 것들이었습니다. 고개를 갸웃거리며 연탄재에 관련된 다른 기사를 찾아냈습니다. 2008년 12월에 입력한 기사에는 앞의 기사와 전혀 다른 내용이 실려 있었습니다.

"재활용되는 연탄재에서 인체에 해로운 비소 성분이 다량 검출되는 등 인체와 농작물 생육에 나쁜 영향을 끼치는 것으로 조사됐다. 12일 강원도 보건환경연구원에 따르면 유해 중금속 10종의 연탄재 함유량을 분석한 결과 비소 함유량이 25.91mg/kg인 것으로 나타났다. 이는 토양환경보전법상 농경지 오염 우려 기준(6mg/kg)의 4배, 대책 기준(15mg/kg)의 1.7배를 초과한 수치다."

결국 토지 개량을 위해 농지에 뿌리는 연탄재가 오히려 농작물의 생육과 인체에 악영향을 미치기 때문에 각별히 조심하라는 것이었습니다. 불과 1년 사이에 연탄재 재활용 관련 기사 내용이 확연히 달라졌던 것입니다. 연탄보일러를 권장한 후배는 아마 예전에 신문기사나 방송을 본 후 후속 기사들을 접하지 못했던 모양입니다.

결국 연탄보일러를 포기하고 기름과 화목을 동시에 쓸 수 있는 겸용보일러로 눈을 돌렸습니다. 땔감을 구하기 힘들 때만 기름을 쓰겠다는 생각이었습니다. 안면도에서 보일러를 설치하고 수리하는 일을 생업으로 삼고 있는 김 선생에게 문의를 했더니 고개를 가로저었습니다.

"그러지 마시고요. 아예 따로 설치하세요. 겸용보일러는 한 번 고장 나면 둘 다 못 쓰게 되는 경우가 있어 골치 아파요."

"따로 장만하면 비용이 문제라서……."

"겸용보일러하고 비용도 크게 차이 나지 않아요. 화목보일러를 구입하면 보조금도 있을 텐데요."

결국 화목보일러와 기름보일러를 따로 장만하기로 했습니다. 화목보일러를 구입하는 농가에 지원하는 정부 보조금이라는 게 있다고 하니 일석이조였습니다. 하지만 고흥군청에 알아보니 이미 지원 사업이 끝났다고 했습니다. 게다가 과거에 정부 지원금을 받아 화목보일러를 설치한 농가도 군 전체에서 넷뿐이었다고 합니다. 기가 막혔습니다. 정부는 쥐꼬리도 아니고 조족지혈도 아닌, 먼지만큼 지원을 해주며 마치 원하는 농가 전체에 혜택을 주는 것처럼 생색을 내고 있었던 것입니다.

화목보일러뿐 아니라 일반 농가나 귀농자를 위한 정부의 지원 사업이 대개 그랬습니다. 마치 모든 이에게 혜택이 돌아가는 것처럼 홍보하지만, 실제 지원 사업을 꼼꼼히 들여다보면 군 전체에서 몇 가구로 한정돼 있습니다.

정부는 2010년부터 화목보일러 사업을 중단하고 톱밥 등으로 만든 청정 연료 '목재 펠릿' 사용 보일러에 대한 지원 사업을 벌이고 있었습니다(자부담 30퍼센트, 산림청 보조금 70퍼센트). 하지만 연료로 쓰이는 '목재 펠릿' 구입비가 경유비와 거의 같아 가난한 농민들에게는 그림의 떡이었습니다. 연료비 때문에 화목보일러를 쓰고자 하는 농가에서는 부담스러울 수밖에 없었습니다.

펠릿 보일러 자체도 전체 농가에 고루 혜택이 돌아가는 것이 아니었습니다. 고흥군에 알아보니 전체 농가에 25대를 보조하고 있었습니다. 결국 어쩌다 운 좋은 사람에게만 혜택이 돌아갈 수밖에 없었습니다. 이는 고흥군에 해당하는 일만이 아니었습니다.

애초에 정부 보조금 따위에 눈 돌렸던 저 자신이 부끄러울 따름이었습니다. 원칙과 상식이 통하지 않는 정부에 바랄 것이 뭐가 있겠습니까? 결론적으로 말하자면, 우리는 기름보일러와 화목보일러를 각각 설치하기로 했습니다. 방바닥 콘크리트를 말린다는 이유로 24시간 돌아가는 기름보일러 소리를 들으며 이런 생각이 들었습니다.

'저 소리는 자연을 쥐어짜는 소리다. 인간은 하루 24시간 따습게 지내기 위해 자연을 얼마나 더 쥐어짜야만 하는가? 자연을 쥐어짜서 살아가는 내 죄업은 얼마나 클까? 그 죄업을 갚을 수 있는 길은 자연에서 받은 만큼 되돌려놓는 것이다. 하지만 그걸 어떻게 되돌려놓는단 말인가?'

아무리 좋은 생각을 쥐어짠다 해도 결국 변명에 불과했습니다.

사람이 뭔가를 누린다는 것은 자연에게 고마우면서도 죄스러운 일이었습니다.

기름보일러를 돌려 콘크리트 방바닥을 말리는 동안, 목수들은 두 팀으로 나뉘어 한 팀은 외벽 작업을 마무리하고 다른 한 팀은 처가에서 가져온 목재로 마루 작업을 시작했습니다. 마루는 건물 벽에서 2미터쯤 내놓기로 했는데 시간이 꽤 걸렸습니다. 건축자재상에서 구입한 규격 목재가 아니었기에 굵기와 길이 등이 각각 달라 목수들이 애를 먹었습니다.

한편 컴퓨터 고장 사건으로 고흥에서 일주일째 유배 생활을 하던 인효 녀석이 갑자기 공주로 떠나겠다고 했습니다.

"누구 맘대로? 너 인마 유배 생활 더 해야 혀."

"내일 초등학교 때 담임선생님하고 친구들 만나기로 약속했어."

"뭐 때미?"

"고흥으로 이사 가기 전에 송별회 해주겠대."

송별회 핑계로 유배 생활에서 풀려난 녀석을 공주로 보내고 다시 사글셋방으로 돌아왔습니다. 일할 때는 대팻날처럼 날카로워지지만 쉴 때는 순박하기 이를 데 없는 강원도 사내 윤구 씨는 저녁 식사를 마친 후 늘 그래왔듯이 드라마 주인공과 대화를 나누고 있었고, 전 그의 순박한 표정을 기분 좋게 지켜보고 있었습니다.

한의원에서 침을 맞은 지 이틀째로 접어들면서 가슴 통증이 사라졌다는 걸 확연히 느낄 수 있었습니다. 목수 한 명이 늘어나는 바람에 사글셋방이 비좁아 전날 인효와 함께 모텔 방에 찾아들어 한참 동안 뜨거운 물에 몸을 풀어준 것이 효과가 있었던 모양입니다.

고흥에서 공주까지, 난생처음 5시간에 걸친 단독 여행 끝에 집으로 무사 귀환한 인효 녀석의 다소 흥분된 자축 전화를 받고 나자 피곤함이 몰려왔습니다. 스르르 감겨오는 눈을 겨우 뜬 채 윤구 씨의 드라마 감상에 동참하고 있는데 핸드폰에 문자 하나가 찍혔습니다. 인효 녀석의 초등학교 동창 건주가 보내온 문자였습니다.

"여자애들도 온다. 내 덕인 줄 알아 간나들아, 쿠하하! 내 덕인 줄 알아 이것들아."

건주는 인효가 계속 제 핸드폰을 쓰고 있는 줄 아는 모양이었습니다. 녀석에게 "나 인효 아빠다. 나도 거기 가면 안 되냐"라는 식으로 장난 문자를 날려주고 싶었는데, 문자를 할 줄 모르는 것이 원통했습니다.

6년 내내 한 반으로 지낸 인효의 초등학교 동창들, 1학년 때부터 종종 우리 집에 놀러와 주변 산과 들을 온통 헤집고 다녔고 때로는 모내기도 함께했던 녀석들이었습니다. 녀석들 하나하나의 성격까지 잘 알고 있었기에 저 또한 녀석들이 보고 싶었습니다. 그러니 녀석들과 헤어지게 될 인효의 감정이 코끝으로 찡하게 전해져 왔습니다.

미장 공사를 한 지 사흘째 되던 날, 내내 기름보일러를 돌려 콘크리트 바닥이 어느 정도 굳자 내부 단열 작업을 시작했습니다. 그런데 방바닥을 자세히 살펴보니 평평하지 못한 것은 물론이고 몇 군데 금이 가 있는 것이 확연하게 눈에 띄었고, 손님방 앞부분은 출렁거리기까지 했습니다.

미장 공사를 제대로 하지 않았기 때문이었습니다. 미장일을 맡았던 사람들이 떠올랐습니다. 본래 약속과 달리 모래 한 차 값을 추가하게 만들었음에도 점심까지 대접했던 사람들이었습니다. 집을 지으면서 처음으로 애를 먹였던 사람들인데, 그 결과 역시 좋지 않았던 것입니다.

헌 집 주고 새집 받으며
아쉬워지는 것들

"형님은 이것 좀 도와주세요."

"어, 그류."

처마 작업을 마무리한 윤구 씨가 점심을 먹고 나서 물받이 작업을 시작하자며 제게 도움을 요청했습니다. 처마 작업을 할 때처럼 단순히 뒷일을 거드는 것이었지만, 모처럼 일이 생겨 기분이 좋았습니다.

"이렇게 단단히 해놓으면 바람이 아무리 불어도 끄떡없겠는디."

"아, 그럼요. 태풍이 불어도 끄떡없을 겁니다."

"빗물 소리를 듣지 못해 아쉽긴 하지만……."

지붕을 타고 내려오는 빗물을 깔끔하게 처리할 수 있는 아주 단

인연: 온정이 가득한 나무 집

단한 물받이를 설치하다 보니 섭섭함과 아쉬움이 밀려들었습니다. 공주 시골집이 떠올랐기 때문입니다. 새로 짓는 목조 집은 빗물이 지붕에서 내려오자마자 처마 끝에 달린 물받이가 거둬가지만, 공주 시골집은 비가 내리면 함석지붕 골을 타고 내려온 빗물들이 거침없이 뜰팡으로 떨어집니다.

낙숫물 떨어진 자리에는 오랜 세월 동안 깎여 하얀 속살을 드러낸 돌부리들이 있습니다. 낙숫물은 돌부리에 부딪힌 후 그 주변에 고인 빗물에 파문을 일으키며 마치 느린 화면처럼 아름답게 다가왔습니다. 때로는 이슬처럼 조용하게, 때로는 이 세상 모든 소리를 잠재우는 아우성처럼 자연의 생생한 소리들이 귓속으로 파고들었습니다.

그렇게 공주 시골집에서는 비가 내리는 날이면 마루에 앉아 낙숫물 떨어지는 모습을 보며 한가로움을 즐길 수 있었습니다. 어렸을 때 그랬던 것처럼 빗소리에 젖어들어 공상에 빠져보기도 하고, 때로 손님들이 찾아오면 마루에 둘러앉아 뜰팡으로 낙수치는 빗소리를 들으며 운치 있게 술잔이나 찻잔을 기울여 이야기보따리를 풀어놓기도 했습니다.

"말끔하고 좋긴 한디, 더 이상 빗물 떨어지는 소리를 못 듣게 생겼구먼……."

"예? 뭐라구요?"

"아, 아뉴. 그냥……. 뭘 달라고 했쥬? 이거유?"

공주 시골집 사랑방 처마.

봄이면 매화가 활짝 피고,

비가 내리면 처마 끝에서 뜰팡으로 빗방울이

꽃잎처럼 뚝뚝 떨어졌습니다.

이제 새집에서는 빗방울 소리를 못 듣겠지요.

"아니, 그거 말구 저기 길쭉하게 생긴 것 좀 갖다 주세요."

다른 작업과 마찬가지로 윤구 씨는 빗물이 새지 않게, 바람에 흔들리지 않게, 물받이 작업을 꼼꼼히 처리했습니다. 모든 것을 물샐틈없이 완벽하게 꾸미는 새집은 지붕에서 빗물이 줄줄 새는 공주 토담집과 너무나 비교됐습니다.

하지만 다 쓰러져가는 공주 시골집에는 그 허술한 틈새를 메워주는 것이 있었습니다. 바로 소박하고 기분 좋은 감성들입니다. 가슴팍으로 파고드는 낙숫물 소리 같은 것들이 허술하고 낡은 시골집의 틈새를 메워줬던 것입니다.

훗날 우리 집 아이들은 어른이 되어 메마른 세상을 살아가면서 공주 시골집의 촉촉한 기억들을 큰 위안거리로 삼게 될 것입니다. 하지만 이 빈틈없이 번듯한 목조 집에서는 어떤 추억거리를 남길 수 있을까 궁금했습니다. 그래도 집 앞에 바다가 있으니, 그와 더불어 아이들에게 줄 수 있는 뭔가 생기겠지요.

그렇게 오후 내내 윤구 씨와 빗물이 새지 않도록 꼼꼼하게 물받이 작업을 했고, 다른 목수들은 집 안으로 바람이 새어 들어오지 않도록 벽체에 두툼한 내부 단열재를 덧입혔습니다.

오전에는 '오일 스테인'인가, 아무튼 널빤지로 짠 마루가 썩지 않게 한다는 기름을 칠했고, 오후에는 물받이 작업 뒷일을 거들었으니 모처럼 일다운 일을 한 셈이었습니다. 그래서인지 일을 마치고 나자 온몸에 기분 좋은 피로가 몰려왔습니다.

사글셋방에 돌아와 방바닥에 퍼질러 누운 저는 윤구 씨와 함께 거실에서 영화 〈러브 인 아프리카Nirgendwo in Afrika〉에 눈을 맞췄고, 나머지 목수들은 안방에서 피곤한 몸을 녹이며 저마다 가족들에게 안부 전화를 했습니다.

물받이 공사와 내부 단열재 공사가 얼추 마무리될 무렵, 공주에서 지내던 가족들이 고흥으로 내려오기로 했습니다. 단열재 공사가 마무리되면 아내가 원하는 장판과 도배 공사를 준비해야 하기 때문입니다. 저는 윤구 씨의 주문대로 읍내에 나가 몇 가지 공구와 오공본드를 구입한 뒤 가족들이 도착할 시간에 맞춰 터미널로 달려갔습니다.

"인효 아빠, 집 팔았어!"

"그래? 잘됐네."

애초에 우리 부부 앞으로 등기가 돼 있지 않은 데다 집 뒤로 호남고속철도 공사가 임박해 있었기에 그 집을 누가 살까 싶었습니다. 그런 불리한 조건에도 집이 팔린 이유는 주변 시세보다 세 배나 싼 가격에 내놨기 때문인 듯했습니다.

"500만 원 받았어. 그렇지 않아도 돈이 부족해서 도배장판은 뭘루 하나 싶었는데 딱 맞게 생겼어. 인효 아빠 말대로 하늘이 다 알아서 도와주시나 봐."

"헌 집 줄게 새집 달라였네. 근디 뭔가 좀 허전하네이."

헌 집 주고 새집을 받은 것이 진정 하늘의 뜻이었을까 싶었습니

인연: 온정이 가득한 나무 집

다. 그동안 집 짓는 현장에서 지내며 까마득히 잊고 있던 공주 집을 생각하니 공연히 미안했습니다. 생물이든 무생물이든 삼라만상 모든 것이 만나면 헤어지기 마련이라지만, 가슴 한쪽이 뻥 뚫린 듯 허전했습니다. 아이들은 더할 것이었습니다. 두세 살 무렵부터 13년을 살아온 정든 집이었습니다.

아내도 마찬가지입니다. 버려진 물건들을 재활용해 다 쓰러져가는 시골집을 고쳐가며 살아왔으니 그 심정은 더할 것이었습니다. 구석구석 아내의 손때가 묻지 않은 곳이 없는 집이었지만, 정작 아내는 크게 내색을 하지 않았습니다.

어디 우리 식구들뿐이겠습니까? 10여 년 동안 수없이 많은 사람들이 그 집을 찾아와 그리움을 새겼습니다. 외양간을 고쳐 만든 아내의 '그림의 집'에 찾아와 그림을 배우며 산과 들로 뛰어다닌 아이들도 있었고, 별 생각 없이 찾아와 웃음꽃을 피우고 간 선후배 가족들도 있었습니다.

제가 그렇게 공주 시골집에 대한 감상에 젖어 있을 때, 아내는 마루와 물받이 등 집이 완성돼가는 현장을 세세하게 둘러보며 윤구 씨에게 침이 마르도록 고마움을 표했습니다.

"비싼 아파트는 화장실 인테리어만 하는데도 1500만 원이나 든다는데……. 윤구 씨 아니면 집 지을 생각도 못했을 거예요. 주변에 윤구 씨 자랑을 실컷 했더니, 집 짓고 싶다는 사람이 줄을 섰어요."

그날 저녁 아내는 목수들에게 공주 시골집을 팔아 돈이 생겼다며 기분 좋게 회식자리를 마련했습니다. 저는 불판에서 지글거리는 삼겹살을 젓가락으로 집어 입 안에 넣고 오물거렸지만 마음이 썩 내키지 않았습니다. 팔린 집이 살아 있는 돼지처럼 다가왔습니다. 정든 시골집을 팔아 고기를 먹고 있자니 애지중지 기르던 정든 돼지를 잡아먹고 있다는 생각이 든 것입니다.

아내는 기분 좋게 가위를 들어 고기를 자르고 있었습니다. 아내는 시골집을 팔아 생긴 돈으로 장판과 도배지를 마련할 것입니다. 거기에다 약간의 여유가 남는다면 싱크대까지 새로 장만해 자신이 원하는 번듯한 실내 공간을 꾸밀 것이었습니다.

그렇게 우리 부부는 헌 집을 팔고 새집을 완성해가고 있었지만, 제 마음은 갈수록 복잡하기만 했습니다. 찝찝했습니다. 그것이 딱히 무엇인지는 분명치 않았지만, 우리 가족이 그동안 소박하게 살아오며 가슴속에 간직했던 소중한 것들을 하나하나 도려내고 있다는 생각이 들었습니다.

우리 가족이
집에 갇히지 않기를

내부 단열재 작업을 마친 목수들은 석고보드로 마무리 작업을 시작했습니다. 목수들이 할 일은 이틀 후면 마감됩니다. 장판과 도배는 따로 업자를 불러 작업하기로 했습니다. 본래 도배장판 작업은 우리 부부가 직접 하려고 했는데, 윤구 씨가 잘 지어놓은 집 버린다고 극구 만류했습니다.

"형님, 그거 생각보다 쉽지 않아요. 인건비 들더라도 전문가가 해야 돼요. 전문가가 하면 하루 이틀에 끝나는데 두 분이 하면 몇 날 며칠이 걸리고, 몸도 상하고, 집도 버려요."

"인효 아빠, 윤구 씨 말대로 그냥 맡기자. 시골집 팔았으니까 그 돈으로 하면 되잖아. 천장이 높아서 쉽지 않을 거 같아."

직접 집을 지어보겠다고 작정한 것이 불과 3개월도 채 안 됐는데 도배장판까지 다른 사람 손에 의지해야 할 판이었습니다. 그날 밤 많이 피곤했는지 눈이 저절로 감겨왔습니다. 목수들이 석고보드 작업을 하는 동안 집 주변의 칡넝쿨과 쑥대를 잘라내고 무성한 풀들을 제거하는 작업에 매달렸기 때문입니다.

꿈자리가 사나웠습니다. 방송국에서 함께 일하는 사람이 꿈에 나타나 뭔가에 대해 그런 식으로 하려면 방송 일을 그만두라는 것이었습니다. 저는 그에 맞서 거지처럼 어디 가서 얻어먹을 궁리나 하지 말라며 큰소리를 치다가 꿈에서 깨어났습니다.

그는 방송 일을 하는 것이 큰 벼슬이라도 되는 것처럼 생각하는 사람이었습니다. 촬영 현장에서는 거드름을 피우며, 어디 가서든 공짜 밥이나 선물꾸러미를 바랐습니다. 일거리를 놓고 사사건건 트집을 잡기에 얼마 전 대판 싸움을 벌였고, 그 때문에 방송 일을 접어야 하나 고민하던 중이었습니다.

집을 완성해가면서 먹고사는 문제가 점점 고민되기 시작했던 것입니다. 방송 원고료는 그나마 생활비의 큰 비중을 차지하고 있었습니다. 사실 그 일을 접으면 무얼 할 것인지 고민했다기보다는 아내의 반응이 어떨지 두려웠습니다.

맘에 들지 않는 사람과 일하기 싫다고 그만둔다는 것은 아내에게 용납될 수 없는 일이었습니다. 아내는 생활에 대한 불안감으로 두려워할 것이고 신경이 날카로워질 것이었습니다. 그러다 보면 또다시 티격태격 다투게 될 것은 불 보듯 빤했습니다. 사실 싸우기로 말하자면 그 사람과 싸워야지, 아내와 싸울 이유가 없었습니다.

아침밥을 먹고 다시 집 짓는 현장으로 돌아갔습니다. 목수들은 집 안에서 석고보드를 잘라 붙이는 마무리 작업을 했습니다. 저는 밖에서 윤구 씨가 마무리 중인 물받이 작업을 거들고 있었는데, 서군섭 선생 댁에서 연락이 왔습니다.

"그동안 일하는데 밥 한 끼 대접도 못하고……. 목수들과 함께 오시요이."

점심 식사를 준비해놓겠다는 것이었습니다. 동네 앞 해수욕장에서 우연히 만나 새 터를 소개해줬던 서군섭 선생 부부는 아는 사람 하나 없는 생면부지의 고흥 땅에서 우리 식구의 의지처가 돼주고 있었습니다. 낯선 동네에서 순조롭게 농지원부를 만드는 데 큰 힘이 돼주었고, 임시 거처인 사글셋방도 소개해줬습니다. 우리에게 끊임없이 뭔가 도움을 주고 싶어 하는 고마운 분들이었습니다.

성격 소탈한 서군섭 선생의 부인이 준비한 점심 식사는 잔칫상만큼 푸짐했습니다. 먹을거리 인심 푸진 전라도임을 실감케 하는 밥상을 받아 모두 든든하게 식사할 수 있었습니다. 점심을 먹고 집 짓는 현장으로 나서는데, 이번에는 새 터 앞집 박 씨 아저씨에게서 전화가 걸려왔습니다.

"저녁은 우리 집에서 같이합시다."

"고마운 말씀인디, 저녁은 집사람이 준비하기로 했는디요."

목수들을 뒷전에 두고 우리 식구만 달랑 갈 수 없었습니다. 아내는 사흘 내내 새 터에 머물며 목수들에게 아침저녁을 차려줬습니다. 수저에 밥그릇, 냄비, 프라이팬 등 사글셋방 할머니네 살림도구를 동원해 생선을 굽고, 동태찌개를 끓이고, 돼지 불고기를 볶아 나름대로 든든한 밥상을 마련해왔습니다.

그날 오후 드디어 석고보드 내부 마감 작업을 마치면서 목수들이 할 일도 끝났습니다. 기초 공사에서부터 총 한 달 열흘 정도 걸렸지만, 중간에 휴가 다녀온 시간 등을 제하면 실제로는 한 달하고 사나흘 정도 걸린 셈이었습니다. 이제 도배장판과 화장실 등을 제외한 모든 작업을 마무리했습니다.

목수들은 저녁 식사를 마친 후 늦은 저녁에 떠나는 사람도 있었고, 다음 날 새벽에 떠나는 사람도 있었습니다. 그저 고맙고 고마운 사람들이었습니다. 아내는 고마워서 어쩔 줄 몰라 했습니다.

"그동안 너무 고마웠어요. 내 집이려니 생각하시고 언제든 놀러 오세요. 민박집이라 생각지 마시고 그냥 아무 부담 없이 내 집이라 생각하고 오세요. 방이 부족하면 안방이라도 내줄 테니까요."

목수들이 떠나기 전에 나머지 인건비를 챙겨줬습니다. 이미 기초 공사를 시작하면서 선금으로 3분의 1을 지급했습니다. 목수들의 팀장인 윤구 씨는 공사비가 부족하면 인건비는 일부만 주고 천천히 갚으라 했지만, 설사 비용 부족으로 집 짓기를 멈추는 한이 있더라도 인건비는 반드시 지급하겠노라 약속했었습니다. 하여 인

인연: 온정이 가득한 나무 집

건비만큼은 따로 책정해뒀습니다.

약속한 인건비를 모두 지불하고 나니 집 짓는 데 더 이상 걱정거리가 없을 것만 같았습니다. 그렇잖아도 인건비를 스스로 낮게 책정한 윤구 씨에게 내내 미안한 마음이었는데, 줄 걸 다 주고 나니 마음이 한결 가벼웠습니다. 마치 제가 일을 마치고 인건비를 받은 것처럼 기분이 좋았습니다.

그날 밤은 앞집 박 씨네에서 지내기로 했습니다. 우리 식구와 다른 방식으로 살아온 그는 위스키인지 보드카인지, 아무튼 칵테일을 내놨습니다. 그는 그동안 산간 오지 바닷가 외딴 집에서 홀로 지내며 외로움보다는 두려움이 많았던 모양입니다. 만일에 대비해서 가스총까지 준비해놨다고 합니다. 우리가 공주에서 살았을 때는 집에 누군가 몰래 들어와도 가져갈 만한 것이 없어 자물쇠는 물론이고 대문도 없이 살았다고 말하려다가 그만뒀습니다.

박 씨네 집은 이중창으로 되어 있었습니다. 바람 한 줄기 들어올 틈도 없어 보였습니다. 거기에다 하루 종일 보일러를 돌리고 있었기에 공기가 답답했습니다. 술 한잔 마시고 나니 더욱더 숨이 막혔습니다. 고맙게도 방을 두 개씩이나 내줬지만 아이들은 밤새 잠을 이루지 못하고 있었습니다. 베개를 들고 우리 부부가 있는 옆방을 오락가락했습니다.

"아이구, 공기가 너무 답답해서 숨 막혀 죽겠어."

"엄마 아빠 방도 마찬가지니께 창문 열어놓고 자."

"창문이 안 열려. 보일러 꺼달라고 하면 안 되나?"

"아저씨네 주무시잖어. 그냥 참고 자자."

"아휴 갑갑해."

우리 집 아이들은 두세 살 무렵부터 문풍지 사이로 웃풍이 솔솔 들어오는 흙집에서 10여 년을 살아온 녀석들입니다. 저와 더불어 아파트에서 이틀 이상을 버티지 못하는 시골 촌놈들이니 오죽했겠습니까? 아내는 뜨거운 방바닥에 등허리 지지는 기분으로 시원하다며 잠만 잘 잤습니다. 아침에 일어나니 녀석들이 퀭한 두 눈을 멀뚱거리고 있었습니다.

"새벽에 아침 해 보려고 바닷가에 가서 자갈밭에 누워 있다가 왔어."

"근디 니들 한숨도 못 잔 겨?"

"응, 갑갑해서."

"밤새 뭐 한 겨?"

"둘이 앉아서 명상했어."

"명상? 뭔 명상?"

"아빠가 우리 어렸을 때 새벽 산책길에서 자주 물어봤잖어, 그 거. 나는 누구인가에 대해 서로 얘기해봤어."

녀석들은 가부좌까지 틀고 마주 앉아 '나는 누구인가'에 대해 서로 물었다고 합니다. 이를테면 화두를 튼 것이지요. 얼마 전 컴퓨터 사건 때문에 집 짓는 현장으로 유배 왔던 인효 녀석이 선사가

인연: 온정이 가득한 나무 집

뭐며 명상이 뭔지를 꼬치꼬치 캐묻길래 답해준 적이 있는데, 그걸 끈 삼았던 모양입니다.

"그래 니들이 누구디?"

"끝까지 가보니까 아무것도 없었어."

"야! 대단한데!"

열다섯, 열여섯 연년생인 두 녀석은 도반처럼 마주 앉아 '나는 누구인가'를 끊임없이 파고들었다고 합니다. 이런저런 생각 끝에 '나'라는 존재를 핏줄에서 찾아봤다고 합니다. 자신들은 아버지의 아버지, 할아버지의 할아버지에서 나왔는데 그 위까지 계속 거슬러 올라가 보니 결국 아무것도 없더라는 것이었습니다.

"어둠 속에 있으니까 좀 무서웠어. 그래서 가만히 눈을 감고 한참 있으니까 초원이 보이더라구. 거기에 사자가 있었는데 하나도 안 무섭고 그냥 편하더라구."

녀석들은 그 어떤 두려움이든 스스로 만들어낸 허상에 불과하다는 것을 알았다는 것이었습니다. 녀석들은 그날 아침 해를 기다리며 바닷가 자갈밭에 나란히 누워 무엇을 봤을까요? 바다를 봤을 것입니다. 바다를 보다가 결국 무의식결에 아무것도 아닌 바다를 봤을 것입니다. 그렇게 텅 빈 무한의 바다에 마음의 문을 열어놓았을 것입니다.

녀석들은 살아가면서 또 다른 두려움과 수없이 마주치게 될 것입니다. 그것이 아무것도 아니라는 걸 빤히 알면서도 두려움의 시간을 보낼 것이고, 거기에서 뭔가 새로운 걸 깨닫게 될 것입니다. 또한 그 깨우침을 통해 생명력 있는 기운을 얻게 될 것이고, 결국 그 기운으로 살아가게 될 것입니다.

"아무것도 없다고 해서 아무것도 없는 게 아닌 겨. 나는 누구인가를 찾아가다 보면 나는 아무것도 아닌 존재가 되지만, 너는 분명 그 안에 있잖어? 뭔 얘긴가 알았어?"

"뭔가 알 거 같기도 혀."

"결국 내가 누구인가를 알게 되면 두려움이 없어지는 거지? 니들이 내가 누군인가를 생각해보다가 아무것도 아니라는 걸 알았을 때 어둠에 대한 두려움이 없어졌잖어. 본래 어둠도 아무것도 아니니께."

"그러네."

"그래서 옛 성인들이 자기 자신을 알게 되면 자유로워질 수 있다고 했어. 두려움이 없으니 당연히 자유로울 수밖에 없겠지? 안 그려?"

"그려."

"세상일도 마찬가지여. 나를 자유롭지 못하게 하는 일이 있으면 당당하게 맞서야겠지? 하지만 두려움에 사로잡혀 있으면 맞서지 못하겠지? 그러다 보면 결국 두려움 때문에 스스로를 억압하며 살게 될 것이고. 사실 아빠도 말은 이렇게 하지만 실천하기 쉽지 않은 얘기여. 아빠도 어떤 두려움 때문에 자유롭게 살지 못하고 있으

인연: 온정이 가득한 나무 집

3년 넘게 터를 찾아다녔고
고마운 분들의 도움으로 집을 완성했습니다.
우리 가족이 이 집에서 언제나
자유로울 수 있기를 바랍니다.

니께. 하지만 그런 마음을 늘 품고 살려고 노력해야겠지. 그래야 조금이라도 더 자유롭게 살 수 있으니까."

"아빠, 형아는 참 희한해. 새벽에 아침 해 보러 가는데 머리를 감고 갔다니까."

아이들이 진지한 얘기를 꺼내자 이때다 싶어 나름 심각한 표정으로 일장연설을 하는데, 늘 그래왔듯이 엉뚱하기 이를 데 없는 인상이 녀석이 판을 깼습니다.

어쨌든 그날 아침 사글셋방에 가보니 여기저기 너저분하게 널려 있던 짐 꾸러미들이 사라졌습니다. 한 달 넘게 숙식을 같이했던 목수들이 방을 말끔하게 청소해놓고 저마다 제 갈 길로 떠났던 것입니다. 윤구 씨만 홀로 남아 있었습니다.

"이거 잘 챙기세요."

며칠 후에 다시 보자며 윤구 씨가 건네준 것은 한 꾸러미의 집 열쇠였습니다. 현관문, 뒷문, 방문, 옆문, 화장실 문까지 각각 세 개씩, 열쇠가 꽤 많았습니다. 그동안 시골생활을 하며 열쇠 없이 살아와서 그런지 너무 낯설고 당황스러워 주저하고 있는데, 아내가 기분 좋게 받아 들었습니다.

"열쇠 없이 살아서 나도 좀 이상하긴 한데, 그래도 있어야지."

"누가 가져갈 것도 없는데."

"그래도."

윤구 씨와 수일 내에 만나기로 약속해놓고, 집 짓는 현장으로 돌

인연: 온정이 가득한 나무 집

아갔습니다. 아내는 도착하자마자 여기저기 열쇠를 꽂아봤습니다.

"야, 이제 진짜 우리 집 같다. 열쇠까지 생기고."

아내의 기분 좋은 표정을 보며, 다만 우리 식구 스스로 그 열쇠에 갇혀 지내지 않길 바랄 뿐이었습니다.

함께:
다 같이 어울려 살고 지고

새것에 눈뜬 아내와
새집 한번 못 가진 어머니

지혜의 강은 오갈 수 있으나, 욕망의 강은 한번 건너면 되돌아가기 힘든 것 같습니다. 아내의 '내친 김에' 욕망은 끝이 보이지 않았습니다.

"인효 아빠, 내친 김에 새것으로 하자."

"그냥 새것으로 하시죠. 변기도 그렇고 세면대도 그렇고 부속품이 빠져 있어 설치하기 어렵겠는데요."

변기와 세면대를 설치해주겠다고 돌아온 윤구 씨가 아내를 거들었습니다.

"거시기, 없는 부속품 구해서 설치하믄 안 되나?"

"아이구, 그걸 어디서 구해요. 그냥 형수님 하자는 대로 하세요."

"인효 아빠는 가만히 있어. 내부 설비는 내가 다 알아서 할 거니까."

부속품이 한두 개 빠진 멀쩡한 화장실 변기와 세면대가 있는데도 아내는 윤구 씨와 한통속이 되어 내친 김에 새것으로 설치하자는 것이었습니다. 새것을 쓰지 않고 거의 모든 것을 재활용해 사용하던 공주 시골집 시절의 아내가 아니었습니다. 새집을 지었으니 거기에 구색을 맞춰야 한다는 것이었습니다.

제가 투덜거리거나 말거나 아내와 윤구 씨는 건재상에 가서 새 변기와 세면대를 비롯해 유리, 비누 받침대, 수건걸이 등을 구입해 돌아왔습니다. 윤구 씨가 화장실 설비를 할 무렵 도배장판, 싱크대 등을 설치할 업자들이 찾아왔습니다.

도배지와 장판지는 가장 저렴한 것으로 하자고 했지만, 아내는 중간 가격대로 골랐습니다. 싱크대 역시 본래 공주 집에서 쓰던 것을 다시 설치해 쓰려고 했는데, 아내는 새집에 비해 싱크대가 너무 작고 낡았다며 새것으로 장만해야 한다고 했습니다.

"대충 적당한 걸루 혀. 때 안 끼고 그런 거 있잖어. 애들 방은 밝은 걸루 하구."

"가만있어 봐. 그래도 민박집 할 건데 깔끔한 걸로 해야지."

"좋은 놈 찾다가는 끝이 없다니께."

"내가 다 알아서 한다니까. 화장실, 싱크대, 가스레인지, 이런 건 기본이잖아."

"그냥 쓰던 거 쓰지. 인건비 주고 나서 이제 돈도 별로 없잖어. 그런 거 설치할 돈이나 있어?"

"어디서 한 500만 원 빌릴 수 있어."

"빚을 져?"

"걱정하지 마, 내가 다 알아서 할게. 까짓 거 이럴 때 써야지 언제 쓰겠어."

돈 쓰는 데 겁을 내며 한 푼 두 푼 모아왔던 아내는 점점 간이 커지고 있었습니다. 화장실이 따로 있는 손님용 방에도 가스레인지, 싱크대, 작은 냉장고까지 설치해 원룸 형식으로 말끔하게 꾸몄습니다. 그동안 힘들었던 시골생활을 보상받고 싶었던 모양입니다.

10여 년 전 공주에서 빈 시골집을 구했을 때 용감무쌍하게 들어가 헌 장판지를 끄집어내 냇물에 씻고 또 씻으며 재활용했던 아내가 아니었습니다. 내부 공간 설비에 대한 눈이 점점 높아지고 있었고, 그 와중에도 업자들과 흥정하며 물품과 설치비를 깎고 또 깎았습니다.

"어휴, 도배 집 사장님한티 괜히 미안허네. 여기까지 오라고 해놓고 자꾸만 깎아대구. 인효 엄마, 대충 혀. 그러다가 저분들 인건비도 안 나오겠다."

"가만히 좀 있으라니까."

"아이구, 머리 아퍼. 이제 나도 모르겠다."

제가 할 수 있는 일은 꿔다 놓은 보릿자루처럼 저만치 쭈그려 앉아 담배를 뻑뻑 피우다가 아내에게 시달리는 업자들에게 미안해 슬슬 눈치 살펴가며 한마디 툭 던져놓고 은근슬쩍 집 밖으로 빠져나오는 것이 전부였습니다.

'우리는 지금 어디로 가고 있는 것인가?' 하는 생각이 절로 들었습니다. 아내가 원하는 대로 집 안은 호화판으로 꾸며졌습니다. 아내 말처럼 그래 봤자 보통 아파트 내부 수준에 불과하다지만, 이전에 살던 시골집을 생각하면 초호화판이라 할 수 있었습니다. 집 안으로 들어설 때마다 물질의 거센 물살에 휩쓸려가는 것처럼 어지럼증이 났습니다.

이렇게 호화로운 집을 짓고 누구를 초대할 수 있을까 싶었습니다. 언젠가 소설가 강병철 선배가 평수 너른 아파트로 이사해놓고 한 말이 떠올랐습니다.

"글쎄 오지 말라니께. 아주 넓어, 니가 생각하는 것 이상으로 아주 넓다니께."

집에 초대하지 못해 미안해하는 강 선배의 심정이 와 닿았습니다. 그럼에도 꼭 보여주고 싶은 사람이 있었습니다. 어머니였습니다. 새집을 완성한 뒤 세상에서 가장 기뻐할 사람은 아내와 어머니였습니다.

어머니는 나이 열아홉에 가세가 기울어가는 참봉 댁으로 시집와 평생 제 땅에서 새집 짓고 생활한 적이 없습니다. 할아버지는 일제 강점기에 그 많은 땅을 다 팔아 광산에 투자하고 심지어 서울에 새

살림을 차렸습니다. 훗날 아버지에게 남은 유일한 농토였던 몇 마지기의 땅 역시 사촌 형을 서울로 대학 보내기 위해 죄다 팔았고, 현재 어머니가 시집와 평생 살아온 낡은 집조차 남의 땅 위에 얹혀 있습니다.

땅 사고 새집 짓는 것이 소원이었던 어머니는 결국 그 꿈을 이루지 못했습니다. 환갑을 넘기자마자 돌아가신 아버지 대신 구멍가게와 과일가게를 하며 온갖 고생을 해 번 돈은 7남매 먹이고 입히고 교육시키는 데 한 푼도 남김없이 털어 넣었습니다. 그렇게 살아온 어머니였으니, 역마살이 끼어 장가갈 생각도 않고 여기저기 떠돌던 셋째 아들이 일 잘하는 며느리에 손자 둘까지 보게 하고, 땅을 사 새집까지 지었으니 얼마나 대견하고 기분 좋은 일이었겠습니까?

집을 완성하고 이삿짐을 옮기는 대로 당장 어머니를 모셔오고 싶었습니다. 하지만 화장실 공사와 도배장판까지 집 내부 설비를 다 끝내고 이사를 준비할 무렵 어머니는 수술대에 올랐습니다. 오랫동안 당뇨를 앓다가 척추 부분 연골이 다 닳아 수술을 해야 했던 것입니다.

이삿짐을 옮기고 보금자리를 정돈할 무렵 여동생 내외가 찾아와 사진을 찍어 갔습니다. 병원에 입원한 어머니에게 보여드리기 위해서였습니다. 그리고 얼마 후 우리 집 아이들이 캠코더로 집 주변 전경과 내부 곳곳을 찍어 보여드리는 것으로 만족해야 했습니다.

다시 피어오른
소박한 생활의 불씨

충남 공주에서 전남 고흥으로 이사 와 한창 이삿짐을 풀고 있는데 우리 집 아이들이 볼멘소리를 했습니다.

"아빠, 이삿짐 쌀 때 이웃집 할머니가 새로 이사 오는 사람한티 뭐라구 하는 소릴 들었는데 기분 나쁘더라구."

"뭐라구 했는디?"

"우리 집 보고, 저거 순전히 쓰레기들 주워다가 고친 집이래."

"맞는 얘긴디 뭐. 그려서 기분 나뻤어?"

"쓰레기라고 하니께 기분 나쁘지."

"그려, 아빠도 쓰레기라니까 기분은 나쁘다. 근디 새로 들어올 사람은 뭐라고 혀?"

"우리 집 허물고 다시 짓는데."

"이제 그 집은 우리 집이 아니지."

만나면 헤어지기 마련인가 봅니다. 집 또한 마찬가지였습니다. 공주 집을 구입한 사람과 이웃집 할머니가 정든 집에 대한 애착을 매몰차게 떼어주고 있었습니다.

우리 부부는 이사 오고 나서 맨 먼저 재활용 작업부터 시작했습니다. 공주의 이웃집 할머니 말대로 그동안 그래왔듯이 어떤 이들 눈에는 쓰레기나 다름없어 보일 것들을 최대한 재활용하기로 했습니다. 이날을 위해 미리 집 짓고 남은 자투리 목재를 꼼꼼하게 챙겨뒀습니다.

집 짓는 과정에서 잘려 나간 자투리 목재라고는 하지만, 길이가 짧은 것뿐이지 하나같이 멀쩡했습니다. 화목용으로 쓰기에는 너무 아까운 목재들이었습니다. 뽀얀 속살을 드러내고 있는 목재를 어떻게 화목보일러에 쑤셔 넣을 수 있겠습니까? 쪼개지거나 못이 심하게 박힌 토막들만 화목용으로 따로 분리해뒀습니다.

자투리 목재로 먼저 밥상부터 짰습니다. 어떤 일이든 다 먹자고 하는 일 아니겠습니까? 길이가 고른 목재가 많지 않아 크고 작은 것들을 한데 모아 짜깁기하듯 밥상 모양 틀을 만들었습니다. 물론 톱으로 잘라 고르게 짜 맞추면 되지만, 그렇게 하면 버려야 할 목재가 늘어나게 될 것이었습니다. 또한 밥상을 기계로 찍어내듯 딱 맞아떨어지게 하고 싶지 않았습니다. 사실 그럴 재주도 없었습니다.

어떤 일이든 크게 손대지 않고 생긴 그대로 활용하자는 주의여서 있는 목재를 최대한 활용하고자 한 것이지요.

그 덕분인지 그런대로 괜찮은 밥상이 나왔습니다. 네모반듯하고 정형화된 균형을 깨뜨린 나름 근사한 밥상입니다. 전체적으로는 대칭으로 보이지만, 그 구조를 자세히 들여다보면 비대칭의 미가 살아 있는 밥상입니다. 대칭과 비대칭이 어울린 한옥에서 볼 수 있는 절묘함이 살아 있다고나 할까요? 밥상 하나에 너무 거창한 표현을 갖다 붙이는 것 아니냐고요? 잠자는 공간이나 밥 차림 공간이나 먹고 자는 것은 매한가지 아니겠습니까?

밥상 한가운데는 창호 형태로 짜 넣어 멋까지 부렸습니다. 국그릇같이 뜨거운 것을 놓기 위한 배려였습니다. 사실 이 부분은 별 생각 없이 뭔가 그리거나 만들기를 좋아하는 작은아이 인상이 녀석의 기발한 발상에서 나온 것이었습니다. 그런데 말입니다. 그 밥상은 두 달쯤 지나 책상이 돼버렸습니다. 틈새가 많아 음식물을 흘리면 닦아내기가 쉽지 않았기 때문입니다. 폼은 났지만 그만큼 실용성이 떨어진 것이지요. 하지만 앉은뱅이책상으로의 활용 가치는 충분했습니다.

그다음 재활용 작품은 창고였습니다. 먼저 아내와 함께 집 옆에 연장 보관용 창고를 작게 만들었습니다. 이삿짐을 풀자마자 하루 이틀 내에 비가 온다는 예보가 날아들었기 때문입니다. 아내가 그동안 시골생활을 하며 주워오거나 얻어온 오만 가지 잡동사니들을 보관할 좀 더 큰 공간도 하나 더 필요했습니다. 마침 목수들이 집 지을 때 높은 곳에서 작업하기 편하게 짜놓은 받침대가 있었는데 그걸 분해하지 않고 그대로 활용했습니다. 본래 뼈대만 있던 것을 버려진 목재와 공주 시골집 시절 주워놓은 유리문을 활용해 임시 창고로 만들었습니다.

그러고 나서 집 지을 때 나온 목재 포장지와 건물 외벽에 설치하다가 남은 방수 시트 등을 이용해 비 가림막을 설치했습니다. 방수 시트의 길이가 일정치 않아 스님들 누비옷처럼 덕지덕지 이어 붙였습니다. 그것도 명색이 작업이라고, 시옷자 알루미늄 사다리에 올라 작업하다가 그만 옆으로 쓰러지는 바람에 땅바닥으로 떨어지기도 했습니다. 다행히 측방 낙법을 하듯 옆으로 나가떨어진 덕분에 흙을 툴툴 털고 멀쩡히 일어날 수 있었습니다. 교통사고 당시는 멀쩡하다가 며칠 지나면 뒤탈이 나기 마련이라는데, 시간이 지나도 아무런 이상이 없습니다.

그렇게 댓 평 정도의 창고를 짜깁기하는 데 하루 반나절쯤 걸렸습니다. 보통 때 같으면 사나흘 지나도록 뭉그적거리고 있었을 텐데, 저만치 바다 먼 곳에서 비구름이 몰려오고 있었기 때문에 서둘지 않을 수 없었습니다. 아무리 느려 터진 놈이라 할지라도 급하면 다 하게 되어 있는 모양입니다.

그다음으로는 집 안에 필요한 것들을 만들 차례였습니다. 남은 판때기와 자투리 목재로 벽장 선반과 아이들 책상, 책꽂이 등을 만

들었습니다. 거기에다 현관으로 비가 들이치는 것을 막기 위해 비가림 지붕과 신발장까지 만들었습니다. 전기 대패로 깎고 사포로 반들반들하게 문지르니 이리저리 뒹굴던 자투리 목재들이 매끈한 책상과 책꽂이로 대변신하더군요. 책상과 책꽂이는 목재를 최대한 적게 들여 아주 단순한 형태로 만들었습니다.

"야, 내 작품 멋지지 않냐? 단순미가 살아 있잖어. 목수들도 이렇게는 못 혀."

단순한 성과에 마냥 도취되어 있는 제게 일 잘하는 아내가 한마디 툭 던졌습니다.

"아이구, 큰일했네요 큰일. 목수들이 보면 웃겠다. 그게 그렇게 좋아?"

"그럼! 새집 지을 때보다 훨씬 기분 좋구먼. 목수들이야 반듯한 목재로 필요한 만큼 맘껏 자르고 설치하지만, 나는 거기서 잘려 나온 것들을 조각조각 짜 맞췄잖어. 이 일이 더 어려운 거라구. 사실 목공 기계들이 알아서 다 해줬지만 말여."

따지고 보면 밥상, 창고, 책꽂이 등 모든 작업들을 단기간에 할수 있었던 것은 목공 기계 덕분이었습니다. 목수였던 막내 동생이 인도로 떠나며 놓고 간 오만 가지 연장들이 제 역할을 톡톡히 해준 것입니다. 길이를 재거나 균형을 잡는 것에서부터 자르고 깎고 다듬는 것까지 온갖 연장들이 있었으니까요. 심지어 목재는 물론이고 바위까지 뚫는 연장도 있었습니다.

느려 터진 제가 이 정도였으니, 한시도 손에서 일을 놓지 않는 아내는 말할 것도 없었습니다. 비록 도배지, 장판지, 싱크대, 세면대, 손님방 가스레인지(거실 가스레인지는 이전 것을 그대로 쓰고 있습니다)와 작은 냉장고, 실내 신발장까지 거침없이 새 물건들을 사들였지만, 아내는 역시 제가 따라잡을 수 없는 재활용의 '귀재'였습니다.

짐 정리를 대충 마친 아내는 쉴 틈 없이 재봉틀을 돌렸습니다. 손님방을 비롯한 각 방 벽장 공간에 어디에선가 얻어온 자투리 천을 이어 붙여 커튼을 만들더니, 보일러실 옆의 자투리 공간을 활용해 다용도실까지 만들었습니다.

"그건 또 뭐여?"

"이거? 공주 살 때 버려진 책장 주워다가 옷장으로 쓰던 건데, 괜찮지?"

아내는 한때 책장에서 옷장으로 변신했던 다 낡아 빠진 가구에 흰 페인트를 칠하더니, 그 유리문에 압화를 만들어 넣었습니다. 가만히 보니 예쁜 꽃들로 장식한 압화가 아니었습니다. 집 주변에서 눈에 띄는 아무 풀이나 꺾어다 붙여놓은 것입니다.

"그냥 들풀로 해놓으니까 신선해서 좋네. 근디 그 옷장 너무 낡아서 이사 올 때 버린다고 했잖어."

"그 여자가 하두 괘씸해서 그냥 가져왔어."

"그 여자? 뭐라 했길래?"

이사 올 무렵 아내는 공주 시골집에 들어오게 될 사람과 대판 싸움을 벌였다고 합니다.

"그 여자 눈에는 우리 집 살림살이들이 잡동사니로 보였나 봐. 그냥 버리지 그런 걸 뭐하려고 가져가느냐 그러더라구."

"그래서?"

"우리한테는 얼마나 소중한 것들인데 왜 버리느냐고 했더니, 뭐라더라? 젊은 여자가 욕심이 많다나 뭐라나, 내 참 기가 막혀."

"수행자라면서 웃기네. 그런 욕심은 얼마든지 부려두 되지 뭘. 근디 인효 엄마가 그 여자보다 나이가 많다고 했잖어."

"그 여자가 나보다 서너 살이나 어린데, 나보고 젊은 여자래."

"그래서 뭐라 했어?"

"그냥 가만있었지 뭐."

"젊은 여자라고 해서 한편으로는 좋았겠구먼."

아내 말대로 우리 집 살림살이들이 그 사람 눈에는 죄다 잡동사니로 보였던 모양입니다. 새집까지 지어놓고 온갖 낡은 가구들을 챙겨 가는 것이 큰 욕심으로 보였던 모양입니다.

우리 집 이삿짐을 보면 10년 이상 쓴 전자 제품을 비롯해 누군가 버린 것을 재활용해 10년 가까이 사용한 낡은 물건들이 꽤 많습니다. 그나마 가장 고급스런 이삿짐은 아내의 혼수품 장롱입니다. 그동안 공주 시골집 안방이 비좁고 천장이 낮아 창고에 쑤셔 박혀 있었는데, 고흥으로 이사 오면서 비로소 제자리를 찾았습니다.

어쨌든 집을 짓는 과정에서 새것에 욕심부렸던 아내가 무엇 하나 허투루 버리지 않고 재활용하던 예전의 모습으로 되돌아가고 있었습니다. 새것만을 찾는 것은 생명을 죽이고 해코지하는 일입니다. 하지만 버려진 것을 재활용하면 죽어가는 생명에 불씨를 지필 수 있습니다. 다시 말해 생명을 살리는 일인 것입니다. 그렇게 새집과 함께 새것에 눈을 돌리던 아내는 다시 소박한 생활의 불씨를 지피고 있었습니다.

곰순이와
새끼 여덟 마리

이사 오자마자 경사가 생겼습니다. 우리 집 개 곰순이가 새끼를 낳은 것입니다. 이사 온 지 보름도 채 안 돼 무려 새끼 여덟 마리를 낳았습니다. 곰순이를 닮은 검정개가 여섯 마리, 누렁이가 두 마리입니다. 그런데 누렁이는 어떤 녀석의 씨를 받은 걸까요?

집 지을 당시 목수들과 함께 하루 일을 마치고 사글셋방으로 돌아갈 때면 곰순이는 홀로 현장에 남아 있어야 했습니다. 그런데 어느 날부터 아침에 나가 보면 곰순이 녀석의 모습이 보이지 않았습니다. 늦은 아침이 돼서야 어슬렁어슬렁 돌아왔습니다.

혹여 불상사가 일어날까 봐 목수들의 손을 빌려 번듯한 집까지 지어주고 목줄을 길게 묶어놨지만 소용없었습니다. 손가락보다 굵은 밧줄을 이빨로 끊고 어디론가 '마실'을 다녀오곤 했습니다. 그래서 낮에는 풀어놨다가 사글셋방으로 돌아올 때는 좀 더 단단한 밧줄로 묶어놨습니다. 그리고 며칠 후 녀석이 그토록 '마실'을 다닌 이유를 알 수 있었습니다. 진돗개처럼 생긴 녀석이 곰순이를 찾아와 백주대낮에 노골적인 애정행각을 벌인 것입니다.

아니 땐 굴뚝에서 연기가 날 리 만무하고, 곰순이와 생김새가 전혀 다른 누렁이 두 마리를 보니 분명 진돗개처럼 생긴 그 녀석의 씨를 받은 게 틀림없었습니다.

곰순이 녀석은 새끼를 낳기 전날까지 남산만 한 배를 출렁거리며 뛰어다녔습니다. 그리고 그다음 날 밤, 개집에 들어가 꼬박 하루 반나절 동안 새끼를 낳았습니다. 새끼를 낳은 녀석은 하루 이틀쯤 지나자 또다시 산으로 들로 뛰어다녔습니다. 개가 출산하면 새끼들의 숨이 막힐까 봐 인위적으로 코를 빨아준다는 이들도 있지만 우리는 그러지 않았습니다. 곰순이가 알아서 다 처리했고, 여덟 마리 모두 녀석만큼이나 건강하게 자랐습니다.

6년 전 우리 집에 처음 들어온 곰순이는 그때부터 지금까지 이런저런 예방 주사 한 방 맞지 않고 건강하게 잘 자랐습니다. 새끼들 역시 주사 한 방 맞지 않고 새로운 주인 만나 어미 품을 떠나는 그날까지 아주 건강했습니다. 개를 애지중지 기르는 사람들이 보면 무책임하다 말할지 모르겠지만, 곰순이를 믿기 때문입니다. 새끼를 낳는 데 어미의 손길만 한 것이 세상에 어디 있겠습니까? 새끼를 낳은 곰순이는 스스로 갈무리하는 자연에 가깝습니다. 어미가 되는 순간 곰순이의 손길은 살아 있는 자연입니다.

사람의 손길이 자연 상태나 다름없는 그들을 오히려 다치게 할 수 있습니다. 사람의 손길이 닿으면 당장 눈에 띄지는 않지만 훗날 자라면서 어딘가 몸의 균형이 깨질 수도 있습니다. 그러다 보면 끊임없이 이런저런 주사기를 든 사람의 손길을 필요로 하게 될 것입니다.

아기는 엄마가 돌봐야 하듯, 강아지는 당연히 어미 개가 돌봐야 합니다. 물론 환경에 따라 다를 테지만, 만약 개가 새끼를 낳을 때 사람의 손길을 필요로 한다면 그것은 개에게 적합하지 않은 환경에 있기 때문일 것입니다.

개와 사람의 관계는 현관문과 방 사이가 적당한 것 같습니다. 곰순이는 방 안에서 사는 것보다 현관문 밖에서 사는 것이 훨씬 편하니까요. 어쨌든 사람이든 동물이든 만나면 헤어지기 마련입니다. 곰순이 새끼들이 떠날 때가 된 것입니다. 우리 식구가 새 터에 정착할 때 많은 이들이 크고 작은 도움을 줬는데, 곰순이 역시 큰 힘을 보탰습니다. 곰순이 새끼들이 그 보답을 했던 것입니다.

곰순이는 새끼들이 하나둘 품에서 떠날 때, 똥오줌 핥아가며 애지중지 돌본 것이 언제였나 싶게 무표정했습니다. 새끼들의 이빨이 날카로워지면서 젖 물리는 것을 무척 힘들어할 무렵이었기 때문이기도 했습니다. 하지만 새끼를 떠나보내는 곰순이의 심정을

함께: 다 같이 어울려 살고 지고

누가 알겠습니까?

곰순이 새끼들이 떠날 무렵 블루스 음악 작곡가 김유신 씨가 아들 휘연이와 함께 놀러 왔습니다. 공주에서 생활할 때 저와 '형 동생' 하며 흥허물 없이 지내던 유신 씨였습니다. 그가 우리 집 마루에서 기타 연주를 하는데, 곰순이 녀석이 어슬렁거리며 등장했습니다. 현란한 기타 연주에 반한 것인지 어떤지는 몰라도 녀석은 유신 씨 옆에 가만히 앉았습니다.

그 모습이 너무 보기 좋아 연신 카메라 셔터를 눌러댔습니다. 그리고 나중에 컴퓨터로 사진을 살펴보니 아주 기묘한 장면들이 잡혀 있었습니다. 곰순이 녀석이 마치 유신 씨의 기타 연주를 통해 새끼들을 떠나보낸 슬픈 마음을 위로 받는 듯한 표정을 짓고 있었습니다. 믿거나 말거나 한 얘기지만 누가 알겠습니까? 저 자신의 속마음도 잘 모르는데, 곰순이의 속마음이야 어떻게 알겠습니까?

사실 곰순이가 보여준 기묘한 행동은 한두 가지가 아닙니다. 언젠가 우리 집 촌놈들 인상이와 인효 녀석이 마당에서 야구를 하는데, 곰순이가 적당한 곳에 자리를 잡더니 그걸 구경하고 있었습니다. 이 역시 놓칠세라 얼른 집 안으로 들어가 카메라를 들고 나왔는데, 곰순이는 그때까지 그 자세 그대로 앉아 구경하고 있었습니다. 녀석은 사진을 찍거나 말거나 계속 우리 집 아이들이 야구하는 걸 구경하다가 곧 재미없다는 듯 돌아섰습니다. 아이들이 연신 헛방망이질을 하는 게 영 재미없었던 모양입니다. 누가 알겠습니까? 곰순이가 야구에 대해 얼마나 깊은 관심을 가지고 있는지 말입니다.

저는 개를 좋아하지만 애지중지 품에 끼고 살지는 않습니다. 하지만 적어도 강아지를 짧은 줄에 묶어놓지는 않습니다. 태어난 뒤 최소한 강아지일 때만큼은 자유롭게 커야 한다고 여기기 때문입니다. 그래야 훗날 사람을 해코지하지 않는 순한 개로 자랄 수 있을 것입니다.

사람들은 개를 좋아하면서도 한편으론 두려워합니다. 너른 벌판에 살면서도 풀어놔 기르는 걸 두려워합니다. 잃어버릴까 봐 두려워하고, 누군가를 물까 봐 두려워하고, 밭작물을 해칠까 봐 두려워합니다. 하지만 묶어놓는 순간, 그 두려움이 배가 된다는 사실을 모릅니다. 어린 시절부터 개와 가까이 지낸 경험에 따르면, 개를 묶어놓고 기를 경우 극도로 사나워집니다. 틈만 나면 큰 소리로 짖으며 공격성을 띱니다. 풀어놨을 때보다 사람들에게 더 큰 두려움을 주는 것입니다.

농작물에 주는 피해 역시 마찬가지입니다. 사람들은 개를 풀어놔 기르면 농작물에 큰 피해를 준다고 여기지만, 이는 사실과 다릅니다. 개는 어쩌다 밭에 들어가 영역 표시를 하기 위해 똥을 누거나 오줌을 갈기는 것이 전부입니다. 물론 그러다가 농작물을 밟기도 할 것입니다. 하지만 산짐승이 주는 피해에 비하면 조족지혈입니다. 산짐승은 밭을 아예 쑥대밭으로 만들어놓기 일쑤이기 때문

208

함께: 다 같이 어울려 살고 지고

기타 연주를 듣는 곰순이 표정이 묘합니다.

새끼들을 모두 떠나보낸 슬픈 마음을

위로 받고 있는 걸까요?

입니다. 인적이 뜸한 산간 오지에서 개를 풀어놔 기르면 오히려 농작물 피해가 적어진다는 것을 곰순이를 통해 새삼 알게 됐습니다.

일부 동물애호가들은 개를 풀어놓으면 산짐승에게 피해를 준다고 합니다. 하지만 그것 또한 단면만 보기 때문입니다. 개를 풀어놓으면 산짐승에게 어느 정도 위협이 되고, 또 그만큼 그들의 영역이 줄어드는 것은 분명합니다. 하지만 다른 한편으로는 농약이나 덫으로부터 산짐승을 보호하는 측면도 있습니다.

곰순이가 새끼를 낳기 전에 이런 일이 있었습니다. 녀석이 평소와 달리 다급하게 짖는 소리가 들려왔습니다. 밖으로 나가 보니 집 짓고 남은 목재더미 근처에 있는 뭔가를 향해 집요하게 으르렁대고 있었습니다. 손전등을 들고 살펴보니 잔뜩 겁에 질린 너구리 한 마리가 구석에 몰려 웅크리고 있었습니다. 일단 곰순이를 진정시켜 묶어놓고 너구리를 불 밝은 마루에 올려놨습니다. 빼빼 마른 녀석은 뭔가에 중독된 듯 맥이 쏙 빠져 있었습니다. 몸 구석구석을 살펴보니 다행히 곰순이에게 물린 자국은 없었습니다. 녀석은 날카로운 발톱조차 축 늘어뜨리고 있을 정도로 힘이 빠져 있었습니다. 산짐승 피해를 막기 위해 밭 주변에 놓은 농약 같은 것에 중독된 듯싶었습니다.

공주에서 생활할 당시 농약에 중독된 백로를 살려 보낸 경험을 되살려 일단 너구리 녀석을 커다란 종이 박스에 가둬놓고 효소를 먹였습니다. 물론 곰순이는 너구리 때문에 꼼짝없이 묶이는 신세가 됐지요. 그리고 이틀 후 아침에 나와 보니 박스가 텅 비어 있었습니다. 종이 박스에는 커다란 구멍이 나 있었습니다. 너구리 녀석이 건강을 되찾아 탈출에 성공했던 것입니다.

너구리 이야기를 들은 한 이웃은 우리 집 개를 풀어놓지 말아달라고 당부했습니다. 농작물을 해치게 된다는 것이었습니다. 그에게 곰순이가 오히려 농작물을 보호하고 있다고 말하려다가 말싸움이 날 것 같아 그만뒀습니다. 곰순이가 거의 매일같이 영역 표시를 하며 돌아다니기 때문에 산짐승이 농작물 근처로 오지 못한다는 것을 말하지 못했습니다. 그는 분명 제 말이 터무니없다 여길 것이기 때문입니다.

동물애호가들은 이렇게 물을지도 모릅니다. '그렇다면 산짐승이 곰순이에게 피해를 입을 가능성은 없는가?' 하지만 앞에서도 말했듯이 제 생각은 다릅니다. 곰순이 때문에 산짐승이 농작물 근처로 다가오지 못하게 되면, 그만큼 농약이나 덫 때문에 죽을 가능성도 줄어들기 때문입니다.

곰순이는 그렇게 일정한 영역을 확보해가며 사람과 산짐승 사이에서 평화유지군 같은 중간자 역할을 하고 있으리라 믿습니다. 실제로 새 터에 와서 곰순이가 야생동물을 물어 죽이거나 농작물에 피해를 준 일은 없습니다. 물론 앞으로 어떤 일이 일어나게 될지는 아무도 모르지만 말입니다.

우리 집 바로 옆댕이에는 30여 평쯤 돼 보이는 작은 '다랑이 밭'

이 있습니다. 최석오 씨네 부부가 구슬땀 흘려가며 일구는 밭입니다. 대처에 나가 사는 자식들을 위해 농약을 거의 치지 않고 강낭콩이나 옥수수를 갈아먹는 밭입니다.

"올해는 옥수수를 심어도 괜찮겠네요이. 저 개(곰순이)가 지켜줄 테니께요."

"그 전에는 어땠는디요?"

"옥수수가 익을 때쯤 되면 너구리 새끼들이 떼로 몰려와서 쑥대밭을 만들어논다니께요. 하나도 안 남기고 다 갉아 먹어요. 그래서 몇 년 전부터 옥수수는 아예 갈아먹을 생각도 못했지요이."

함께: 다 같이 어울려 살고 지고

시도 때도 없이
회 먹는 비결

태풍 '덴무'가 고흥의 우리 집 앞바다로 몰아쳤습니다. 거센 파도가 몰려오면서 집 앞 해변의 자갈 언덕이 사라져버렸습니다. 그러고는 평소처럼 파도가 잔잔해지면서 시나브로 자갈 언덕을 쌓기 시작했습니다. 하지만 다시 태풍 '곤파스'가 몰아쳐 겨우 쌓인 자갈 언덕을 쓸어버렸습니다. 그럼에도 바다는 다시 자갈 언덕을 쌓아 올리기 시작했습니다. 바다는 자신을 무너뜨리고 다시 치유합니다. 그 어떤 두려움도 없습니다.

300여 평 밭농사를 지으며 바다에서도 뭔가 할 일을 찾아야 했기에 거의 매일 바다로 나섰습니다. 바다로 나선다 하여 무슨 뾰족한 수가 있는 것도 아니었습니다. 다만 '뭘 해서 먹고살 것인가?'를 생각했습니다. 애초에 바닷가로 이사 오면 중고 배를 구입할 예정이었지만 현실적으로 쉽지 않은 일이었습니다.

시세를 알아봤더니 보통 1톤짜리가 300만~400만 원 정도였는데 문제는 엔진 값이 만만치 않다는 것이었습니다. 쓸 만한 엔진은 보통 500만 원이 넘었습니다. 게다가 어업권이 배 값보다 더 큰 비중을 차지했습니다. 어느 정도 쓸 만한 엔진이 달린 중고 배에 어업권까지 취득하려면 2000만 원 이상이 필요했습니다.

이른 봄, 어디엔가 묻어놓은 뼈다귀를 찾아 헤매는 곰순이처럼 앞바다에서 끙끙거리고 있는데, 평소 인적이 드문 해변으로 몇몇 사람들이 삽을 들고 나타났습니다. 슬그머니 뒤따라가 봤습니다. 다들 장화를 신고 물 빠진 해변에서 뭔가를 캐고 있었습니다. 조개였습니다. 이름을 알 수 없는 손바닥 크기 조개부터 그보다 작은 조개까지 다양했습니다. 물이 들어오기 전까지 3시간 정도 해변을 돌아다니며 열댓 개의 조개를 손쉽게 건져내고 있었습니다. 그 정도라면 하루 이틀 밑반찬 거리로 충분해 보였습니다.

그날 이후 틈만 나면 장화를 신고 삽을 챙겨 물 빠진 바다로 달려갔습니다. 하지만 조개 캐기는 보기보다 쉽지 않았습니다. 쉽지 않은 게 아니라 아주 어려웠습니다. 두서너 시간 해변을 헤집고 다녔지만, 제가 캔 조개는 고작 두세 개가 전부였습니다.

조개 캐는 사람들에게서 전수받은 대로 장화를 신고 모래와 갯벌이 뒤섞인 곳에서 작은 구멍이 뚫린 곳을 꾹꾹 밟아줬습니다. 그

함께: 다 같이 어울려 살고 지고

러면 그 구멍에 숨어 있던 조개가 모래를 토해낸다고 합니다. 그런 곳을 개가 땅 파듯 정신없이 파내면 조개가 나온다고 하는데, 마을 사람들과 달리 저는 늘 헛손질을 해댔습니다. 그렇게 해변 곳곳을 헤집고 다니며 모래를 토해내는 작은 구멍을 향해 죽어라 삽질을 해댔지만 아무것도 없었습니다. 뭔가 있다 싶으면 속이 빈 조개껍데기나 불가사리 같은 엉뚱한 것들이었습니다. 조개 씨를 말린다는 불가사리들이 해변 곳곳에 널려 있었던 것입니다.

조개를 가장 많이 캘 수 있는 시기는 1년 중 바닷물이 가장 많이 빠져나가는 음력 2월 대보름 영등시 전후입니다. 그래서 그때에 맞춰 부지런히 삽질을 했지만 별 재미를 보지 못했습니다. 조개가 나오는 구멍을 구별하려면 적어도 한두 해 이상 공력을 쌓아야 할 것 같았습니다.

조개 캐는 일에 기력을 소진하다가 조금 더 먼 곳으로 눈을 돌렸습니다. 해변 곳곳에서 파래와 돌미역을 심심찮게 봤기 때문입니다. 앞바다에서 10여 분 정도 갯바위를 타고 해변을 거슬러 올라가면 수심 깊은 바다가 자리하고 있습니다. 하루하루 영역을 확장해나가던 어느 날 바닷물이 빠져나간 갯바위에 펼쳐진 돌미역 밭을 찾아냈습니다. 돌미역이 지천에 널려 있었습니다. 공해상을 헤매다가 육지에 발을 딛는 기분이 이럴까 싶을 정도로 가슴이 쿵쿵 뛰었습니다.

바다에 나가 늘 빈손으로 돌아온다며 타박하던 아내의 입이

이른 봄, 삽을 들고 집 앞 바다로 나가 조개를 캤습니다.
동네 사람들이 열댓 개의 조개를 캘 때 저는 두서너 개를 캤을 뿐입니다.
둥그렇게 생긴 늙은 조개의 씨를 말리는 불가사리라고 합니다.

'헤' 벌어질 걸 생각하며 '인간 승리'를 이뤄낸 양 기분 좋게 말했습니다.

"인효 엄마, 드디어 발견했어! 돌미역이 지천에 널렸어, 지천에 널렸다구!"

"어디? 어디에 있는데?"

다음 날 어지간해서는 바다로 나서지 않던 아내가 바구니를 들고 따라나섰습니다.

"야, 엄청나게 많네. 이거 진짜 돌미역 맞아? 먹어도 되는 거야?"

"당연히 먹는 거지."

"그런데 왜 사람들이 따 가지 않어?"

아내는 가까운 해변에 듬성듬성 널려 있는 돌미역에도 연신 감탄사를 내뱉었습니다. 하지만 해안 깊숙이 자리한 돌미역 밭까지 접근하는 건 쉽지 않았습니다. 마을 사람들 역시 마찬가지였습니다. 그곳까지 가려면 10여 분 정도 미끄러운 갯바위를 타야 하기 때문에 접근할 생각조차 하지 않았습니다. 게다가 바지락 갯벌 일이 한창 바쁜 시기였기에 거기까지 손이 미치지 않았던 것입니다. 돌미역 밭은 이른 봄 내내 밑천 한 푼 없이 빈손으로 바다를 헤매고 다닌 제게 바다가 내준 커다란 선물이었습니다.

풀을 베어낼 때처럼 낫이나 칼을 써야 할 정도로 너울너울 돌미역이 널려 있었습니다. 처음에는 작은 돌미역까지 욕심을 내다가 나중에는 길게 늘어진 것만 골라 베었습니다. 물 먹은 돌미역의 무게가 만만치 않았기 때문입니다. 그렇게 며칠이 지나자 또 다른 요령이 생겼습니다. 하루 전날 부지런히 베어놓고 기상 예보를 감안해 갯바위에 널어 말리다가 다음 날 고들고들해지면 배낭에 짊어지고 오는 것입니다. 그만큼 부피가 줄어들고 무게도 가벼워져 한꺼번에 많은 양을 짊어지고 올 수 있었습니다.

집으로 돌아와 다시 철망 같은 데 펼쳐 하루 이틀 널어놓으면 볕을 받아 바싹 마르게 됩니다. 여느 해안 민가들에서 그러듯이 집 주변에 온통 돌미역을 널어놨습니다. 말린 돌미역이 상하지 않도록 잘 보관해뒀다가 국거리 걱정 없이 지낼 수 있었습니다. 또한 덤으로 여름이 오기 전까지 먼 길 찾아오는 손님들에게 아낌없이 돌미역 인심을 베풀 수도 있었습니다. 산에 의지해 살았을 때는 산나물을 저장해뒀다가 요긴한 반찬거리로 사용했는데, 이제는 바다가 그걸 대신해주고 있었던 것입니다.

생선 역시 바다에서 직접 마련했습니다. 공주에서 산골 생활할 때는 생선 반찬이라고 해봤자 자반고등어나 백조기 구이 정도가 전부였는데, 이곳에 와서는 푸짐한 생선찌개는 물론이고 장어탕까지 맘껏 먹을 수 있었습니다. 게다가 이전까지는 1년에 한 번 정도 먹을 수 있었던 생선회를 심심찮게 먹을 수 있었습니다. 낚싯대로 갓 잡아 올린 싱싱한 횟감들을 말입니다.

낚시로 고기 잡는 일 역시 처음에는 쉽지 않았습니다. 봄철 내내 헛손질하는 일이 더 많았습니다. 바다에 나가면 미끼 값이 아까울

집 앞 해변 깊숙한 곳에서 돌미역 밭을 발견했습니다.

여름이 오기 전까지 훌륭한 국거리로 삼았고,

손님들에게도 인심을 쓸 수 있었습니다.

만큼 빈 바구니를 들고 돌아오는 일이 허다했습니다. 이른 봄 내내 돌미역 밭이 있는 갯바위 부근의 해안 깊숙한 곳까지 낚시를 갔지만 욕심이 과한 탓에 고기를 잡을 수 없었습니다. 감성돔같이 큰 고기를 잡겠다며 낚싯줄을 멀리 던져놓은 것이 문제였습니다.

나중에 알게 된 것인데, 바닷물이 찬 이른 봄에는 감성돔 같은 녀석들이 해안으로 들어오지 않는다고 합니다. 대신 갯바위 바로 앞에서 '노래미'들이 놀고 있었습니다. 갯바위 앞에 갯지렁이를 달아 던져놨어야 하는데, 갯바위에서 멀리 떨어진 곳에 크릴새우 미끼를 던져놨으니 아무것도 잡히지 않았던 것입니다.

"미끼 값이 아깝다. 만날 빈손으로 들어오면서 뭐하러 그렇게 다녀?"

"기다려봐. 아직은 내가 바다를 잘 모르잖아."

"그 시간에 다른 일을 좀 해봐."

"포인트를 알게 되면 자주 나가지 않아도 된다니께. 조그만 기다려봐. 당신 좋아하는 횟감을 대령할 테니께."

"아이구, 어느 세월에? 그 시간에 돈 벌어서 사 먹는 게 더 낫겠다."

그렇게 무던히 아내의 타박을 견뎌내며 봄 내내 농사일 하다 말고 틈만 나면 곰순이와 함께 갯바위로 달려 나갔습니다. 낚시 가방과 배낭을 메고 부지런히 갯바위를 타고 다녔습니다. 고기는 잡지 못했지만 해안 침투 훈련을 받은 특수부대 요원처럼 갯바위를 뛰어다닐 수 있을 만큼 몸이 가벼워진 것으로 위안을 삼아야 했습니다.

집 지으며 상해버린 몸이 점점 단단해진 것입니다.

수온이 따뜻해지는 6월로 접어들면서 비로소 밑반찬을 걱정하지 않아도 될 만큼 고기를 잡을 수 있었습니다. 정작 고기가 많이 나오는 곳은 집 앞 해변이었습니다. 해변 바로 옆 갯바위에서도 얼마든지 고기를 낚을 수 있었던 것입니다. 저처럼 욕심 많고 미련한 인간은 이렇듯 어리석은 과정을 거쳐야 알게 되나 봅니다. 낚시 포인트를 코앞에 두고 먼 곳까지 원정을 다녔으니 말입니다.

비록 낚시꾼들 사이에서 인기가 많은 감성돔 같은 것은 낚을 수 없었지만, 동네 사람들이 말하는 모래무지(보리멸)와 백조기(보구치)는 쉽게 낚을 수 있었습니다. 물때를 제대로 만나면 서너 시간 만에 많게는 20여 마리, 적게는 10여 마리를 거뜬하게 건져 올렸습니다.

백조기는 찌개거리로 제격이었고, 모래무지는 횟감으로 그만이었습니다. 모래무지는 보통 생선에 비해 작지만 횟감으로는 그 어느 생선 못지않게 감칠맛이 났습니다. 게다가 6월 중순으로 접어들면서부터는 밤바다에 나가 장어를 심심찮게 낚아 올렸습니다. 어쩌다 운 좋은 날엔 농어도 올라왔습니다.

40센티미터가 넘는 농어를 잡은 날 자정 넘어 집으로 돌아오니 모두 잠들어 있었습니다. 회를 떠 냉장고에 넣어놓고 다음 날 아침 아내에게 대령했습니다. 공주 시골집에서 아내는 그토록 좋아하는 회를 1년에 어쩌다 한 번 맛보는 게 전부였습니다.

"어뗘? 오늘은 밥값 했지? 앞으로 인효 엄마 좋아하는 횟감 얼마든지 먹을 수 있게 해줄게. 낚시 간다고 타박하지 말어잉."

"누가 타박했다고 그래? 툭 하면 바다로 나가니까 그렇지."

"바닷가에서 살려면 일단 바다를 알아야 하잖어."

"뭘 알아야 하는데?"

저는 바다에 대해 뭘 알려고 했던 걸까요? 돈벌이를 멀리하고 사는 못난 남편 때문에 늘 생활에 대한 두려움을 안고 사는 아내는 바다에 대해 뭔가를 알아야 하느냐보다는 앞으로 어떻게 먹고살 것인가에 대해 묻고 있었습니다.

하지만 아무 조건 없이 먹을거리를 내주는 바다는 이미 그에 대해 답하고 있었습니다. 세상의 모든 것을 포용하는 바다는 세상의 가장 낮은 곳에서 흐릅니다. 최소한의 것에 만족하고 생활에 대한 두려움 없이 낮은 자세로 살아갈 수만 있다면 바다는 그만큼 내줄 것입니다. 바다에 대해 쥐뿔도 모르면서 큰 고기를 잡겠다고 욕심 부리자 아무것도 내주지 않던 바다가 이렇게 말하고 있었습니다.

'먼저 욕심부터 버려라.'

욕심을 버리면

바다는 많은 것을 내어줍니다.

비우니까 채워진
'사랑방 도서관'

"혼자서 재미있게 잘 살았네요."

언젠가 한 진보 단체의 모임에서 자기소개를 할 기회가 있었습니다. 우리 네 식구가 그동안 적게 벌어 잘 먹고, 잘 싸워가며, 잘 살아온 얘기를 늘어놨더니 누군가 제게 볼멘소리로 말했습니다. 부조리한 세상을 등지고 시골에서 혼자서만 잘 살면 무슨 의미가 있느냐는 것이었습니다. 사람들과 부대껴 살면서 부조리한 세상을 바꿔야 한다는 것이었습니다. 지당한 말씀이었습니다. 맞는 얘기였습니다.

하지만 저는 그와 접근 방법이 달랐습니다. 어디서든 사람들과 만날 수 있기 때문입니다. 뱃속 편하게 땅을 일구며 재미있게 살다

함께: 다 같이 어울려 살고 지고

보면 저절로 많은 사람을 만나 세상과 소통할 수 있기 때문입니다.

결혼과 함께 2년 가까이 아파트 생활을 했지만 찾아오는 손님이라고는 불만 가득한 이웃이 대부분이었고, 우편함에는 돈 갚으라는 은행의 독촉장과 각종 세금 고지서들만 가득했습니다. 게다가 누군가와 진득하게 앉아 생명과 평화를 논할 짬도 없었습니다. 엉덩이에 불이 나도록 돈벌이에 쫓겨 다녀야 했기 때문입니다. 하지만 시골생활을 하면서 양심 있는 사람들을 더 많이 만날 수 있었고, 그들과 함께 마음의 여유를 갖고 시민사회 활동도 할 수 있었습니다. 그들과 더불어 부조리한 세상에 더 많은 관심을 쏟을 수 있었던 것입니다.

새로운 터전 고흥에서도 크게 다르지 않을 것이라 여겼습니다. 전화선조차 들어오지 않는 오지에서 살아간다고 결코 도피자가 되는 것은 아닙니다. 적어도 제 경우에는 이것이 오히려 사람들 속으로 가장 깊숙이 들어가는 것입니다.

사람들의 내면에는 깊은 산이나 바다와 같은 대자연, 즉 생명의 진면목이 있기 때문입니다. 대자연 속에서는 생태적인 만남이 있기 마련입니다. 생태적인 삶을 살고자 하는 사람들끼리 만나다 보면 세상의 아픔과 즐거움을 만나게 되고, 대자연에 거스르는 세상의 부조리와도 만나게 됩니다. 생태적인 만남을 통해 부조리한 세상을 직시하게 되는 것입니다. 그러다 보면 그동안 망각하고 살아온 생태적 즐거움을 되찾기 위한 일을 도모하게 됩니다. 산간 오지 생면부지의 낯선 땅이라고는 하지만, 꽃씨나 풀씨도 바람 타고 날아오는 그곳에 사람인들 찾아오지 않겠습니까?

우리 집을 포함해 달랑 집 두 채만 있는 바닷가 오지임에도 번듯한 새집에 깃들여 살며 기운이 펄펄 살아난 아내는 이사 오자마자 이력서를 챙겨 방과 후 강사 자리를 찾아 나섰습니다. 큰 도시에 비해 문화적 여건이 낙후한 고흥에는 미술 전공자들이 귀한 모양입니다. 아내는 새 학기가 시작되자마자 초등학교 세 군데에서 강사 자리를 얻었습니다. 당장 돈벌이가 없어질까 봐 염려했던 아내였기에 그것으로 마음의 여유가 생기기 시작했습니다.

아내가 주변 아이들에게 애정을 갖기 시작하자, 그 마음자리를 따라 그림 배우는 아이들이 하나둘 놀러 오기 시작했습니다. 우리 집 아이들의 친구들도 놀러 왔습니다. 이사 온 지 2개월도 채 안 돼 주말이 되면 풀밭이나 다름없는 집 앞마당엔 시끌벅적한 아이들 소리가 끊이지 않았습니다.

동네 아이들을 불러 모아 예전에 대학에서 방송과 학생들을 가르치며 장만했던 프로젝터로 영화를 보기도 했습니다. 산간 오지 바닷가에 조악한 야외 영화관이 생긴 것입니다. 집 벽에 긴 천을 내걸어 대형 화면을 만들고 의자와 판때기로 자리를 만들어 영화를 보는데, 어둠 속 저만치서 반딧불이가 날아다니기도 했습니다.

아이들과 반딧불이만큼이나 기분 좋은 어른들도 심심찮게 찾아왔습니다. 아는 사람들도 찾아오고 낯선 사람들도 찾아왔습니다.

함께: 다 같이 어울려 살고 지고

〈오마이뉴스〉 연재 기사를 본 도시인들도 찾아왔고, 이미 귀농한 사람들뿐 아니라 장차 귀농을 꿈꾸는 사람들도 불쑥 찾아왔습니다.

뒤죽박죽 복잡해진 머리를 안고 찾아와 생각을 비우고 돌아가기도 했고, 아무 생각 없이 찾아와 산과 바다를 담아가기도 했습니다. 멀고 먼 대도시에서 찾아온, 그저 반갑고 고마운 손님들이었습니다. 그들은 대부분 40대 중후반으로, 하나같이 자본에 질질 끌려 다녀야만 하는 도시의 삶에서 벗어나 생태적인 삶을 살고자 하는 귀한 사람들이었습니다. 그들과 차를 마시며 생태적인 삶을 얘기하고, 자연농에 대한 정보를 나누기도 합니다. 술잔을 기울이며 상식이 통하지 않는 정치 현실과 생명의 강을 몰살시키는 추악한 인간 망종들에 대해 분노하기도 합니다.

아내는 초등학교 방과 후 강사로 나서면서 이웃 사람들도 사귀고, 때로는 바닷가에서 혼자만의 시간을 보내기도 합니다. 뭔가 끊임없이 하지 않으면 견디지 못하는 아내에게 바다는 그 기운을 받아주는 넉넉한 품일 것입니다.

아내의 얼굴이 편안해지기 시작한 것은 일거리가 생기면서 생활 자금을 충당할 수 있게 된 덕분이기도 하지만, 무엇보다 바다의 영향이 컸을 것입니다. 저 또한 마찬가지였지만, 개발 지상주의자들에게 충남 공주의 보금자리를 내주며 뒤틀리기 시작한 아내의 마음자리를 바다라는 대자연이 치유해주고 있는 것인지도 모릅니다. 잔잔하게 가라앉은 파도가 언제 폭풍우를 동반한 거센 파도로 돌변할지 모르지만 말입니다. 어쨌든 생활의 여유가 찾아들자 아내는 기분 좋게 말했습니다.

"집 옆에다가 작은 공간 하나 지을까? 아이들이 놀러 오면 책도 볼 수 있게."

"야! 그거 좋겠다. 작은 도서관을 꾸며놓고, 마당에서 뛰놀다가 싫증 나면 책도 보구 그림도 그리게 하구, 책 읽기 싫을 땐 바다로 뛰쳐나가 해수욕도 하게 하구, 한 달에 한 번쯤은 영화도 보여주며 살믄 좋겠다. 우리 둘이 버는 돈을 합치면 이제 200만 원이 넘으니께, 생활비 남는 걸루 애들 간식거리도 마련해놓고……."

"그래, 그러면 좋겠다."

"근디 당장 그 공간 지을 돈은 어떻게 마련하지?"

"그동안 모은 돈도 좀 있고, 나머지는 어디서 빌릴 수 있어."

그리고 얼마 후 아내가 사고를 쳤습니다. 그것도 아주 기분 좋은 사고를 쳤습니다. 아내는 '우렁각시'처럼 발 빠르게 움직였습니다. 가까운 사람들에게 융통하고, 그동안 방과 후 강사 일을 하며 한여름 민박집을 운영해 모은 돈을 합쳐 10평짜리 도서관 겸 화실을 뚝딱 지은 것입니다. 새 보금자리를 지어준 윤구 씨가 이번에도 큰 힘이 돼주었습니다. 집 짓고 남은 목재와 버려진 문짝을 활용해 기초 공사에서 지붕까지 일주일 만에 뚝딱 완성시켰습니다.

도서관 겸 화실이 세워지자 그동안 뭘 해서 먹고살 것인가 근심이 가득했던 아내의 얼굴색이 환해졌습니다. 평생 살고 지을 고흥 땅, 산간 오지 바닷가에서 할 일이 생긴 것입니다. 고집불통인 우리 부부가 한뜻으로 함께할 수 있는 재밌는 일이 생긴 것입니다. 다시 빈손이 됐지만 기분이 좋았습니다.

누군가 그랬습니다. 빚 내지 말고 지원금 받아 마을 도서관 형식으로 지으라는 것이었습니다. 하지만 그러고 싶지 않았습니다. 그동안 똥배짱 하나로 겁 없이 살아왔듯, 그냥 이런저런 간섭받지 않고 힘닿는 대로 짓고 싶었습니다. 뭔가 지원받게 되면 그만큼 간섭이 따르고 책임이 따르기 때문입니다. 그러다 보면 흥에 겨워 시작한 일이 나중에는 지루하고 재미없어질 것입니다.

아이들을 위해 작은 공간을 마련하는 일은 그동안 우리 부부가 살아오면서 받은 것을 되돌려놓는 작업이기도 했습니다. 공주에서 아내에게 그림을 배운 아이들이 건넨 순수한 돈으로 땅을 구입했고, 이제 그 공간을 또 다른 아이들에게 되돌려주게 된 것입니다. 먼 길 마다하지 않고 우리 집에 찾아와 민박한 사람들이 건넨 돈을 쑥스럽게 받아 챙겼는데, 그걸 기분 좋게 되돌려놓는 일이기도 했습니다.

세상에서 가장 작은 도서관이 될 이 공간에서는 창문 너머 저만치로 바다가 조금 보입니다. 이제 이 공간에서 부모와 떨어져 조부모와 함께 사는 가슴 아픈 사연을 간직한 아이들, 늘 일손 바쁜 부모와 살아가는 아이들, 경쟁을 강요하는 교육 현실에서 잠시라도 벗어나고픈 아이들, 다복한 가정의 아이들, 우리 집을 찾아오는 그 모든 아이들과 더불어 신 나게 놀 수 있게 됐습니다. 우리 부부가 할 일은 그들에게 이래라 저래라 참견하지 않고 아무 생각 없이 놀 수 있도록 멍석을 깔아주는 것입니다. 분수에 넘치는 번듯한 집을 지으며 수많은 이들의 도움을 받았는데, 그 고마움을 누군가에게 돌려줄 일이 생긴 것입니다.

집 옆 산기슭에 터를 다져 지붕까지 말끔하게 올렸지만, 아직 도배장판 등 내부 작업이 남았습니다. 그건 우리 부부가 직접 했습니다. 책장에 책이 가득한데 찾아온 녀석들이 놀기만 하고 책을 읽지 않으면 어떻게 할까요? 그건 그때 가서 생각해볼 일입니다. 아니, 생각할 것도 없습니다. 녀석들과 그냥 신 나게 놀면 됩니다.

"힘들어 죽겠구먼. 좀 쉬었다가 하믄 안 되나?"

"어제 하던 거 마저 끝내야지."

"좀 쉬었다가 천천히 하자구."

"어느 세월에 할려구."

"거참, 또 서둘기 시작하네."

작은 도서관에 도배하던 날, 아내와 싸움박질을 했습니다. 이른 아침부터 마늘과 양파를 심기 위해 밭갈이하다가 점심 무렵에야 겨우 한숨 돌리고 있는데, 아내가 전날 하다 만 도배를 마저 끝내자며 성화했습니다.

"서둘긴 내가 뭘 서둘러."

"아직 밭일도 다 끝나지 않았는디. 나는 그거 지금 못 혀, 힘들어서 좀 쉬어야겠어."

전날까지만 해도 말끔한 도서관에서 책을 읽게 될 아이들을 떠올리며 금실 좋은 부부처럼 사이좋게 도배를 했는데, 단 하루 만에 기분 좋은 평화가 와장창 깨져버렸습니다.

"같이 하자는 내가 바보지. 그까짓 거, 나 혼자서라도 할 거야!"

"한두 시간만 참으면 되는디, 그냥 놔두라니께! 그거 혼자서 못 혀."

도서관 천장은 지붕 선을 그대로 살려놔서 긴 사다리를 받치고 올라가야 겨우 손이 닿을 정도로 아주 높습니다. 아내 혼자서 하기에는 쉽지 않은 일이었습니다. 하지만 어떤 일이든 작정하면 당장 끝내야 직성이 풀리는 아내였기에 막무가내로 천장 도배를 시작했습니다. 결국은 다락방에 퍼질러 앉아 있던 제게 구원을 요청하게 되리라 여겼는데, 아이들의 도움을 받아 한두 시간 만에 천장 도배를 다 끝냈습니다.

고난이도 작업을 마친 아내에게 할 말이 없었습니다. 다음 날에는 이른 아침부터 슬슬 아내의 눈치를 살피며 책장 짜기를 서둘러야 했습니다. 본업인 밭일을 뒤로 미뤄놓고 말입니다. 집 지을 때 모아둔 자투리 목재들을 대패질과 사포질로 깨끗하게 다듬어 온종일 책장을 짰습니다. 혼자서 했느냐고요? 아무리 불만이 있어도 저처럼 강 건너 불구경하듯 손 놓고 있을 아내가 아니지요. 아내가 틈틈이 옆에서 거들어준 덕분에 하루 이틀 만에 책장을 빙 둘러놓

"인효 엄마는 빠지라니께……"
"그래? 나를 찍겠다고 하는 줄 알았지."

"내려와! 내가 한다니께."
"칠하는 건 내가 도사여."

을 수 있었습니다.

"야! 다 짜놓고 나니께 멋지다잉!"

"그러네."

"하하, 나도 하믄 잘한다니께."

"잘하면서 왜 게으름을 피우고 그래?"

"게으름이 아니고 몸뚱아리가 말여……. 아이구, 그만두자. 또 싸우겠다."

책장에 채워 넣을 책 문제도 해결되었습니다. 〈오마이뉴스〉에 올린 작은 도서관 기사를 보고 수많은 이들이 '좋은 기사 원고료'를 40만 원 가까이 넣어주었고, 또 다른 많은 이들이 책을 보내주겠노라 이메일을 보내온 것입니다.

책장이 완성되자 전국 곳곳에서 책이 도착하기 시작했습니다. 한 사람이 적게는 수십 권에서 많게는 수백 권까지 보내왔습니다. 어린이 책에서부터 수준 높은 소설책에 이르기까지 질 좋은 책들이 속속 밀려들어 왔습니다. 어떤 분은 아이들이 볼 수 있는 과학 잡지 구독 신청까지 해주셨고, 또 어떤 분은 아주 오래된 만화《캔디》에서부터 최근 만화《구르믈 버서난 달처럼》에 이르기까지 수백 권의 만화책을 보내오셨습니다. 일주일도 채 안 돼 짜놓은 책장이 꽉 찼습니다. 한마디로 감동의 물결이었습니다. 기적의 도서관이 따로 없었습니다.

감동의 물결은 여기서 그치지 않았습니다. 그 책들은 말 그대로 보내줘서 고마울 따름인 책들이 아니었기 때문입니다. 보내온 이들 하나하나의 마음이 새겨져 있었습니다. 책이 들어오자마자 고마움에 대한 인사를 건네기 위해 전화를 걸었는데, 모두들 책을 받아줘서 고맙다는 인사말을 건네왔던 것입니다. 아이들을 위해 도서관을 잘 꾸려나가라는 당부의 말을 건네는 사람은 단 한 사람도 없었습니다. 다만 받아줘서 고맙다는 것이었습니다.

책을 보내기 위해 일일이 포장하고 택배비를 부담하는 일이 만만치 않았을 것인데도 헌책을 보내 미안하다며 받아줘서 오히려 고맙다는 것이었습니다. 어떤 분은 세상에 태어나 누군가를 위해 많은 책을 선물하는 것이 처음이라며 이런 기회를 줘서 너무 고맙다고 했습니다. 자비의 손길 앞에 발우를 내밀고 어쩔 줄 몰라 하는 얼치기 탁발승이 된 기분이었습니다.

계속해서 책이 밀려들어와 책장을 한 칸 더 높여야 했습니다. 더 이상은 아내와 다투지 않고 부지런히 책장을 짰습니다. 책은 계속해서 들어왔고, 공간이 부족해 책장을 다시 한 칸 더 높여야 했습니다. 책이 들어오면 보내준 이의 이름과 함께 목록을 기록해놨는데, 작은 도서관을 지은 지 한 달 만에 들어온 책이 1000권하고도 수백 권이 넘습니다. 본래 우리 집에 있던 책들과 합치면 족히 2000권은 될 것입니다.

작은 도서관의 모습이 갖춰지기 시작하자 이번에는 책상을 짰습니다. 버려진 옛 부엌 문짝으로 책상 두 개를 짰는데, 하나는 중고

기적의 도서관이 따로 없었습니다.
열흘 만에 책장 두 칸이 비좁을 정도로 많은 책이 들어왔습니다.

"빚내서 지었지만, 거봐, 비우니까 채워지잖아."

컴퓨터를 구해 올려놓을 것이었습니다. 이미 프로젝터와 스크린은 갖춰놨으니, 컴퓨터만 있으면 영화를 돌려 아이들과 함께 볼 수 있었습니다. 그러면 그 어느 도서관 못지않은 완벽한 시설을 갖추는 셈이었습니다. 완성된 책상에 칠까지 끝내고 나자, 아내는 작은 도서관에 욕심이 생기는 모양이었습니다.

"도서관 이름을 뭐라 짓지?"

"이름이 필요하겠어? 아니다. 〈오마이뉴스〉를 통해 들어온 책들이니께 '오마이뉴스 도서관'이라고 지을까? 그건 좀 거시기 하지잉?"

"그냥 책 사랑방으로 할까? 아니 그것도 좀 그러네."

"사랑방? 그게 괜찮긴 하네."

사실 작은 도서관은 사랑방이나 다름없습니다. 작은 도서관이 그럴듯한 모양새를 갖추자 동네 아이들뿐 아니라 더러 동네 아주머니들도 놀러 와 수다를 떨거나 책을 봅니다. 주로 만화책에 손이 많이 갑니다. 어떤 아주머니는 어린 시절의 추억을 되살리면서 《캔디》를 빌려가기도 했습니다.

얼마 전 〈오마이뉴스〉 10주년 기념 한라산 등반을 간 사이에는 순천 평화학교 아이들이 우르르 놀러 와 하룻밤 묵었다 갔는데, 바닷가에서 놀다가 집으로 들어오면 도서관에서 책을 봤다고 합니다. 아내가 찍어놓은 사진을 보니, 녀석들이 도서관에 텐트까지 치고 책을 보고 있었습니다.

함께: 다 같이 어울려 살고 지고

또 먼 곳에서 손님들이 찾아오면 도서관에서 차를 마십니다. 다들 차를 마시다가 잠시 눈길 둘 데 없을 때면 책장으로 눈길을 돌립니다. 그러다가 은근슬쩍 책을 꺼내 책장을 넘깁니다. 그 어떤 경전이든 단 한 줄만 읽어도 선한 마음이 생기듯이, 책장만 넘겨도 기분이 좋은 모양입니다.

텅 비었던 작은 도서관에 책들이 채워지기 시작할 무렵 아내가 말했습니다.

"빚내서 지었지만, 거봐, 비우니까 채워지잖아."

"어쩐 일여, 나보고는 그런 말 좀 제발 하지 말라고 해놓고."

'거봐, 비우니까 채워지잖아'는 우리 가족의 시골생활을 담은 책 제목이기도 합니다. 그 말은 사실 제가 소박하게 사느니 어쩌니 하며 사이비 교주처럼 내뱉던 말이었습니다. 아내는 공주에서 시골생활에 지쳐 있을 무렵, 제발 그런 말 좀 하지 말라며 한동안은 입 밖에도 내지 못하게 했습니다. 그런데 그 말이 아내의 입에서 툭 튀어나왔던 것입니다.

아내 말대로 도서관이라는 공간을 비워놨으니 채워야 할 것이 많았습니다. 애초에는 아무 생각 없이, 아무 도움도 없이 지은 작은 도서관이었습니다. 그 공간을 책으로 채워준 고마운 손길들 때문인지 우리 부부에게는 어느새 책임감이 생기기 시작했습니다.

돼지 같은 중학생들의
여름 나기

녀석들이 우르르 몰려왔습니다. 녀석들의 생김새를 놓고 '놈놈놈' 식으로 분류해보자면 '길쭉한 놈', '오동통한 놈', '짤막한 놈'들입니다.

"안녕하세요!"

"그려, 그려, 잘 왔다. 먼 곳까지 오느라 고생 많았다."

녀석들은 한결같이 순한 표정으로 꾸벅 인사를 합니다. 하지만 공부에 시달리는 중학교 3학년생들이 그렇듯이 순종적인 눈빛도 있지만 뭔가 건들거리며 반항기 있는 눈빛도 뒤섞여 있습니다. 하여 눈빛으로 보자면 '반항기 다분한 놈', '톡톡 튀는 놈', '얌전한 놈'으로 분류할 수 있을 것 같습니다. 녀석들 중 '반항기 다분한

함께 : 다 같이 어울려 살고 지고

놈'의 티셔츠에는 '이 돼지 같은 놈들아'라는 글귀가 새겨져 있었습니다.

"야, 그거 니들 반 단체 티셔츠냐?"

"이거요? 초등학교 동창들끼리 맞춘 건데요."

"그거 누구 아이디어냐? 이 돼지 같은 놈들아."

"초등학교 때 담임선생님이 우리한티 '이 돼지 같은 놈들아', 그러셨거든요."

"그 선생님, 니들한티 잘해주셨냐?"

"예, 좋은 분이셨어요."

"그려? 그럼 나도 인저 니들 그렇게 부른다잉. 이 돼지 같은 놈들아!"

그렇게 꿀돼지 같은 녀석들이 우리 집에 머문 2박 3일 동안 저는 툭 하면 녀석들을 '돼지 같은 놈들'이라고 불렀습니다.

"이 돼지 같은 놈들아! 밥 먹어라!"

"신 나게 놀았냐! 이 돼지 같은 놈들아!"

사람을 향해 '돼지 같은 놈'이라 부르는 경우는 두 가지가 있습니다. 건강한 아이들을 정겹게 부르거나, 아귀처럼 배가 터지도록 먹는 욕심 많은 인간들을 빗대어 부를 때입니다. 덩치들이 커서 좀 징그럽긴 했지만, 녀석들은 제게 귀여운 꿀돼지 같은 놈들이었습니다.

그 돼지 같은 놈들이 대체 어떤 녀석들이냐고요? 우리 집 큰아이 인효 녀석이 고흥으로 이사 오기 전에 사귀었던 친구들입니다. 녀석들은 공주에서 논산까지 버스를 타고, 논산에서 순천까지 입석 우등열차를 타고, 순천에서 고흥까지 시외버스를 타고, 버스 터미널에서 최종 목적지인 우리 집까지는 자동차를 타고 장장 5시간에 걸쳐 찾아왔습니다. 먼 길 마다하지 않고 찾아온 녀석들이 고마운 것은 물론이고 볼때기를 꼬집어주고 싶을 정도로 대견했습니다.

"니들 입석 타고 왔다며? 그래도 좋았지?"

"재밌었어요. 혼자 왔으면 힘들었을 텐디, 친구들하고 와서 좋았어요."

"아저씨도 같이 있었으면 좋았을 뻔했다. 아무 데나 주저앉아신 나게 노래 불러가며 왔을 텐디."

저는 기분 좋게 짐을 풀고 있는 녀석들의 주변을 빙빙 돌았습니다. 평소 인효에게 말로만 들어왔던 녀석들에 대한 확인 작업에 들어갔습니다.

"너, 인효하고 마지막 수업 빼먹고 공산성으로 땡땡이쳤던 놈이지? 그래서 니들 아빠한티 돼지게 혼났지?"

"예? 어떻게 아셨어요?"

"다 아는 수가 있지."

"너는 지금도 그 여자 애가 너 좋다고 쫓아다니냐?"

"아뇨."

"그냥 만나주지 그러냐?"

"아, 싫어요."

"전자기타 잘 친다는 놈이 너구나. 기타 가지고 오지."

"너무 무거워서요."

"학원에서 배웠다며. 몇 년 배웠냐?"

"2년요."

인효가 공주에서 중학교 생활 2년을 보내면서 가깝게 지내던 녀석들이었기에 저는 이미 몇몇 녀석들의 신상을 대충 파악하고 있었습니다. 하지만 얼굴은 전혀 모르고 있었기에 하나하나 확인을 했던 것입니다.

녀석들에게는 그 어떤 준비된 프로그램도 없었습니다. 그냥 몸 가는 대로 신 나게 노는 게 전부였습니다. 녀석들은 짐을 풀자마자 마을 앞 해수욕장으로 달려갔습니다. 저 역시 뒤따라갔습니다. 마을 앞 해수욕장은 사람들이 제법 북적거렸습니다. 해수욕장 주변에 우뚝 솟은 큰 바위 위에서는 동네 아이들이 해수욕할 생각은 않고 사람 구경을 하고 있었습니다.

우리 집 작은아이 인상이 녀석은 동네 아이들과 어울려 해수욕장 사람들을 지켜보고 있었고, '돼지 같은 놈들'은 사내 녀석들이 뭐가 그리 부끄러운지 윗도리도 벗지 않고 바다에 뛰어들어 엎치락뒤치락 쫓고 쫓기는 장난질을 하고 있었습니다. 주로 반항기 있는 놈들은 쫓고, 얌전한 놈들은 쫓기고, 톡톡 튀는 놈들은 반항기

2박 3일을 신 나게 놀다 지친 녀석들이

한자리에 누웠습니다.

한 녀석이 보이지 않습니다.

어딘가에서 잠들어 있는 모양입니다.

있는 놈들을 물속에 처박고 달아나며 '푸하하하' 웃고 있었습니다. 녀석들 곁에는 선생님도 학교도 없었습니다. 엄마도 아빠도 가족도 없었습니다. 오로지 드넓은 바다와 친구들이 전부였습니다. 학교나 집에서는 할 수 없는, 친구들끼리만 할 수 있는 욕설을 함부로 내뱉으며 아무런 제약 없이 신 나게 놀고 있었습니다.

녀석들은 집으로 돌아와 아내가 준비해놓은 백숙을 먹고 나서 또다시 바다로 나섰습니다. 이번에는 집 앞 해변으로 나섰습니다. 해변으로 나서는 녀석들에게 한마디 보냈습니다.

"야, 이 돼지 같은 놈들아! 니들 홀딱 벗고 해수욕 한번 해봐. 친구들끼리 가릴 게 뭐 있어. 거기 해변에는 지나가는 사람도 없고, 아무도 없거든."

녀석들이 머뭇거렸습니다.

"사내 짜식들이 그런 배짱도 없냐? 거기서 홀딱 벗고 니들만의 세상을 만들어봐! 아저씨 거기 안 갈게. 니들끼리만 놀아. 낯선 사람 오면 물속으로 쏙 들어가면 되잖아, 이 돼지 같은 놈들아!"

다 저녁이 돼서야 녀석들은 벌겋게 탄 몸으로 돌아왔습니다. 한 녀석의 발가락 사이에서 피가 흘렀습니다. 상처에 소독약을 댔더니 따갑다고 난리를 칩니다. 인효 녀석은 무릎에, 또 얌전한 녀석은 팔꿈치에 생채기가 났습니다. 하지만 녀석들은 친구들과 노는 일에 푹 빠져 그깟 상처쯤 대수롭지 않게 여기는 것 같았습니다.

녀석들은 저녁을 먹고 나서 방 안에 모여 기타를 쳤습니다. 반항기 많은 놈의 기타 솜씨는 요즘 한창 전자기타에 맛 들인 인효 녀석보다 한 수 위였습니다. 인효가 기타를 치며 제가 알지 못하는 노래를 부르자 녀석들이 따라 불렀습니다. 그렇게 신 나게 놀다 지친 녀석들은 하나둘 방바닥에 쓰러져 밤새 영화를 봤다고 합니다.

그리고 그다음 날 역시 학교와 집을 까마득히 잊고 바다에 풍덩 들어가 신 나게 놀았습니다. 집 앞 해변에서 낚시질도 한 모양입니다. 저녁 무렵에는 몇몇 녀석들이 아내와 함께 면소재지로 나가 과자며 아이스크림 등 먹을거리를 사 들고 와 직접 저녁 준비를 하겠다고 나섰습니다. 톡톡 튀는 놈이 주방장이 되어 부대찌개를 끓였습니다.

"니들 맛없게 하믄 아저씨한티 죽는 줄 알아라잉."

하지만 녀석들의 부대찌개 맛이 오히려 저를 죽였습니다. 밤이 깊어지자 녀석들은 손전등을 챙겨 들고 어둔 길을 따라 마을로 나섰습니다. 그리고 다들 잠든 자정쯤에 돌아왔고 새벽 5시까지 두런두런 얘기를 나눴다고 합니다. 인효 녀석이 전학을 오고 난 후의 학교 상황, 욕 잘하고 매질 잘하는 선생들 근황, 당장 코앞에 닥친 고등학교 진학 문제 등을 얘기한 모양입니다.

"내가 그 학교 다닐 때 욕 잘하고 애들 잘 때리는 선생님 있었잖어. 그 선생님이 일제고사 볼 때 그랬대. 일제고사 거부하는 놈들은 두고 보라고, 가만 안 있을 거라고 애들한티 협박했대."

한창 혈기왕성한 아이들에게 이틀은 참 짧기만 했습니다. 꿀돼지 같은 놈들이 집으로 돌아갈 시간이 왔습니다. 녀석들은 아침을 거르고 계속 잠만 잤습니다. 아침 겸 점심상을 차려놓고 녀석들을 깨웠습니다. 다들 부스스한 얼굴입니다.

열차 시간에 맞춰 녀석들이 집을 나서야 할 시간이었습니다. 녀석들은 기념사진을 찍고 싶어 했습니다. 다들 짐을 챙겨 현관 앞으로 하나둘 모였습니다. 새벽 5시까지 놀아 지쳐서인지 아니면 다시 학교생활로 돌아가야 하는 게 싫어서인지는 알 수 없지만, 녀석들 표정이 밝지 않습니다. 처음 해수욕장에서 단체 사진을 찍을 때 까불던 표정과는 사뭇 달랐습니다.

"웃어 짜슥들아! 웃어봐, 이 돼지 같은 놈들아!"

"찍기 전에 하나, 둘, 셋 해줘요!"

"그려? 하나, 둘, 셋! 하나, 둘, 셋! 하나, 둘, 셋!"

저는 녀석들이 폼 잡을 새도 없이 '하나, 둘, 셋'을 연신 내뱉으며 카메라 셔터를 눌렀습니다. 녀석들은 그 모습이 재밌었는지 다들 환하게 웃어댑니다. 녀석들의 환한 웃음은 평생 추억으로 남을 것입니다. 저렇게 환하게 웃으며 즐겁게 학교생활을 할 수만 있다면 얼마나 좋을까 싶었습니다.

하지만 녀석들은 학교로 돌아가면 서로 경쟁자가 돼야 합니다. 공주에서는 성적순으로 잘라 고등학교에 입학시킨다고 합니다. 몇

돼지 같은 세상.

그래도 자유를 꿈꿔라 아들들아.

개월 후면 '돼지 같은 놈들' 역시 성적순으로 헤어져야 합니다. 원하는 고등학교에 다 함께 진학할 수 없습니다. 자신보다 공부 잘하는 친구 때문에 원하는 고등학교에 갈 수 없습니다. 흉허물 없이 함께 어울려 놀던 친구들과 경쟁해서 이겨야만 원하는 고등학교에 갈 수 있습니다.

운전대를 잡고 녀석들을 순천역까지 데려다줬습니다. 녀석들은 순천역에 도착할 때까지 꾸벅꾸벅 졸았습니다. 열차 안에서 김밥이라도 사 먹으라며 몇 푼 찔러주고 역 대합실로 떠나보내는데 녀석들이 안쓰러워 견딜 수가 없었습니다. 이제 학교로 돌아가면 녀석들은 좋은 고등학교에 입학하기 위해 서로 경쟁 관계가 돼야 하기 때문입니다.

"니들 원하는 고등학교 가지 못해도 절대로 실망하거나 기죽지 마라. 니들이 하고 싶은 것을 하고 살믄 되는 겨. 공부를 잘하든 못하든 니들이 진짜로 하고 싶은 거 하면 돼. 그리고 겨울 방학 때도 꼭 놀러 와라! 알았지?"

녀석들이 내게 인사말을 건네고 저만치 대합실로 들어섭니다. 녀석들을 그대로 떠나보내는 게 못내 아쉬워 자동차를 적당한 곳에 주차해놓고 황급히 뒤따라갔습니다. 그러고는 아이스크림 하나씩 물려주는 것으로 아쉬움을 달랬습니다. 저는 녀석들과 똑같은 아이스크림을 깨물고 돌아오면서 서러움에 복받쳐 혼자 중얼거렸습니다.

"에이, 돼지 같은 놈들⋯⋯."

아이들을 돼지 같은 틀 속에 가둬놓고 죽어라 경쟁시키는 돼지 같은 세상, 아이들이 정말 하고 싶은 게 있어도 마음껏 할 수 없는 세상, 돼지 같은 놈의 세상을 생각하니 서러웠습니다. 반항기 다분한 녀석의 티셔츠에 씌어 있던 '이 돼지 같은 놈들아'는 그런 세상을 향한 욕설이기도 했습니다. 아이들을 그런 세상에 방치해둔 어른들, 그리고 거기에 속한 저 자신에게도 해당하는 욕설이었습니다.

녀석들을 떠나보내고 집으로 돌아와 갤로퍼 승용차 맨 뒤 의자를 접어 올리려는데 의자가 좀 이상했습니다. 녀석들 중 몇몇은 우리 집에서 순천까지 한 시간 넘게 받침 없는 불편한 의자에 얹혀 갔던 것입니다. 그만큼 아이들은 순수합니다. 요령을 모릅니다. 불편해도 불편하다고 말하지 않습니다. 불편하다 말 한마디 못하고 익숙해져가는 것입니다.

아이들은 욕설과 매질을 묵인하며 인권을 보장하지 않는 학교를 온몸으로 껴안고 생활합니다. 학교에서 가르치는 것을 무조건 따릅니다. 아이들의 인권을 존중하면 아이들 역시 누군가의 인권을 존중하게 될 것이고, 자유로움을 가르치면 자유롭게 살 것입니다. 하지만 매질과 욕설로 억압하며 가르치면 그만큼 누군가에게 상처를 입히고 억압하게 될 것입니다. 친구들과 경쟁하라 강요하면 세상에 나가서도 경쟁심에 얽매여 살아갈 것입니다. 누군가를 억압

하고 상처 입히며 살아가는 길이 사람의 길이 아니라 돼지 같은 길
이라는 것을 알게 될 때는 이미 그 길에 익숙해져 벗어나기 힘들게
될 것입니다.

고추 물린
강아지의 최후

새 터로 이사 오자마자 우리 집에 이상한 놈이 들어왔습니다. 녀석의 털은 저보다 더 덥수룩했습니다. 하얗게 탈색돼가는 제 턱수염과 비슷한 회색 털이었습니다. 눈이 안 보일 정도로 털북숭이였는데, 피부병이 있는 데다 털갈이까지 하고 있어 보기 좋지 않았습니다.

이쯤 되면 누굴 말하는지 알겠지요? 녀석은 개입니다. 옆으로 기는 게가 아니라 멍멍이 개입니다. 개 중에서도 족보 있다는 삽살개인데 이름은 '반달이'입니다. 우리 식구와 햇수로 7년을 살아온 곰순이가 곰처럼 생겼다면, 그놈은 윤기 없는 털을 바짝 세우고 썩은 고기를 찾아 헤매는 '하이에나'처럼 생겼다고나 할까요?

하지만 녀석은 썩은 고기를 좋아하지도 먹지도 않습니다. 녀석은 전남 순천에 자리한 평화학교에서 왔습니다. 평화학교는 김민해 목사님이 교장으로 있는 대안학교입니다.

고흥 새 터를 찾아 헤매다가 김민해 목사님을 만나 학교에서 하룻밤 묵은 적이 있습니다. 그곳에서 느껴지는 기운이 너무나 편안했기 때문입니다. 당시 따로 거처가 없던 김 목사님과 함께 교실 바닥에서 하룻밤을 보냈는데, 다음 날 이른 아침 아이들이 학교에 들어설 무렵 교장선생님을 비롯해 모든 교직원들이 죄다 교실 앞으로 몰려 나가더군요. 뭔 일인가 싶어 저만치 뒷구멍에서 지켜봤습니다.

일반 학교였다면 용모 단속을 하거나 소지품을 압수하는 특별 단속기간 같은 것을 상상할 수 있었을 겁니다. 하지만 평화학교는 선생님들이 아이들에게 인사 잘하라며 훈계하는 것이 아니라 오히려 먼저 꾸벅 인사하며 받들어 모시는 곳이었습니다. 교장선생님도 마찬가지였습니다. 쉬엄쉬엄 비질하다 말고 나온 어중간한 폼으로 옆댕이에 쪼그려 앉아 아이들과 인사를 나누고 있었습니다. 평화 그 자체였습니다.

반달이는 아이들을 억압하는 게 아니라 자유롭게 품어 안는 학교에서 생활하던 녀석이었으니 아이들과 꽤나 정들었을 겁니다. 그러니 녀석이 떠나올 때 아이들이 느낀 서운함이란 이루 말할 수 없었을 테지요. 반달이가 떠나올 때가 수업 시간이었는지 쉬는 시간이었지 알 수 없지만, 다들 주차 공간으로 우르르 몰려나와 오랜 환송식을 가졌습니다.

개 환송식이라는 것이 별 게 있겠습니까마는 반달이를 대하는 아이들을 보면서 가슴이 짠할 정도였습니다. 평화학교 식구들이 우르르 몰려나와 쓰다듬고 어루만지며 아쉬움을 감추지 못했습니다. 반달이와 함께 자란 또 다른 삽살개 녀석도 멀뚱멀뚱 반달이가 떠나가는 모습을 지켜봤습니다.

그렇게 곰순이가 낳은 새끼 중 검정개 두 마리를 평화학교에 데려다 주고, 거기 살던 삽살개 두 마리 중 한 놈인 반달이를 데려왔던 것입니다. 평화학교 아이들이 "왜 정든 반달이를 다른 곳으로 보내야 되죠?"라고 묻자 교장선생님은 개도 다 크면 장가를 가야 한다며 설득했다고 합니다. 저는 평화학교 아이들이 반달이와 이별하며 몸과 마음이 좀 더 성장하게 되리라고 생각했습니다. 아이들은 자라면서 정든 것들과 수없이 많은 이별을 하며 성장하니까요.

우리 식구야 새 터를 찾아 자발적으로 이사 왔지만, 녀석은 '데릴사위'라는 명목으로 강제 이주당한 셈이었습니다. 하지만 따지고 보면 우리 식구 역시 녀석과 별반 다를 게 없었습니다. 호남고속철도 공사 때문에 정든 터를 떠난 셈이었으니, 엄밀히 따지면 강제 이주당한 셈일 수도 있었으니까요. 물론 우리가 새 터를 '선택'할 수 있었다면 녀석에게는 그런 선택권조차 없었지요. 하지만 그럼에도 새 터는 누가 봐도 녀석이 만족할 만한 곳이었습니다. 맘껏 뛰놀 공간이 확보되어 있었으니까요.

반달이 녀석은 그 예쁜 이름과 달리 앞에서 말한 것처럼 털이 듬성듬성 빠진 하이에나처럼 볼썽사납게 생긴 놈이었습니다. 태어난지 6개월밖에 안 된 녀석이었지만, 그 덩치가 만만치 않았습니다. 보통 성견만 했습니다.

어쨌든 녀석은 그동안 정든 평화학교 사람들의 냄새가 전혀 없는 낯선 터의 냄새에 어떻게든 적응해보려 무진 애를 썼습니다. 처음에는 곰순이에게 성성한 이빨을 드러내 보이기도 하고, 목줄을 쥔 새로운 인간에게 경계의 눈빛을 보이기도 했습니다. 하지만 녀석은 새 터로 들어온 지 사흘째 되던 날 꼬리를 내리고 슬금슬금 혓바닥을 내밀기 시작했습니다. 제 꼴을 보고 털 색깔도 비슷하니 그냥저냥 함께 살아볼 만한 인간이라 여겼는지도 모릅니다.

녀석이 제 손 위에 혓바닥을 내밀 무렵 목줄을 풀어줬습니다. 녀석은 너른 공간을 천방지축 뛰어다녔습니다. 너른 공간에 자유롭게 풀어놓는 것도 녀석을 데려온 이유 중 하나였습니다. 들이며 산이며 바닷가를 뛰어다니다 보면 피부병도 낫겠지 싶었습니다.

녀석은 곰순이뿐 아니라 달금이와도 썩 잘 어울렸습니다. 곰순이와 장난칠 때는 나름 수컷임을 과시하곤 했지만, 달금이 녀석이 물어뜯으며 장난을 걸어올 때는 어지간하면 다 받아줬습니다. 반달이가 반항기 많은 사춘기라면 태어난 지 2개월 된 달금이는 천방지축 개구쟁이였습니다. 곰순이와 반달이가 으르렁거리며 장난

치면 달금이는 옆에서 어미를 거들었습니다. 반달이의 꼬리나 뒷다리, 심지어는 고추를 무는 것이었습니다. 그럼에도 반달이는 어린 달금이에게 복수전을 펼치지 않았습니다. 반달이가 달금이에게 고추를 물리는 순간을 포착했는데 그 표정이 가관이었습니다. 녀석의 표정이 너무나 고통스러워 사진 속에서 '깨갱' 비명소리가 튀어나올 것만 같습니다.

정리가 덜 된 풀밭은 녀석들에겐 너른 마당이나 다름없었습니다. 쫓고 쫓기며 놀다 가끔씩 바닷가로 나가 반달이의 흉물스런 피부병을 치료하기 위해 바닷물에 빠뜨리기도 했습니다.

반달이가 우리 집으로 온 또 다른 이유는 훗날 곰순이와 짝지어 주기 위해서였습니다. 녀석은 그걸 알고 있는 것인지 아직 채 여물지도 않은 고추를 아무 데서나 불쑥 꺼내들었습니다. 아침마다 왕성한 기운을 감당할 수 없어 어쩔 줄 몰라 하는 사춘기 사내아이들처럼 말입니다.

그러던 어느 날 앞집에서 오리 열댓 마리를 키우기 시작했습니다. 그 바람에 녀석들의 평화가 와장창 깨지기 시작했습니다. 반달이 녀석이 앞집 오리를 물고 여유만만하게 집으로 돌아왔던 것입니다. '나 참 잘했지요?' 하며 스스로 대견스러워하는 표정으로 말입니다.

녀석은 주인에게 사냥감을 폼 나게 자랑하고 싶어 오리를 물고 왔는데, '참 잘했어요' 도장은커녕 부지깽이를 들고 쫓아와 혼내

❶ 달금이가 반달이 꼬리 쪽으로 다가옵니다.

❷ 콱 물어버립니다.

❸ 반달이가 달금이에게 반격하다 곰순이에게 걸렸습니다.

❹ 곰순이가 반달이의 고추를 뭅니다.

❺ 달금이도 엄마를 따라 반달이의 고추를 콱 뭅니다.

❻ 곰순, 달금을 바라보며 여유롭게 퇴장합니다.

니 얼마나 황당했겠습니까? 녀석은 축 처진 첫 사냥감을 내려놓고 어쩔 줄 몰라 하며 발라당 누웠습니다. 도무지 이해할 수 없다는 표정을 지었습니다. 녀석은 단지 본능적인 욕구에 충실했던 것뿐 이니까요. 그것도 그 자리에서 당장 털을 뽑고 싶은 충동까지 억제 하고 물어왔는데 돌아온 것이 부지깽이라니⋯⋯.

녀석이 그러거나 말거나 앞집 아저씨에게 거듭 사과를 하고, 저 는 매정하게도 녀석에게 목줄을 묶어 오리 옆으로 데려가 부지깽 이를 들고 야단쳤습니다. 그럼에도 녀석은 오리들이 꽥꽥거리며 움직일라치면 본능적으로 달려들었습니다. 그래서 오리에게 달려 들면 혼쭐이 난다는 것을 각인시키기 위해 여러 차례 반복해서 야 단쳤습니다. 그럴 때마다 녀석은 다시는 안 그러겠다고 맹세하듯 납작 엎드렸습니다. 하지만 앞집 아저씨가 참견하자 이빨을 드러 내고 으르렁거렸습니다. 말하자면 '당신 오리 때문에 내가 혼나고 있잖아' 하는 표정으로 말입니다.

앞집 아저씨는 너무 당황한 나머지 '어른'한테 덤빈다는 말까지 했습니다. 그러고 나서는 한동안 녀석을 목줄에 묶어놓고 아침저 녁으로 식구들이 마당에 나와 있을 때만 풀어주곤 했습니다. 아랫 집으로 내려가려 할 때마다 야단을 쳤습니다. 제가 벼락같이 소리 를 지르면 녀석은 '얼음 땡' 놀이를 하듯 제자리에 서서 한참을 망 설이다가 다시 한 번 "이리 안 와!" 소리를 치면 되돌아오곤 했습 니다.

그렇게 녀석이 집 안에서 노는 것에 어느 정도 적응돼가던 어느 날 저녁 무렵, 손님이 찾아왔습니다. 그런데 손님들과 함께 방 안으로 들어가면서 깜박하고 녀석을 묶어놓지 않았습니다. 그 잠깐 사이 녀석은 아랫집으로 내려가 또 사고를 쳤습니다. 아내는 아랫집 사람들 보기가 민망해 어쩔 줄 몰라 했습니다.

"평화학교에 돌려주자. 안 그럴 거면 아예 풀어놓지 말든지."

"생각 좀 해보자. 한창 정들었는데 키우기 힘들다고 돌려보내는 게 좀 그렇잖아."

며칠을 고민하다가 반달이를 돌려보냈습니다. 녀석을 꽁꽁 묶어놓을 요량이라면 우리 집에 있을 이유가 없었습니다. 평화학교에는 닭장처럼 너른 공간이 있어 목줄을 사용하지 않고 풀어놔도 될 것이었습니다. 아이들은 몇 개월 만에 돌아온 반달이를 너나 할 것 없이 반겼습니다. 마음이 놓였습니다.

곰순이는 반달이 녀석이 사고를 치는 바람에 한 달 가까이 묶여 있어야 했습니다. 물론 아침저녁으로 잠깐 풀어주고, 바닷가로 산책 나갈 때는 데리고 갔지요. 곰순이와 달금이는 여름 내내 바닷가에서 수영을 하며 잘 놀았습니다. 달금이는 곰순이 따라 바다에 뛰어들었다가 거친 파도에 된통 당하더니 머뭇거리기 시작했습니다. 하지만 곰순이 녀석은 바닷물에 들어가면 20분 가까이 나올 생각을 안 합니다. 물속에서 머리만 빠끔 내밀고 네 발을 힘차게 저어 수영을 즐기는 모양입니다.

그나저나 반달이 녀석, 데릴사위 노릇도 못하고 그냥 가버렸네요. 앞집 오리들 때문에 데릴사위는 애당초 글렀고, 곰순이가 발정기에 접어들면 반달이에게 잠시 시집을 보내야 할 것 같습니다. 평화학교 아이들은 이 복잡한 관계를 어떻게 이해할까요? 복잡하다고 해봤자 인간 세상만큼 복잡하겠습니까마는…….

큰아이의 통곡

"얼레? 이게 뭔 소리여……."

다락방에서 밥벌이 원고를 쓰는데, 자정이 넘은 야심한 밤에 어디에선가 곡소리가 들려왔습니다. 잘못 들었나 싶어 컴퓨터 자판기에서 손을 떼고 귀를 세웠습니다.

"어어엉, 으흐흐……."

서러움에 북받쳐 흐느끼는 울음소리였습니다. 다락방 바로 아래 있는 아이들 방에서 흘러나오는 소리가 분명했습니다. 아들 녀석 중 한 놈이 우는 소리였습니다.

"이 자식들이 자다 말고 뭔 짓여……."

녀석들이 잠자다 말고 아빠를 놀리기 위해 귀신 장난이라도 하

나 싫어 다락방 계단을 내려와 슬그머니 귀를 기울였습니다. 울음
소리는 끊이지 않았습니다.

"어어엉, 으흐흐······."

"누구냐? 누가 자다 말고 장난하는 겨?"

"어어엉, 으흐흐······."

녀석은 좀 더 큰 울음소리로 답했습니다. 목이 꽉 메어왔습니다.
방 안으로 들어서자 큰아들 인효 녀석이 서러움에 복받쳐 엉엉 울
어대고 있었습니다.

"인상아, 형아 징말로 우는 겨?"

"어, 그런가 봐······."

옆에 누워 있던 작은아들 인상이가 몸을 뒤척이며 아주 난감한
목소리로 말했습니다.

"왜 그려? 뭐 때미 한밤에 곡소리를 내는 겨?"

"어어엉, 우리 동네 가보고 싶어, 어어엉."

"이제 여기가 니들 동네지 인마! 어딜 간다구 그려?"

"아니, 우리가 살던 동네 공주, 느티나무가 보고 싶어."

"뭐 느티나무?"

"어어엉, 거기 가고 싶어, 어어엉."

충남 공주 시골집에 살 때 동네 앞에 수백 년 된 느티나무 한 그
루가 있었는데, 녀석들은 어려서부터 틈만 나면 그 주변에서 놀곤
했습니다. 친구들이 찾아오면 느티나무를 향해 내달리곤 했습니다.

녀석은 종종 느티나무를 껴안곤 했다는데, 그때 그 까칠까칠한 느낌이 고스란히 느껴져 더욱더 그립다는 것이었습니다.

"느티나무를 껴안고 싶어서 울고 있는 겨?"

"장승 있는 데도 가고 싶어……. 어어엉."

"아이구 자식이, 덩치는 산만 한 놈이 별거 가지구……."

그렇게 말하고 있는 저 역시 목이 멨습니다. 서러움에 복받친 녀석의 울음소리는 그칠 줄 몰랐습니다. 가슴이 꽉 미어졌습니다.

"다 큰 놈이, 인저 그만 울어. 나중에 아빠가 세상 떠나도 그렇게까지는 안 울겠다 자슥아. 너 며칠 있다가 친구들 만나러 공주에 가기로 했잖어? 그때 가보면 되잖어. 느티나무도 보고 장승도 보러 가믄 되잖어. 니가 살았던 집에도 가보고……."

전남 고흥 산간 오지 바닷가로 이사 와 생활한 지 5개월째 접어들고 있었지만, 녀석의 가슴속에서는 내내 충남 공주 시골집이 떠나지 않았던 모양입니다. 세 살 무렵부터 살아왔던 곳이니 녀석에게는 고향이나 다름없기 때문입니다.

"에이 씨, 집 앞에 있던 뽕나무도 없어졌다며? 어어엉, 얼른 가보고 싶어 어어엉……."

"그려 내일이라도 가고 싶으면 얼릉 갔다 와."

"어엉엉……. 알았어, 갈 겨."

"알았다면서 계속 울고 있냐?"

"고속철도가 지나가면 장승도 없어질지 모르잖어. 그래서 더 슬퍼……."

마을 앞 느티나무는 앞으로도 오랫동안 자리를 지키고 있을지 모르지만, 장승은 조만간 사라지게 될 것입니다. 마을을 관통하는 호남고속철도 공사가 곧 착공될 모양이기 때문입니다. 그렇게 되면 윗마을과·아랫마을 중간쯤에 서 있는 장승의 운명은 불 보듯 빤한 일이었습니다. 무지막지한 개발의 삽질이 시작되면 사라질 것이 어디 장승뿐이겠습니까? 녀석과 정들었던 수많은 것들이 개발 앞에 가뭇없이 사라질 것입니다.

느티나무는 그렇다 치고 녀석이 왜 그토록 장승을 보고 싶어 하냐고요? 녀석들은 초등학교에 들어가기 전부터 새벽 산책길에 늘 장승과 인사를 나눴습니다. 그렇게 인사를 하며 장승을 마을 지킴이이자 자신들의 지킴이로 여겼습니다. 녀석들이 "안녕하세요? 장승 할아버지!" 인사하면 제가 대신 "오냐!" 대답하곤 했습니다. 또 한 사람에게든 장승에게든 애정을 품으면 그것이 마음속으로 들어와 든든하게 지켜줄 거라고 말하곤 했습니다. 그리고 그 장승 길을 지나며 아이들에게 "너는 누구냐?" "어디서 왔냐"는 식으로 뜬구름 잡는 선문답을 주고받곤 했습니다. 녀석은 그 과정에서 생명체가 아닌 장승일지라도 자신과 그 어떤 기운으로 연결되어 있다는 것을 받아들인 모양입니다.

사람이나 동물뿐 아니라 세상 모든 만물에는 세상을 움직이는 생명의 기운이 깃들어 있다고 합니다. 그렇게 느티나무와 장승은

고향이나 다름없는
정든 공주를 떠나야 했던 아이들에게
미안함과 고마움이 큽니다.

물론이고 녀석과 어린 시절을 함께 보낸 고향 집과 산과 들이 녀석의 마음속에 생명의 기운으로 자리 잡고 있었던 것입니다. 그 생명의 기운으로 고향 산천에 대한 애정이 쌓인 것입니다. 하여 느티나무며 단지 통나무를 조각한 형상에 불과한 장승조차 눈물겹게 보고 싶었던 것이겠지요. 사랑을 준 그 모든 것들이 사라질 위기에 처해 있다니 또 얼마나 서글펐겠습니까?

"어이구 자식이, 그만 울어. 손님방에 있는 사람덜이 니 곡소리 다 듣겠다. 중학교 3학년이나 된 놈이 아직 어린애구먼."

"자꾸만 눈물이 나오는 걸 어떻게 해, 어허어엉……."

녀석은 마치 신들린 무속인처럼 이해하기 힘들 정도로 울음을 그치지 않았습니다. 저는 녀석의 복받쳐 오르는 울음소리를 들으며, 저 울음이야말로 녀석이 앞으로 살아갈 힘이 될 거라는 생각이 들었습니다. 그 힘의 원천은 자연에서 왔습니다. 자연에 대해 애정을 품은 순간 녀석의 가슴속에 그 순수한 힘이 고이게 됐을 것입니다. 애정이 없었다면 서글픔 또한 생기지 않았을 테니까요.

"아, 인효야! 그러면 되겠다. 너 요즘 노래 만들고 있지? 그거 노래로 한번 만들어봐라. 지금처럼 아빠 가슴을 찡하게 하는 그런 노래 하나 만들어봐라. 좋겠지?"

"어어엉, 알았어, 어흐흐흐……."

녀석은 대답하면서도 여전히 흐느끼고 있었습니다. 제가 죽어도 그토록 서럽게 울까 싶을 정도였습니다. 녀석의 울음소리는 잔혹

한 인간에게 살을 맞고 있는 만물에 대한 살풀이 굿판과도 같았습니다. 살풀이 굿판을 보고 있노라면 가슴이 미어지기도 합니다. 녀석의 울음소리에 가슴이 꽉 미어져온 것처럼 말입니다.

"그려, 울고 싶을 때 실컷 울어라. 울다 보면 뭔 수가 나기도 하니께……."

그날 밤 저는 봇물처럼 쏟아지는 녀석의 울음소리를 뒤로한 채 다락방으로 향하는 계단에 올라서면서 뜬금없이 무지막지한 개발로 죽어가는 4대강을 떠올렸습니다. 녀석의 울음소리를 계단 오르듯 몇 단계 높여 생각해보면, 온갖 추악한 잡귀들에게 살을 맞고 있는 4대강의 곡소리와 크게 다르지 않았던 것입니다. 녀석에게 고향 마을은 속 깊은 심성을 키워준 작은 강줄기나 다름없었으니까요.

바람:
떠나고 남겨지고 지켜내고

어머니를 위한
영정사진

새 터 찾아 헤매고 다니랴 정착하랴 정신없이 시간을 보낸다는
핑계로 한동안 소홀했던 고향 친구에게 전화를 걸었습니다.

"엄니가 중풍으로 쓰러지셔서 병원 가는 중여. 나중에 통화혀."

그리고 그날 늦은 오후, 다른 고향 친구에게서 문자가 날아왔습
니다.

'○○○ 모친상 충대 병원 영안실.'

전화를 받은 다음 날 이른 아침, 시간에 맞춰 버스를 기다리는데
또 다른 전화 한 통이 걸려왔습니다. 공주에서 생활할 때 가깝게
지내던 후배가 부친상을 당했다는 것이었습니다.

후배의 전화를 받은 지 단 몇 초도 안 됐는데, 순간 버스가 지나

가버렸습니다. 하루에 딱 한 대, 마을 앞을 지나는 부산행 버스인데 중간에 순천에서 잠시 쉬었다 갑니다. 그 버스를 이용해 순천까지 가 기차로 갈아타고 서대전역까지 갈 요량이었습니다. 하지만 버스는 이미 지나가버렸고, 어쩔 수 없이 한 시간에 한 번꼴로 오는 마을버스를 탔습니다.

마을버스는 작은 길들을 골라 다니며 마을 곳곳을 누볐습니다. 버스 안에는 할머니, 할아버지 들이 대부분이었습니다. 쭈글쭈글 검게 그을린 얼굴, 굵은 손마디, 갈라진 손등……. 생면부지의 낯선 땅 고흥에서 생활한 지 겨우 반년을 넘기고 있었지만, 버스에서 처음 만난 할머니, 할아버지 들은 한결같이 고향 친구의 어머니, 아버지처럼 느껴졌습니다. 진즉에 팔순을 넘긴 제 어머니처럼 말입니다.

고흥으로 이사 온 후 가까운 사람들 대부분이 한두 차례씩 다녀갔는데, 정작 어머니는 지난여름에야 처음으로 다녀갔습니다. 고흥에 자리 잡은 지 반년이 지나서야 힘든 걸음을 한 것입니다. 어머니는 당뇨로 고생하다가 허리 병까지 도져 수술한 몸이었기에 고흥까지의 먼 길을 엄두도 내지 못하고 있었습니다. 그런데 몸 가누기조차 힘들어하던 어머니가 갑자기 멀쩡한 목소리로 전화를 걸어왔습니다.

"니들 집에 가봐야겠다."

"걷기도 힘들다면서요."

"괜찮어. 인저 몸이 좀 좋아졌어. 좋아졌을 때 가야지 언제 가보겠어."

팔순 노모가 기운을 챙겨, 그토록 가보고 싶어 하던 셋째 아들네 오겠다는데 반가움보다는 불안감이 엄습해왔습니다. 가슴이 답답했습니다. 나이 든 분들이 돌아가시기 전에 갑자기 기운을 챙기는 경우가 있다고 하는데, 걷기조차 힘들어하던 어머니가 없던 기운이 생겼다고 하니 마음이 불안했던 것입니다.

형님과 동생들이 어머니를 모시고 우리 집에 도착했을 때, 어머니 안색이 하얗게 질려 있었습니다. 대전에서 고흥까지 먼 길을 달려왔기에, 승용차에서 겨우 내릴 수 있을 정도로 기운이 빠져 있었습니다. 길을 잘못 들어 한 시간을 더 지체하는 바람에 장장 5시간 넘게 달려왔던 것입니다. 하지만 집 주변을 둘러보던 어머니는 언제 그랬냐는 듯이 금세 기운을 챙겼습니다.

"아이구야, 좋다 좋아! 니들 땅이 어디여?"

"여기서 저기까지요."

"아이구, 넓어서 좋다. 넓어서 좋아. 나는 평생 땅 한 평 없이 살았는디, 니들이 소원풀이를 했다야. 에미야, 장하다 장해!"

안방에서 빗물이 새고 사랑채 한쪽이 주저앉은 공주 시골집에서 생활할 때, 어머니는 눈비가 조금이라도 많이 내린다 싶으면 집이 무너져 내릴까 봐 늘 걱정이었습니다.

"빗물은 안 새지? 집 안도 근사하니 좋다."

먼 길 오느라 안색이 좋지 않았던 어머니의 얼굴은 집 안 구석구석을 돌아본 후 환해졌습니다. 어린아이처럼 생글생글 웃음이 떠나지 않았습니다.

어머니에 대한 생각의 꼬리를 접을 무렵 마을 구석구석을 헤집고 다니던 마을버스는 한 시간가량 걸려 고흥 읍내 버스 터미널에 도착했습니다. 거기서 순천까지 다시 한 시간, 순천에서 서대전역까지 2시간 30분이 걸렸습니다. 역에서 내려 버스로 갈아타고 먼저 후배 아버지 장례식장을 찾아갔습니다. 친구 어머니 장례식장은 늦은 저녁에 찾아가기로 친구들과 약속했습니다.

후배 아버지는 영정사진으로 처음 뵙는 분이었습니다. 하지만 영정사진을 보자마자 속에서 뭔가 울컥 솟아올라 왔습니다. 고인이 남긴 마지막 모습, 영정사진 앞에서는 사는 일도 죽는 일도 모두에게 슬픔이었습니다. 후배에게는 평소 원망스러운 아버지였습니다. 그럼에도 후배의 얼굴에는 슬픔이 가득했습니다. 그 얼굴을 마주 대하니 더 큰 슬픔이 잦아들었습니다.

그러나 슬픔은 잠시뿐이었습니다. 살아 있다는 건 슬픔 그 자체이면서도 동시에 희극 그 자체였습니다. 미리 봉투를 준비하지 못해 부의함 앞에 마련된 봉투를 사용했는데, 사람들 보는 데서 지갑을 꺼낸 게 겸연쩍어 급히 부의함에 넣었습니다. 그런데 그만 봉투에 이름을 적지 않았다는 걸 뒤늦게 떠올렸습니다. 국밥을 먹으면서 이름을 써 넣지 않았다는 걸 좀생이처럼 생각해낸 것입니다.

후배 아버지 영안실을 빠져나와 곧바로 모친상을 당한 고향 친구를 찾아갔습니다. 영정사진 속 친구 어머니는 제 기억 속에 있는 잔뜩 찌든 얼굴이 아니었습니다. 고운 한복 차림이었습니다. 하지만 자세히 들여다보니 아주 슬픈 얼굴을 하고 있었습니다. 40대에 남편과 사별하고 온갖 고생하며 살아온 세월이 고스란히 담겨 있었습니다. 하지만 그 얼굴 어딘가에는 복사꽃처럼 화사한 꿈을 꾸던 이팔청춘 시절이 새겨져 있었을 것입니다.

문득 제 어머니 얼굴이 스쳤습니다. '아, 우리 엄니 영정사진은 어떤 표정으로 나올까?' 어머니가 고흥에 머문 2박 3일 내내 비가 내려 근사한 앞바다를 보여드리지 못한 것이 못내 아쉬웠습니다. 떠나던 날, 다들 한자리에 모여 가족사진을 찍고 난 뒤 어머니가 제게 당부하듯 말했습니다.

"대전에 올 때 사진기 챙겨 와라. 내가 언제 어떻게 될지 모르는데 영정사진은 찍어놔야지. 젊었을 때 사진은 안 된다드라."

공주에서 생활할 때 마을 노인 몇몇 분들에게 오래 사시라며 영정사진을 찍어드렸는데, 정작 제 어머니의 영정사진은 찍어드리지 못했던 것입니다.

어머니는 제가 태어날 무렵 두부 목판을 머리에 이고 먼 길 나섰고, 생활 형편이 조금 나아지자 구멍가게를 꾸려 7남매를 먹이고 입히고 공부시켰습니다. 하지만 정작 당신이 그토록 소망한 땅 한 평 장만하지 못했습니다. 당시 아버지는 평생 농사지은 땅이 신작

로로 변하자 농기구 대신 술잔을 들어 세월을 보내다가 환갑을 넘기자마자 세상을 떠났습니다.

본래 어머니는 여덟 자식을 낳았습니다. 하지만 제가 태어나기 전 그토록 총명했다는 다섯 살배기 둘째 아들을 먼저 보냈습니다. 그 많은 자식들을 어떻게 입히고 먹여 살렸을까? 명절 때가 되면 어머니의 머리에는 당신 몸보다 훨씬 큰 보따리가 얹혀 있었습니다. 자식들을 위한 신발이며 옷가지들이었습니다. 어느 날 어머니는 어린 저를 형제들 몰래 대전 중앙시장에 자리한 닭튀김 집으로 데려갔습니다. 난생처음 먹어보는 닭튀김이었습니다. 어머니는 그 맛난 닭튀김에 입도 대지 않고 허겁지겁 먹어 치우는 제 모습만 흐뭇하게 지켜보고 있었습니다. 어머니는 닭 집에서 나와 제 입에 묻은 기름을 닦아주며 말했습니다.

"집에 가서 닭튀김 먹었다고 말하지 마라잉."

그리고 오랜 세월이 지나 형제들이 한자리에 모였을 때 닭튀김 얘기가 나왔는데, 알고 보니 저뿐 아니라 형제들 모두 어머니 손에 이끌려 닭튀김 집에 갔던 것입니다. 하나하나 데려가 먹이고는 집에 가서 아무에게도 말하지 말라고 당부했던 겁니다. 그런 어머니에게 제가 해드릴 수 있는 게 무엇일까요? 어머니는 제게 단지 영정사진을 원하고 있었습니다.

제 고향 친구들은 부모님 상을 당하면 다 함께 밤을 지새운 뒤 상여를 짊어지곤 합니다. 요즘은 자정이 넘으면 장례식장이 썰렁

해집니다. 그날 밤, 친구들과 함께 술에 취한 채 화투 패를 잡고 자정이 넘도록 장례식장을 지켰습니다. 상주들조차 지쳐 잠든 새벽 3시 무렵이 돼서야 친구들과 함께 일어나 난생처음 찜질방이라는 곳에 가 잠깐 눈을 붙였습니다. 발인 시간에 맞춰 다시 장례식장으로 가 친구 어머니를 모시고 화장터까지 동행했습니다.

그런데 바로 그 화장터에서 아버지를 떠나보내는 후배를 다시 만났습니다. 살아온 세월은 다를지라도 어느 누구 할 것 없이 피할 수 없는 죽음 앞에서는 다들 한자리에 모이게 되는 모양입니다.

친구 어머니와 후배 아버지를 한 줌의 재로 남겨놓고, 모처럼 만난 친구들과 그냥 헤어지기 섭섭해 막걸리 집을 찾았습니다. 쉰 살 넘은 친구들은 찌그러진 주전자로 막걸리를 돌리며 어린 시절을 떠올렸습니다. 이제는 먼 길 떠난 고인들이 친구들을 한자리에 모이게 해주었고, 오랜만에 만나면 늘 그랬듯이 어린 시절로 되돌아가고 있었습니다.

기억력 좋은 친구는 돌담장 위에 앉아 지나가는 사람을 노려보던 사나운 수탉, 기와 담장 너머로 화사하게 피어 있던 불두화, 마을 어귀에서 발갛게 벌어져 있던 석류나무 열매, 골목길에서 뛰놀던 추억을 떠올렸습니다. 그처럼 따뜻한 추억들도 많았지만 아픈 기억도 있었습니다. 가난을 이고 어린 시절을 보낸 친구들의 아픈 기억은 대부분 '학교'에서 생긴 것이었습니다.

수업료를 내지 못해 늘 벌을 서야 했던 친구는 공부에 흥미를 잃게 됐고, 같은 문제로 선생에게 늘 얻어맞았던 친구는 굴욕감 때문에 학교에 가지 않았습니다. 이뿐만 아니라 마치 군대에서 구타를 당하듯 삽자루로 엉덩이에 피가 날 때까지 얻어맞은 친구도 있었고, 저 역시 탁구채로 머리를 맞아 피를 줄줄 흘렸던 기억이 있습니다. 이런 아픔을 견디며 학교에 다녀야 했던 자식들을 보는 가난한 어머니들의 심정은 어땠을까요?

그동안 제 아버지를 비롯해 많은 부모들이 세상을 떠났습니다. 다른 것 생각할 겨를 없이 그저 자식들을 위해 살다 간 어머니, 아버지 들이었습니다. 고향 친구들 대부분은 가난한 부모를 만나 고등학교조차 제대로 나오지 못한 채 험한 세월을 견디며 살았지만, 다른 사람에게 해코지하지 않고 자기 자리를 지키며 착하게 살아가고 있습니다.

만약 배우지 못한 사람이 다른 한 사람을 해칠 수 있다면, 많이 배운 자들은 수천수만 명을 해칠 수 있습니다. 그럼에도 많이 배워 많은 이들을 해친 자들은 죽어서까지 환대받는 세상입니다. 하지만 그래 봤자 좀 더 많은 화환과 좀 더 비싼 영정사진 한 장으로 남겨질 것이고, 결국은 한 줌의 재가 될 것입니다.

거하게 취한 친구들과 헤어지면서 한참을 망설였습니다. 택시를 잡아타면 기껏해야 30분도 채 안 되는 거리에 있는 어머니를 찾아갈까 고민하다가 발길을 돌렸습니다. 술에 취한 제 머릿속에서는 어머니의 영정사진이 찰칵찰칵 찍히고 있었습니다. 하지만 실제로는 어머니의 영정사진을 찍어드릴 용기가 나지 않았습니다. 어머니를 찾아가면 분명 영정사진을 찍어달라 하실 것이었습니다. 영정사진을 찍어놓으면 장수한다고들 하는데, 상갓집 두 곳을 다녀오고 나니 그 말이 가슴에 와 닿지 않았습니다.

부모를 떠나보낸 슬픈 이들을 대전에 남겨놓고 고흥 집으로 향하는 열차를 타면서 마음을 다잡았습니다. 다음번에 대전에 올 때는 꼭 어머니의 영정사진을 찍어드리자고 말입니다. 심적으로나 물적으로나 호강 한번 제대로 시켜드리지 못한 셋째가 지금 그나마 해드릴 수 있는 유일한 일이니까요.

느릿느릿
그러나 풍족하게

바다 저만치에서 아침 햇살이 떠올랐습니다. 가을 햇살이었습니다. 주변 생명들이 시나브로 제 모습을 드러내고 있었습니다. 노랗게 익어가는 벼, 푸른 하늘과 나무들, 이토록 아름다운 색이 있을까 싶었습니다.

그 풍경 속으로 학교 갈 채비를 마친 작은아이 인상이 녀석이 자전거를 타고 비탈진 언덕을 오르고 있었습니다.

"잘 갔다와라이, 재밌게 놀고……."

녀석이 벌써 중학교 3학년이 됐습니다. 초등학교 입학할 때부터 그랬듯이 열심히 공부하라는 말 대신 재미있게 놀다 오라는 말을 덧붙여주자 녀석이 빙그레 웃습니다. 그 힘든 학교를 군소리 없이

연잎 차와 연꽃 차를 만들기 위해
지난봄 뿌리를 옮겨 심은 백연은 올해 꽃을 피우지 못했습니다.

벼 잎에 맺힌 이슬.
이 감로수가 벼를 키우고 저를 키웁니다.

다니는 녀석이 고맙습니다.

햇살에 드러난 주변 표정들이 너무 예뻐 모처럼 카메라를 챙겼습니다. 인상이 녀석의 자전거 바퀴살이 영롱한 햇살을 받으며 집을 나선 자리에는 작은 연못이 있습니다. 비가 오면 질척거려 밭으로는 도무지 쓸모가 없다 싶어 파놓은 연못입니다. 거기에다 지나가는 사람들과 함께 누리고, 연잎 차와 연꽃 차도 만들기 위해 연뿌리를 옮겨 심었는데 아주 잘 자랐습니다.

물빛과 연잎에 반사된 빛깔이 환장할 지경입니다. 너무 밝은 햇살이 금세 그 풍경을 날려버릴까 싶어 숨죽여 카메라 셔터를 연신 눌렀습니다. 빛과 생명이 만들어내는 아름다움과 조화로움을 누리는 것 역시 삶을 살아가는 이유 가운데 하나입니다. 하지만 그 아름다움을 카메라에 모두 담아내는 것은 무리입니다.

그다음에는 집에서 200미터도 채 안 되는 거리에 자리한 논으로 향했습니다. 집 앞 논은 벌써 수확을 끝냈지만, 저희 집 논의 나락들은 한창 살이 오르고 있었습니다. 아침 이슬이 사라지기 전에 사진을 찍어야 녀석들의 생동감 넘치는 표정을 잡아낼 수 있습니다.

벼 잎에 이슬이 맺혀 있었습니다. '또르륵' 굴러가기 일보 직전입니다. 영롱하기 이를 데 없습니다. 이슬은 나락을 키우는 감로수입니다. 그 이슬방울을 혀끝으로 쓸어봅니다. 달콤합니다. 벼 잎에 맺힌 감로수는 벼를 키우고 저를 키웁니다.

가만히 보니 아직 물을 다 빼지 않은 논바닥에 우렁이 녀석들이 꿈지락거리고 있었습니다. 잡초를 제거하는 농약 대신 우렁이를 넣었는데, 녀석들이 아직도 논바닥을 배회하는 모양입니다. 모내기를 마치고 일주일쯤 지나서 우렁이를 넣었는데 그야말로 거짓말처럼 풀을 잡아줬습니다. 참 고마운 녀석들입니다. 그럼에도 풀을 다 잡아준 녀석들을 논에서 추방해야 합니다. 벼를 갉아 먹기 때문이라고는 하지만 어쩐지 미안한 마음이 듭니다.

지난여름 장마철에 다 빠져나갔을 것이라 생각했는데 여전히 논바닥을 기어 다니고 있었습니다. 어쩌면 이 작은 우렁이들은 풀 잡는 우렁이가 아닌 토종 우렁이 새끼들일 수도 있습니다. 모내기 전에 토종 우렁이 녀석들을 심심찮게 봤거든요.

토종 우렁이는 풀이나 벼 잎을 갉아 먹지 않습니다. 만약 이 녀석들이 토종 우렁이들이라면 병충해를 막는 데 보탬이 될 것이라는 생각이 듭니다. 토종 우렁이가 살아 있다는 것은 그만큼 논이 살아 있다는 증거입니다.

아무튼 한 해 논농사가 꽤 괜찮습니다. 우렁이들이 논바닥을 말끔히 정리해준 덕분에 피사리를 할 필요가 없었고, 화학비료나 농약 한 방울 치지 않고 유기농 거름을 대여섯 포 뿌린 것이 전부인데 나락이 병충해 하나 없이 무럭무럭 잘 컸습니다.

얼마 전 이웃 논에서 '관행농'을 하는 방연출 씨가 그랬습니다.

"우리 동네에는 유기농 하는 사람이 하나도 없는디, 벼 잘됐네요이. 나도 내년에는 우리 식구 먹는 거래두 한번 해볼까 하는디,

볍씨 좀 얻을 수 있나요?"

"아이구 그러믄요. 옆에서 같이 유기농하시믄 조츄."

농약 한 방울 치지 않았음에도 수시로 농약을 살포하는 논과 다름없이 멀쩡한 저희 논을 보고 호기심이 발동한 모양입니다.

그렇다고 서둘러 성공적이라 말할 수는 없었습니다. 벼를 수확하기까지 20여 일쯤 더 있어야 하기 때문입니다. 그 전까지 어떤 병해를 입을지 알 수 없는 일이었습니다. 이제는 감사한 마음으로 모든 것을 하늘에 맡기면 될 일이었습니다.

논바닥에서 꼼지락거리는 우렁이 녀석들을 물끄러미 관찰하다가 발걸음을 돌렸습니다. 생각했던 것보다 벼 포기가 많지 않은 것은 녀석들이 일부 갉아 먹어서 아닐까 싶었습니다. 하지만 녀석들이 다 큰 벼 잎을 갉아 먹으면 얼마나 먹겠습니까?

벼 포기가 적은 이유가 우렁이 때문일 것이라는 공연한 생각을 내려놓고 집으로 돌아오니, 연못 주변에서 잠자리 떼들이 오락가락 신 나게 비행을 하고 있었습니다. 이내 카메라 초점을 연못 주변에 맞췄지만 잠자리 떼는 쉽게 포착되지 않았습니다. 그러다가 가만히 보니 고새 연꽃이 꽃망울을 터뜨리고 있었습니다.

연꽃은 해가 지면 오므라들었다가 햇살을 받으면 다시 꽃을 피우는 녀석들입니다. 녀석들이 논에서 잠시 품었던 욕심을 내려놓은 제게 수줍은 웃음을 선사합니다. 만약 우렁이들이 벼 포기를 갉아 먹었을 거라 단정하며 녀석들에게 좋지 않은 마음을 품었다면,

연꽃이 피운 웃음이 마음에 와 닿지 않았을 것입니다.

이번에는 밭으로 나설 차례였습니다. 며칠 전 뒤늦게 옮겨 심은 어린 배추들이 벌레들의 습격으로 심한 몸살을 앓고 있었습니다. 녀석들 중 몇몇은 살아남지 못할 것이었습니다. 그렇다 하더라도 절대 농약을 치지는 않을 작정이었습니다.

배추밭 옆으로는 참외가 탐스럽게 익어가고 있었습니다. 이 녀석들 역시 어렸을 때 벌레들의 습격을 받아 겨우 줄기만 남았을 정도로 엉망진창이었습니다. 한숨이 절로 나올 정도로 참담했습니다. 누구는 농약을 쳐야 한다 하고, 또 누구는 날아다니는 벌레를 예방하려면 웬만큼 자랄 때까지 소쿠리 같은 것으로 덮어놔야 한다고 충고했습니다.

고집불통 농사꾼인 저는 아무 말도 듣지 않았습니다. 농약 한 방울 주지 않고 부지런히 주변 풀을 뽑아 눕혀줬습니다. 벌레들이 분산되도록 적절하게 주변 풀을 살려가며 참외 모종에 힘을 실어준 것입니다.

참외들은 그런 저를 실망시키지 않았습니다. 30여 포기 중 5포기가 고사했지만, 나머지는 잘 자라 여름 내내 맛있고 향기로운 참외를 안겨줬습니다. 먹어본 사람들은 어린 시절에 먹었던 참외 향이 난다고들 했습니다.

성장 시기도 적절했습니다. 비가 온 무렵에는 퍼렇게 열매를 맺었다가 햇볕 쩅쩅한 무렵에는 당도를 높이며 노랗게 익었습니다.

남들보다 한 달 정도 늦게 심은 덕분에
가을까지 노자 참외를 따 먹을 수 있었습니다.

다른 집들과 달리 저희 집 메주콩이 잘 자란 것은
참외처럼 늦게 심었기 때문입니다.

남들보다 한 달 정도 늦게 심었기 때문입니다. 성품이 느린 탓에 늦게 심었더니 가을까지 따 먹게 된 것입니다.

느려 터진 성품 덕을 본 작물은 한두 가지가 아닙니다. 대표적으로 메주콩이 그렇습니다. 70여 평 정도에 콩을 심었는데 아주 잘 자랐습니다. 우리 메주콩이 잘 자란 것은 참외와 마찬가지로 늦게 심었기 때문입니다. 한창 비가 올 때 잎이 올라왔고, 비가 뜸해지자 꽃이 피고 열매를 맺었습니다. 그 덕분에 메주는 물론이고 다음 여름 내내 콩국수를 해 먹고도 남을 만큼 수확했습니다. 그런데 전국적으로 보면 콩 농사가 신통치 않았던 모양입니다. 날씨 때문에 대부분 콩 농사를 망쳐 값이 지난해보다 치솟았다는 겁니다. 지난해에 콩 값이 비쌌기 때문에 너도 나도 콩을 심어 값이 형편없이 떨어질 거라고들 했는데, 예상이 완전히 빗나간 셈이었습니다.

호박 역시 늦게 심은 덕을 톡톡히 봤습니다. 남들 호박이 줄기를 뻗고 있을 무렵 우리 호박은 겨우 잎이 올라오기 시작했습니다. 하지만 남들 호박이 꽃을 피울 무렵 비가 자주 온 반면, 우리 호박은 비가 주춤해졌을 때 비로소 꽃을 피우기 시작했습니다. 덕분에 다들 호박 농사를 망쳤다고 하는데, 우리는 그렇지 않았습니다.

비가 자주 내리면 호박이 제대로 열매 맺지 못하고 뚝뚝 떨어져 나갑니다. 거기에다 호박은 벌들이 수시로 날아들어 수정을 해줘야 열매가 쉽게 맺히는데, 우리 집 주변에는 농약을 전혀 뿌리지 않기 때문에 벌들이 많은 편입니다.

다른 이들은 이상기후로 작물들이 크게 몸살을 앓아 농사를 망치기 일쑤였습니다. 거기에 비해 우리 밭작물들이 대체로 잘 자란 것은 소 뒷걸음질 치다가 쥐 잡은 격이라 말할 수 있겠지요. 어쨌거나 느려 터진 성품 덕을 톡톡히 본 것은 사실입니다. 탄저병으로 전멸해버린 고추농사를 제외하고 말입니다.

콩 타작을 해놓고, 방과 후 강사 일이 없는 날이라서 오후 물때에 맞춰 낚시 가방을 챙겨 우리 집 앞바다로 나섰습니다. 한동안 꾀를 부려 자동차를 몰고 주변 방파제로 나가 낚시를 했는데, 오랜만에 운동 삼아 갯바위를 탄 것입니다. 물론 한동안 꾀를 부린 덕분에 바다로 나갔다 하면 횟감이며 매운탕거리를 챙겨 오기도 했습니다.

갯바위를 타고 10여 분 정도 가면 저만의 낚시터가 나옵니다. 접근하기 힘들고 번거롭기 때문에 낚시꾼들이 찾아오지 않는 곳입니다. 무엇보다 호젓해서 오롯이 바다와 제가 만날 수 있습니다. 간혹 작은 어선들이 통발이나 그물을 치고 걷기 위해 통통거리며 다니지만, 대개 갯바위 낚시터에는 저와 곰순이가 전부입니다.

한동안 갯바위 낚시터를 찾지 않고 방파제로 간 것은 갯바위에서 여러 차례 실패를 맛봤기 때문입니다. 하지만 이번에는 큼직한 고기들을 여러 마리 낚아 올렸습니다.

팔뚝만 한 숭어 세 마리에 감성돔, 제법 큰 농어 새끼 두 마리, 학꽁치, 거기에다 좀처럼 잡히지 않는 얼룩무늬 돌돔까지 낚았습니다. 그렇게 네 사람이 둘러앉아 먹어도 충분한 횟감을 마련해 평소 신세를 진 주변 사람들을 불러 풍성한 저녁식사를 할 수 있었습니다.

생면부지의 낯선 땅, 전남 고흥 바닷가 산간 오지로 이사 오고 이제야 비로소 자리를 잡은 느낌이 들었습니다. 사람 좋은 이웃들과 푸짐한 회에 매운탕과 소주를 곁들이고, 후식으로 밭에서 금방 딴 참외까지 먹고 나서 푼수처럼 흡족한 표정으로 아내에게 한마디 했습니다.

"어뗘? 인저 확실한 반농반어라 할 수 있지잉?"

예전 같으면 그게 돈이 되냐며 타박했을 아내 역시 흡족한 표정을 지었습니다. 아내와 더불어 방과 후 강사 일을 하여 두 사람 수입을 합치면 한 달 평균 150만 원이 조금 넘습니다. 이 수입 역시 언제 사라질지 모릅니다. 하지만 걱정하지 않습니다. 먹을거리를 땅과 바다에서 해결하며 최소한의 생계비로 생활해왔기에 더 이상 나빠질 것이 없습니다.

유기농 쌀을 판매할 수도 있을 것이고, 따뜻한 남녘 땅 고흥에서 지을 수 있는 노지작물, 늦가을은 물론 겨울에도 수확할 수 있는 상추, 시금치, 냉이 등도 팔아볼 수 있을 것입니다. 판매할 수 없으면 어떻게 할 거냐고요? 먼 길 마다하지 않고 남녘 끝까지 찾아오는 반가운 손님이며 이웃 사람들과 기분 좋게 나눠 먹으면 됩니다. 하지만 농민들의 현실이 대부분 그러하듯 다음 해를 기약할 수는 없을 테지요.

못된 정부에서는 예부터 '천하지대본(天下之大本)'이라 한 '농민' 죽이기를 작정하고 나섰고, 해를 거듭할수록 이상기후가 심해지며 작물들이 고통 받고 있습니다. 하지만 못된 정부가 패악을 부려도 결국 민주주의는 진보하게 되어 있고, 아무리 이상기후가 심하더라도 가을은 찾아오기 마련입니다.

그렇게 가을의 하늘과 땅과 바다는 여전히 우리를 풍성한 식탁으로 이끌어주고 있었습니다. 그럼에도 생활에 대한 두려움을 떨쳐내기는 힘들었습니다. 밭일을 마치고 소주 한 잔에 벌겋게 달아오른 제 얼굴색을 닮은 해질 녘 가을 하늘을 올려다봅니다. 가을 하늘과 그 하늘 아래 온갖 생명들이 제게 속삭입니다. 생활에 대한 두려움을 가져다주는 것은 썩어 빠진 정치인 나부랭이도, 착취하는 자본가 나부랭이도, 그 밖에 다른 그 무엇도 아닌 바로 저 자신의 마음자리라고……

바람: 떠나고 남겨지고 지켜내고

유 씨 할아버지와
겨울 땔감

날씨가 쌀쌀해지자 땔감 걱정이 앞섰습니다. 집을 지으면서 화목보일러와 기름보일러를 함께 설치했는데, 기름 값이 만만치 않아 주로 화목보일러를 사용해왔습니다. 하지만 땔감 구하기가 쉽지 않았습니다.

고흥군에서 간벌한 땔나무를 저렴한 비용으로 배급한다 하여 마을 이장에게 신청해놨는데, 결국 우리 차례는 돌아오지 않았습니다. 땔나무는 한정돼 있는데 원하는 사람들이 많았기 때문인 것 같습니다. 그만큼 너나 할 것 없이 세상살이가 힘들어졌다는 얘기겠지요.

"땔감이 얼마 안 남았는데 어떻게 할려구?"

"아이구, 멀쩡한 나무는 못 베겠더라구."

"누구네는 트럭까지 끌고 가서 잘도 베어 오더구만……."

"기다려봐, 어디선가 생기겠지……."

번듯한 목조 주택을 지어놓고, 정작 땔나무 걱정이나 하고 있는 우리 꼴을 보면 참으로 한심하다 할 것입니다. 그렇다면 그동안은 땔감을 어떻게 장만했냐고요? 고흥으로 막 이사 온 무렵에는 공주에서 가져온 땔나무로 두 달을 넉넉하게 보낼 수 있었습니다. 그 땔감은 공주에서 지낸 13년 내내 제 농사 사부님이었던 유순종 할아버지가 아낌없이 내준 것입니다.

유 씨 할아버지는 땔나무를 적당한 크기로 잘라 담벼락 주변에 빙 둘러놓고 살았는데, 우리가 이삿짐을 꾸릴 무렵 그걸 다 실어 가라고 했습니다. 우리 부부는 할아버지가 불편한 몸을 이끌고 10년 넘게 차곡차곡 쌓아놓은 장작이라는 걸 빤히 알고 있었습니다. 어쩌다 위급할 때 병원에 모시고 가거나 가끔 찬거리를 챙겨드린 우리 부부에 대한 할아버지 나름의 답례였겠지만 선뜻 손을 내밀지 못했습니다.

"아이구 할아버지, 이걸 어떻게 장만하신 건디. 나중에 됐다가 때세유."

"그냥 가져가, 나는 인저 필요 없어. 살날두 얼마 안 남은 거 같구."

"아이구 참, 할아버지두……."

"다른 사람에게 줄 수도 있지만 꼭 이누네(할아버지는 우리 집 큰아이 인효를 '이누'라고 불렀습니다)한티 주고 싶어서 그라."

아궁이에 불을 지펴 가마솥 가득 소여물을 삶아온 할아버지였기에 늘 땔나무를 쌓아놓고 생활했습니다. 그런데 농사일을 하던 소를 처분한 지 이미 오래였고, 거기에다 집을 새로 고쳐 보일러 시설을 갖춘 후부터는 땔나무가 크게 필요치 않았습니다. 그러다 보니 땔나무들이 할아버지 집 안팎에 층층이 쌓이게 됐던 것입니다.

할아버지는 간혹 군불을 지펴 가마솥 가득 뜨거운 물을 끓여 쓰곤 했는데, 점차 거동이 힘들어지자 그마저 손을 놓고 있었습니다. 결국 이삿짐을 다 옮긴 우리는 염치 불고하고 할아버지의 땔나무를 한 다발씩 묶었습니다. 오랫동안 쌓여 있던 땔감이라 빗물이 들이친 곳은 반쯤 썩어가고 있었지만, 그럼에도 장작개비 한 토막도 버릴 게 없었습니다.

그날 추적추적 비가 내렸는데, 할아버지는 반쯤 열린 방문 틈으로 고개를 내밀고 옅은 미소를 지으며 지켜보고 있었습니다. 이웃 사람들은 곱지 않은 눈초리로 바라보고 있었지만, 그러거나 말거나 우리 부부는 비를 맞으며 반나절 가까이 땔나무를 묶어놓고 다음 날 아침 시간 맞춰 찾아온 5톤 트럭에 옮겨 실었습니다.

어떤 할머니는 지나가면서 눈을 흘기기도 했습니다. 온갖 잡동사니로 가득한 이삿짐에 땔나무까지 실어가니 참 지독하다 싶었겠지요. 하지만 그 할머니는 알지 못했을 것입니다. 충남 공주에서 전남 고흥까지 5톤 트럭 운송비가 땔나무 값보다 더 많이 든다는 걸 말입니다. 하지만 우리는 그 비용을 떠나서 할아버지와 맺은 13년간의 정을 옮겨 실었던 겁니다. 그 땔감에는 한겨울에 이삿짐을 꾸린 우리 식구가 낯선 타지에서도 따뜻하게 보내길 바라는 할아버지의 속 깊은 정이 담겨 있었기 때문입니다.

유 씨 할아버지는 흙에 대해 쥐뿔도 모르는 제게 농사일을 가르쳐준 사부님입니다. 농사일뿐 아니라 여유로운 마음자리를 몸으로 일깨워주기도 했습니다. 저는 빈 지게를 지고 씩씩하게 산에 올랐다가도 정작 한 짐 지고 내려올 때는 죽을상을 하고 헐떡거리기 일쑤였습니다. 하지만 할아버지는 지게를 지고 산에 오를 때와 땔나무를 한 짐 지고 작대기 하나에 의지해 내려올 때의 걸음걸이가 다르지 않았습니다.

또 어느 날 할아버지는 묵정밭 한가운데에서 저걸 어느 세월에 다 깨나 싶을 정도로 큰 바윗덩어리를 망치와 정만 들고 하루 종일 붙어 앉아 적당한 크기로 깨서 가장자리에 쌓아놓기도 했습니다. 마치 태극권 고수처럼 느린 몸짓으로 생활하는 할아버지에게서 삶의 긴 호흡을 배우기도 했습니다.

"이사 오던 날, 할아버지한테 용돈을 쥐어드렸더니 그동안 고마웠다며 내 손을 붙들고 우시더라구. 나도 할아버지하고 손잡고 한참을 펑펑 울었어."

재작년 봉순 할머니를 떠나보내고 홀로 생활하던 유 씨 할아버지는 우리 식구가 이사를 가면 영영 볼 수 없게 될지도 모른다는 걸 예감한 모양입니다. 할아버지는 평생 소처럼 땅을 일구고 살며 여행이라고는 어쩌다 동네에서 노인들끼리 버스를 대절해 갔다 오는 것이 전부였습니다. 그러니 공주에서 멀리 떨어진 남녘 끝 고흥은 할아버지에게 평생 한 번도 가보지 못한 머나먼 곳이었을 겁니다.

이삿짐을 꾸릴 때 이제 떠나면 언제 보는가 싶어 아내와 두 손을 꼭 잡고 하염없이 눈물 흘리던 할아버지⋯⋯. 땔감은 그런 할아버지가 우리 식구에게 내준 마지막 선물이 되고 말았습니다. 우리가 고흥으로 이사 와 한창 자리를 잡을 무렵인 지난여름, 손이 갈라 터지고 짓뭉개지도록 평생 머슴처럼 일한 유 씨 할아버지가 돌아가신 것입니다.

그렇게 할아버지가 마지막으로 남기고 간 선물 덕분에 낯선 고흥 땅에서의 첫 겨울을 따뜻하게 보낼 수 있었습니다. 할아버지의 땔감이 다 떨어질 무렵, 엔진 톱을 들고 나무를 베기 위해 산에 올라가야 했습니다. 집을 짓고 나서 빈손이 되다시피 해 기름 값조차 감당하기 힘들었기 때문입니다.

하지만 산 위의 나무들은 땔감이 되기에는 너무나 중요한 몫을 하고 있었습니다. 바람을 막아주고 맑은 산소를 공급해주는 것은 물론이고 푸른 빛깔에 고운 단풍까지 아낌없이 내주고 있었던 것입니다. 하여 저는 잔가지 하나 베지 못하고 그냥 내려와야 했습니다.

한 그루의 나무가 땔감이 되면 우리 식구만을 위해 불타지만, 살아 있는 나무는 우리 식구뿐 아니라 이곳을 찾는 모든 이들이 더불어 누릴 수 있는 것이기 때문입니다.

그나마 고흥이 따뜻한 남녘이다 보니 낮에는 불을 때지 않고 지낼 수 있어 많은 땔감이 필요치 않았습니다. 그럼에도 최소한의 땔감은 필요했습니다. 길거리나 바닷가에서 주워온 땔감으로 겨우 화목보일러를 돌리던 어느 날, 새 터의 이전 주인이었던 서해종 씨가 밭을 정리하며 베어놓은 굵직한 아카시아 나무를 구할 수 있었고, 그 땔나무로 일주일쯤 버티고 나자 새 터를 소개해줬던 서군섭 씨에게서 연락이 왔습니다.

"우리 농장에 참나무 베놓은 게 있으께, 갖다 때소."

농장을 준비하면서 베어놓은 굵직한 참나무를 가져가라는 것이었습니다. 고맙게도 자신이 몰고 다니는 트럭으로 그 나무를 실어다 주기까지 했습니다.

서군섭 씨의 농장에서 가져온 땔나무가 바닥날 무렵에는 한국전력에서 전선 주변 나무들을 정리하면서 생긴 가지들을 가져다 때기도 했습니다. 그리고 며칠 후에는 우리 집으로 들어오는 길목에 콘크리트 포장도로를 내면서 뽑아버린 나무들을 주워다 썼습니다. 그렇게 여름이 오기 전까지 때맞춰 필요한 만큼의 땔감이 굴러들어온 덕분에 산에서 나무 한 그루 베지 않고 화목보일러를 돌릴 수 있었습니다.

바람: 떠나고 남겨지고 지켜내고

하지만 선풍기 없이 시원한 바닷바람으로 한여름을 보낸 후 날씨가 쌀쌀해지기 시작하자 다시 땔감이 궁해졌습니다. 땔감이 바닥나 어쩔 수 없이 사나흘쯤 기름보일러를 돌리고 있었는데, 길을 가다 우연히 산 아래에 쓰러져 있는 커다란 소나무를 만났습니다. 지난여름 태풍으로 쓰러진 모양인데 잡풀이 우거져 있어 여름 내내 눈에 띄지 않았던 것입니다. 그 굵직굵직한 땔나무로 일주일 넘게 아무 걱정 없이 따뜻하게 보낼 수 있었습니다.

세상살이를 하다 보면 과학적으로는 해석할 수 없는 신비로운 일들이 많이 일어납니다. 살아 있는 나무를 베지 않으니 마치 각본을 짜놓은 것처럼 필요할 때마다 땔감이 생겼던 것입니다. 사실 그 신비로운 일들로 이루어진 것이 가장 평범한 일상일지도 모릅니다.

하지만 모든 일이 다 딱딱 맞아떨어지는 것은 아닙니다. 고흥에 새 터를 마련해 겨우 자리를 잡고, 비록 빚을 내긴 했지만 작은 도서관까지 지으며 나름대로 안정된 생활로 접어드는가 싶었는데 갑자기 고정 수입이 사라져버렸습니다. 오랫동안 원고 작업을 해온 다큐멘터리 방송 프로그램이 가을 개편과 더불어 막을 내렸던 것입니다.

그러던 어느 날 곰순이와 함께 집 앞 해변으로 산책을 나섰습니다. 곰순이가 뼈다귀를 찾아내듯 파도에 밀려온 나무토막을 기분 좋게 찾아 모아놓고 자갈밭에 앉았습니다. 밀려왔다 밀려 나가는 파도를 보며, 늘 변함없는 모습을 보이다가도 한순간 거칠게 돌변하는 바다와 눈을 맞췄습니다. 내면의 소리가 그동안 '적게 벌어 적게 먹고 사는 것'을 지상 과제처럼 여겨온 제게 일침을 가하고 있었습니다.

'나름대로 안정적인 생활? 이 또한 욕심 아닌가. 안정적인 생활이라는 것에 점점 익숙해지면 끊임없는 욕심이 생길 것이고, 이는 결국 나 자신을 병들게 할 것이다. 번듯한 집을 소유하고 있고 아내까지 열심히 일하고 있는데 뭐가 부족하단 말인가. 세상은 둥근 공처럼 되어 있질 않던가. 둥근 공 어느 한 부분이 튀어나와 있으면, 반드시 다른 한 부분은 들어가 있기 마련이다. 누군가 배가 불룩 튀어나올 만큼 필요 이상 많이 먹게 되면, 다른 누군가는 그만큼 주린 배를 움켜쥐어야 한다.' 아내에게 이런 사이비 교주 같은 말을 했다가는 된통 당하게 될 것이겠지만 말입니다.

하지만 이는 내면의 소리에 불과합니다. 저처럼 겉 다르고 속 다른 어리석은 중생은 생활에 대한 불안감을 쉽게 떨쳐내지 못합니다. 머리통 커가는 아이들을 공부시키기 위해서는 몇 푼의 원고료로는 부족합니다. 농사일과 찬거리 마련에 불과한 낚시질로도 부족합니다. 그 불안감 속에서 아내의 눈치를 살피며 새로운 밥벌이를 찾아 나서야 합니다. 한겨울에 땔감마저 떨어지고 더 이상 기름보일러조차 돌리지 못할 지경에 이른다면 살아 있는 나무를 베야 할지도 모릅니다.

바람: 떠나고 남겨지고 지켜내고

이렇듯 생활에 대한 불안감을 떨쳐내지 못하고 있지만, 그렇다
고 크게 걱정하지는 않습니다. 살아 있는 나무를 베지 않았는데도
때마침 땔나무가 굴러들어 왔듯이, 땀 흘리며 큰 욕심부리지 않고
산다면 빈자리를 채울 뭔가 생기리라 믿습니다. 밥벌이가 있다는
것은 언젠가 밥벌이가 끊길 수 있다는 것이고, 또한 밥벌이가 없다
는 것은 곧 밥벌이가 생기리라는 것이니까요.

달금이를
추억하며

언제나 그랬듯이 낚시 가방을 챙기자 곰순이 녀석이 펄쩍 뛰며 컹컹 짖어댔습니다. 목줄을 풀어주자 이내 앞장섭니다. 낚시 가방을 챙기면 바다로 나선다는 것을 알고 있는 것입니다.

산행을 밥 먹듯 하던 제가 이제 바다에 적응하려 하자 녀석도 주인을 닮아가는 모양입니다. 예전에 산을 좋아했듯이 바다 또한 아주 좋아합니다. 온몸이 북슬북슬한 털로 뒤덮여 있기에 산보다 바다를 더 좋아하는지 모릅니다. 곰순이는 지난여름 내내 집 앞 해변에서 해수욕을 즐겼습니다. 바닷물에 들어가면 20분 정도는 거뜬하게 버팁니다.

집에서 빠른 걸음으로 5분도 채 안 걸리는 해변에 도착했을 때,

뭔가 허전했습니다.

"달금아! 달금아! 짜식이 어딜 간 겨?"

늘 어미 꽁무니를 쫓아다니던 달금이 녀석이 보이질 않았던 것입니다. 천방지축 세상 물정 모르고 날뛰는 녀석이기에 집 주변 어디에선가 코를 벌름거리며 뭔가에 푹 빠져 있을 것이라 여겼습니다.

고흥에 이사 온 뒤 한 달도 채 안 돼 태어난 달금이 녀석, 새 터의 지명을 따서 '달금이'라 이름 지어준 녀석은 곰순이를 닮아 바다로 나서는 것을 좋아했습니다. 두 녀석은 근심 걱정 없이 너른 해변을 혓바닥 늘어지게 지치도록 뛰어다니다가 바닷물에 풍덩 뛰어들곤 했습니다.

그러던 어느 날 녀석이 곰순이 뒤를 따라 좀 더 깊은 곳으로 헤엄쳐 들어갔다가 그만 파도에 된통 당한 적이 있습니다. 그 후론 더 이상 멀리 헤엄쳐 나가지 않았습니다. 해변에서 어슬렁거리며 곰순이가 수영하는 것을 부러운 눈으로 지켜보곤 했습니다.

달금이가 태어난 지 6개월째, 녀석은 붉은 고추를 아무 데서나 삐죽 내미는 사춘기에 접어들고 있었습니다. 녀석은 태어나서 단 한 번도 묶인 적이 없습니다. 아, 생각해보니 이틀 정도 묶인 적이 있습니다. 달금이를 잠시 입양 보냈을 때, 그 집 주인이 이제 막 어미젖을 뗀 어린 녀석을 짧은 줄로 묶어놨던 것입니다. 성품이 온순하고 유난히 사람을 좋아하는 녀석이었기에 아무한테나 꼬리치며 따라다니곤 했는데, 그런 녀석을 길들이기 위해 묶어놨다는 것이었습니다.

우리 식구는 곰순이나 달금이가 온 동네 사람들을 좋아하길 원했지만, 그 사람은 오로지 주인인 자신만을 섬기길 원했던 모양입니다. 달금이를 우리 집으로 다시 데려오던 날, 녀석은 50센티미터도 채 안 되는 목줄에 칭칭 감겨 비를 줄줄 맞고 있었습니다. 그렇게 어미 품으로 다시 돌아온 녀석은 그날 이후 단 한 번도 목줄에 묶이지 않았습니다. 천방지축이었지만 말귀를 잘 알아들었기에 우리 식구가 나서지 않으면 혼자 집 밖으로 나가지 않았습니다.

하지만 녀석은 붉은 고추를 삐죽 내밀기 시작하는 사춘기에 접어들자 가끔 집 밖으로 나서곤 했습니다. 몸집도 점점 커지고 있었습니다. 비록 추수가 끝나 논바닥이 텅 비어 있었지만, 주변 사람들이 보면 원성을 듣게 될 것 같아 목줄을 구해 가끔 묶어놔야겠다 싶었습니다.

"짜식이 어딜 갔지? 고추도 아직 덜 여문 짜식이 벌써부터 바람이 났나? 곰순아 우리끼리 그냥 가자!"

달금이 기다리기를 포기하고 곰순이와 단둘이 미끄러운 갯바위를 탔습니다. 자갈과 모래가 뒤섞인 해변 오른편으로 갯바위를 타고 10여 분쯤 가면 수심 깊은 낚시터가 나옵니다. 이른 봄에는 돌미역이 지천에 널려 있는 곳인데, 가을부터 제법 굵직한 노래미며 작은 감성돔에 농어 새끼까지 낚여 올라오는 저만의 포인트입니다. 늦가을에 씨알 좋은 감성돔이 낚인다는 입소문을 들은 터라 작심하고 새우 밑밥까지 준비했습니다.

곰순이 녀석은 제가 낚싯대를 드리우고 있으면 갯바위 주변을 어슬렁거리다가 옆에 앉아 멀리 탁 트인 바다를 바라봅니다. 그러고는 이내 얌전히 누워 잠이 들곤 합니다. 처음 낚시터에 왔을 때는 낚아 올린 물고기를 보면 벌떡 일어나 왕왕거리며 달려들기도 했는데, 몇 차례 엄중한 경고를 받고 나서는 소란을 피우면 안 된다는 것을 알게 됐습니다. 따라서 고기가 잡히거나 말거나 갯바위에 엎드려 두 눈을 끔벅거리며 얌전히 지켜보고 있습니다.

놓어 새끼 몇 마리, 씨알 작은 감성돔 몇 마리, 학꽁치 몇 마리를 잡고 나서 주섬주섬 낚시 가방을 챙기려는데 꽤 큼직한 노래미가 걸려 올라왔습니다. 이제까지 잡은 노래미 중 가장 큰 놈이었습니다. 뜰채가 필요할 만큼 컸습니다. 배를 타고 깊은 바다로 나가야 잡을 만한 놈이었습니다.

낚시를 하면 보통 잔챙이 몇 마리에 만족해야 했는데, 운수가 좋은 날이었습니다. 낚시 가방을 챙겨 노래미 회를 맛있게 먹을 가족들을 생각하며 기분 좋게 집으로 돌아왔는데, 제일 먼저 저를 반겨주곤 하던 달금이 녀석이 보이지 않았습니다. 아이들은 아직 학교에서 돌아오지 않았고, 아이들에게 미술을 가르치는 아내 역시 집에 없었습니다. 큼직한 노래미를 도마 위에 올려 사진을 찍은 뒤 달금이를 찾아 나섰습니다.

"달금아! 달금아!"

곰순이를 묶어놓고 집 주변을 둘러보던 저는 얼음땡 놀이를 하듯 몸이 얼어붙고 말았습니다. 두 다리에 맥이 풀렸습니다. 집 뒤편에 달금이 녀석이 꼬꾸라져 있었습니다. 속에 있는 것을 토해놓고 죽은 듯 쓰러져 있었습니다. 녀석을 흔들었습니다. 나무처럼 딱딱하게 굳어 있었습니다. 이미 숨이 끊어진 상태였습니다.

달금이 녀석은 엉뚱하고 온순했습니다. 천하의 게으름뱅이도 혀를 내두를 만큼 태평했고, 납작 엎드려 밥 먹는 것을 즐겼으며, 아이들이 장난삼아 몸 위에 돌탑을 쌓아도 꿈쩍 않고 잠들 만큼 온순했습니다. 녀석은 그날도 아무런 미동 없이 깊은 잠에 빠져 있었습니다. 아무리 흔들어 깨워도 일어설 생각을 하지 않았습니다.

녀석은 독약을 먹은 모양입니다. 논을 헤집고 다니는 족제비나 너구리를 잡기 위해 쥐약 같은 독약을 놓곤 한다는데 그게 사실이었던 모양입니다. 추수가 끝나 텅 빈 들녘에 노출된 독약을 생각 없이 주워 먹은 모양입니다.

녀석은 야생동물처럼 살다 갔습니다. 들로 산으로 천방지축 뛰어다니다가 이제 비로소 묶여야 할 시기가 되자 세상을 떠났습니다. 우리 가족과 7개월을 함께한 인연, 짧다면 짧은 시간이지만 현관문을 나설 때마다 늘 한 몸처럼 붙어 다니던 녀석이었습니다.

언젠가 저 또한 새 터에서 세상을 떠나겠지만, 녀석은 새 터에서 태어나 새 터에서 살다가 제일 먼저 세상을 떠났습니다. 새 터에 훈훈한 생기를 불어넣어준 고마운 녀석이었습니다. 우리 아이들뿐

우리 가족이 전남 고흥으로 이사 오자마자 태어난 달금이.
새 터의 지명을 따서 이름을 지어준 녀석은 어머 곁을 떠나지 않고 늘 붙어 다녔습니다.

납작 엎드려 밥을 먹을 정도로 엉뚱한 놈이었습니다.

아니라 우리 집에 놀러온 아이들에게도 기쁨을 주었습니다.

녀석은 단 한 번도 누구에게 송곳니를 드러내고 위협한 적이 없습니다. 그렇게 착한 녀석이었는데 누군가 벼 몇 포기 살리겠다고 놔둔 독약 때문에 목숨을 잃었습니다. 족제비나 너구리 같은 야생 동물 대신 목숨을 잃은 것입니다. 다른 야생동물이 녀석의 목숨을 대신해 살아가고 있겠지요.

논바닥에 독약을 놔둔 것이 누군지 대충 감이 잡혔습니다. 당장 쫓아가 한바탕 싸움을 벌이고 싶었지만 꾹꾹 눌러 참았습니다. 따지고 보면 제 잘못도 컸습니다. 우리 집 개든 야생동물이든 논바닥으로 들어가는 것을 막기 위해 독약을 놓을 것이라는 소문을 듣고도 차일피일 미루며 차마 달금이를 묶어두지 못했던 것입니다.

싸움은 해결책이 아니었습니다. 싸운다고 달금이가 살아나는 것도 아니었습니다. 달금이 목숨을 놓고 시비를 따져봤자 극약을 놓은 사람은 분명 잘못을 인정하지 않을 것이었습니다. 잘못된 일이란 걸 알았다면 애초에 극약을 놓지 않았을 테니까요.

극약으로 경고장을 내민 처사도 잘못된 일이긴 하지만, 이를 무시하다가 화를 당한 쪽도 잘못이 있는 셈입니다. 당장 눈앞에 닥친 결과만 놓고 따진다면 큰 싸움이 일어날 것입니다. 그렇게 되면 그 사람과 우리 가족 사이에는 오가다 눈인사를 주고받는 작은 평화조차 없게 될 것입니다.

마을 사람들과도 갈등이 생길 것입니다. 편을 갈라 잘잘못을 따져가며 서로 증오심만 키우게 될 것입니다. 피해를 당한 우리 가족이 참는다면 더 이상 문제가 불거지지 않을 것입니다. 우리 식구와 한 가족처럼 지낸 달금이의 죽음을 보고 그 사람 역시 언젠가는 잘못을 깨닫게 될 것입니다. 하지만 사실 그것조차 기대하지 않기로 했습니다. 뭔가 기대하다가 그에 미치지 못하면 또 다른 싸움의 불씨가 생길 수 있을 테니까요.

죽음을 유발한 사람을 향한 증오심이 또 다른 죽음을 낳을 수 있습니다. 그 사람을 사랑할 수는 없는 노릇이지만 증오심만은 피해야 합니다. 그 증오심은 또 다른 증오심을 유발할 것이고, 이는 곰순이의 죽음마저 불러올 수 있기 때문입니다.

사람이 사람을 죽이는 전쟁도 마찬가지라고 봅니다. 서로 자기 잘못은 없다며 증오심으로 가득 차 한 발짝도 물러서지 않는다면 더 이상 평화는 없을 것입니다. 전쟁이 일어나면 지하 벙커에 숨어 전쟁을 부추기는 전쟁광들만 살아남게 될 것입니다. 평화를 갈구하는 수많은 젊은이들은 주둥이만 나불거리는 전쟁광들의 세 치 혀끝에서 사지로 내몰릴 것입니다. 그 자리에는 승자도 없습니다. 다만 증오심과 폐허만 남게 될 것입니다. 그것은 이미 지난 역사가 말해주고 있습니다.

학교에서 돌아온 아이들과 함께 빳빳하게 굳은 달금이 녀석을 안고 노란 들꽃이 피어 있는 집 뒤쪽의 밭 끝자락으로 옮겼습니다. 아내는 다음에는 독약 없는 좋은 세상에서 태어나라며 향불을 피었습니다. 저는 어린 시절 동생들과 병들어 죽은 강아지를 산에 묻어줬던 기억을 되새기며 아이들과 말없이 땅을 팠습니다. 땀인지 눈물인지 얼굴을 타고 흘러내리는 물기를 느끼면서 말입니다.

녀석을 묻고 집으로 돌아오며 문득 언젠가 읽은 선문답이 떠올랐습니다. 어느 선승이 선사에게(아마 주조선사였을 것입니다) 물었습니다. "부처님께서는 만물에 불성(佛性)이 있다 했는데 개에게도 불성이 있습니까?" 그러자 선사는 "무(無)"라고 답했습니다. 불성이 있다고 말하는 순간 불성이 아닌 것이 돼버리기 때문이었을까요? 어쨌거나 결국 개에게도 불성이 있다는 말이었겠지요.

저 자신에게 물었습니다. '달금이 녀석에게도 불성이 있을까?' 녀석을 땅에 묻는 순간만큼은 불성이 있다고 말할 수 있을 것 같았습니다. 한 가족처럼 지낸 달금이와의 인연, 녀석의 죽음 때문에 잦아든 고통과 슬픔이야말로 녀석에게 불성이 깃들어 있음을 보여준다고 여겼습니다. 하지만 그것은 그저 얻어들은 지식에 불과했습니다. 만물에 불성이 깃들어 있다고 말하는 것은 불성으로 온전히 깨달은 자만이 할 수 있는 일이기 때문입니다.

달금이가 세상을 떠난 지 며칠 후, 작은아이 인상이 녀석이 가을 여행을 다녀와서 학교 숙제로 시 한 편을 썼습니다.

소풍 간다는 소식을 듣고
즐거운 마음으로 집에 돌아와 밥을 먹었다

바람: 떠나고 남겨지고 지켜내고

엄마 아빠는 평소보다 말수가 없었다
싸우기라도 했나?
밥을 다 먹자 아빠가 밖으로 나오라 한다
달금이가 죽었다고 했다
눈물이 안 나온다
아무 생각 없이 우리 집 뒤
아늑한 곳에 삽으로 땅을 팠다
땀이 나온다
아빠 말대로
어쩌면 땀이 아닌 눈물인지도 모른다

소풍을 가려는 아침
귀찮을 정도로 반겨주던 놈이 없다
허전하다
갑자기 목이 메인다
소풍 가기가 싫어진다
동네 아이들과 통학차를 기다리며
달금이 이야기를 꺼냈다

참았던 눈물이 나왔다
주변에는 누나들도 있고 동생들도 있다

창피하다

근데 눈물이 멈추질 않는다

저는 녀석의 시를 보며 사람에게나 동물에게나 차별 없는 생명의 소중함을 얘기해주려다가 그만뒀습니다. 달금이가 죽어가던 순간, 큰 물고기를 잡아 회를 떠 맛있게 먹을 생각을 하던 제가 어찌 차별 없는 생명을 얘기할 수 있었겠습니까? 저는 다만 살아생전 목줄에서 자유로웠던 달금이에 대해 한마디 던졌을 뿐입니다.

"그래도 달금이는 우리한티 한 번도 묶이지 않고 살다 갔잖어, 그렇치잉."

"……"

아이들이 장난삼아 돌탑을 쌓아놓아도
꿈쩍도 않고 죽은 듯이 잠드는 달금이었습니다.
그렇게 잠들 듯이 편안하게
저세상으로 떠났겠지요.

페브리즈
가출 사건

"아빠, 애들 자고 가도 돼?"

"오늘 토요일도 아니잖어?"

"친구가 집 나왔대."

"왜?"

"몰라. 아빠가 상담 좀 해줘."

마을에서 멀리 떨어져 사는 두 녀석이 집 옆에 마련한 작은 도서관에 찾아왔습니다. 보통 토요일이나 일요일에 찾아오는데 평일 날, 그것도 9시가 다 된 늦은 밤에 온 것이었습니다. 우리 집 아이의 친구들이었습니다. 그중 한 녀석이 가출했다는 것이었습니다. 두 녀석은 저녁밥도 먹지 않았다고 합니다. 저는 시치미를 뚝 떼고

바람: 떠나고 남겨지고 지켜내고

딴소리만 했습니다.

"여태 뭐 한 겨, 이눔들……."

"학교 끝나고 놀다가 교회 다녀왔어요."

"니들 교회 다니냐? 별모레 성탄절 때도 가겠네."

아내는 갑자기 들이닥친 녀석들에게 적당히 내놓을 찬거리가 없다며 아이들이 좋아하는 라면을 끓였습니다. 그날 밤 녀석들은 우리 집 아이들과 함께 작은 도서관에서 밤늦도록 책을 읽었습니다. 슬그머니 가보니 주로 만화책을 읽고 있었습니다.

"그려, 사람 죽이는 게임하는 것보다야 훨 낫지. 만화책이라도 부지런히 읽어라. 아저씨도 읽어봤는디, 요즘 만화로 된 역사책 재밌더라."

가출한 녀석을 앉혀놓고 최소한 왜 집을 나왔는지 정도는 물으며 뭔가 도움이 될 만한 얘기를 해줘야 할 것 같았습니다. 하지만 근심 걱정 가득한 녀석의 얼굴에 대고 딱히 뭐라 할 말이 없었습니다. 제 잔소리가 녀석에게 오히려 고통을 가중시킬 것만 같아 가출한 이유는 물론이고 아무 말도 묻지 않았습니다.

사실 녀석을 어느 정도 믿고 있었습니다. 종종 작은 도서관에 찾아오는 녀석은 학교 선생님들에게 천덕꾸러기 소리를 들어가며 담배까지 피운다고 합니다. 하지만 주변 아이들 말로는 장난이 심해서 그렇지 친구들 돈을 뺏거나 괴롭히는 일은 없다고 합니다. 그렇게 공부에는 영 관심이 없다는 녀석에 대한 소문을 접할 무렵이었습니다.

"너 공부하기 싫지?"

"예, 싫어요."

"아저씨두 너만 할 때 담배 피우고 그랬다. 쌈박질만 하고 다니는 꼴통이었지. 공부하기가 죽어라 싫어서 부모님한티 꿇어앉고 제발 학교 그만두게 해달라고 빈 적이 있었지."

녀석의 두 눈이 동그래졌습니다. 동감한다는 표정으로 두 귀를 세웠습니다.

"그런디 우리 엄니가 울면서 애원하더라. 학교는 반드시 다녀야 한다구. 그래서 그냥 다녔지 뭐. 근디 너두 공부가 그렇게 싫으냐?"

"예."

"다 싫어? 재밌는 과목이 하나쯤 있을 거 아녀?"

"체육요. 체육 시간이 젤 재밌어요."

"체육 말고 다른 거 없어?"

"영어요."

"그래? 그람 영어라도 열심히 해봐라. 아저씨는 말여, 공부는 하기 싫은데 책 읽는 게 재밌어서 수업시간마다 책상 밑에 소설책 같은 거 펼쳐놓고 부지런히 읽었다. 너두 영어가 재밌지?"

"다른 과목보다는 재밌어요."

"그럼 일단 영어만이라도 열심히 공부해봐. 그런디 말여, 담배 있잖어, 아저씨 생각에는 피우는 거 자체가 나쁜 짓이라는 게 아니라 몸에 안 좋으니까 나쁜 거 같어. 사실 아저씨도 그게 잘 안 되는데, 암튼 너는 어리기 때문에 몸에 더 안 좋으니께 피우지 않았으면 한다. 나중에 아저씨처럼 끊기 힘들어져."

대충 그런 말을 주고받고 나서 한 달쯤 지났을 때입니다. 문득 녀석이 생각나 우리 집 작은아이에게 물었습니다.

"그 녀석 요즘 공부 좀 하냐?"

"어? 아, 얼마 전에 영어 시험 봤는데 엄청 잘 봤어. A반, B반이 있는데 A반에 속했어. 그리고 수업 시간에 책도 읽는 거 같어."

녀석이 제 말을 건성으로 듣는 줄 알았는데 나름대로 새겨들은 모양입니다. 하지만 딱히 그 때문만은 아닐 것입니다. 아무튼 그 말을 듣고 기분이 좋아 영어사전을 선물했는데, 그 사전은 아직도 작은 도서관에 모셔져 있습니다. 녀석이 저처럼 건망증이 심한 모양입니다.

녀석이 가출한 날 밤, 자정이 넘어서야 작은 도서관 불이 꺼졌습니다. 그리고 다음 날 아침, 저는 녀석들이 학교에 가는 것을 볼 수 없었습니다. 새벽 2시 넘을 때까지 핵발전소 관련 공부를 하는 바람에 늦게 일어났기 때문입니다.

부스스 일어나 방문을 열고 거실로 나와봤더니 옆방에서 한 녀석이 곤히 잠들어 있었습니다. 가출한 녀석이었습니다.

"어라? 이눔 자식 봐라. 어디 아픈가? 근디 인효 엄마는 어딨는 겨……."

혼잣말을 중얼거리며 밖으로 나가 보니 일손 부지런한 아내가 손수레를 끌고 집 근처 도로변에서 땔나무를 찾아 헤매고 있었습니다.

"아이구 참, 그만두라니께. 내가 한다니께 그러네. 근디 저 녀석 학교 안 갔네?"

"죽어도 가기 싫대."

"그렇게 가기 싫으면 가지 말아야지. 집에는?"

"하루 더 자고 내일 간다네."

저는 인상이나 인효 녀석에게도 똑같이 말합니다. 학교 가기가 죽을 만큼 싫으면 가지 말라고 말입니다. 그동안 8년 이상 꼬박꼬박 다녔고, 앞으로 최소 몇 년을 더 다녀야 할 학교인데 하루 이틀 빠진다고 세상이 어떻게 되겠습니까? 교실에 꿀단지를 감춰둔 것도 아니고, 죽어도 가기 싫은 학교에 가서 무슨 공부를 할 수 있겠습니까? 그럴 바에야 차라리 집에서 골치 아픈 생각 비워가며 빈둥거리는 게 훨씬 낫지요.

아침밥을 같이 먹으려고 늘어지게 잠든 녀석을 흔들어 깨웠지만 일어나지 않았습니다.

"아, 조금만요. 조금만 더 잘래요."

녀석이 어리광을 부렸습니다. 담배까지 피운다지만 이제 겨우 열다섯, 아직 어린아이였습니다. 무엇이 이 어린아이에게 담배를 피우게 했을까요? 저는 녀석이 아무렇게나 잠든 모습을 물끄러미 지켜봤습니다. 머리에서 발끝까지 억압하는 학교, 그런 학교가 싫었던 제 청소년기를 바라보는 듯했습니다. 하지만 뒤에 알게 된 것인데 녀석은 저와는 비교할 수 없을 만큼 큰 고통의 굴레를 짊어지고 있었습니다.

　녀석이 일어나기를 기다리다가 지쳐 먼저 아침밥을 챙겨 먹었습니다. 그러고 나서 한참이 지났는데도 녀석이 일어날 생각을 하지 않았습니다. 10시가 넘어 다시 깨웠더니 그제야 부스스 일어났습니다.

　"반찬은 밥상에 있고 가스레인지에 국 있으니께, 밥 챙겨 먹고 다락방으로 올라와라이."

　녀석이 혼자 꾸역꾸역 밥을 먹고 다락방으로 올라왔습니다.

　"그렇게 잠이 오냐? 사실 아저씨도 너만 할 때 그랬다. 학교에 가기만 하면 왜 그렇게 잠이 쏟아지는지 모르겠더라. 너 어디 아프냐?"

　"아뇨."

　"아저씨는 학교 다닐 때 코가 안 좋은 데다가 머리까지 아퍼서 그랬는디, 넌 아픈 곳도 없으면서 왜 그렇게 잠을 오래 자는 겨?"

　"새벽 2시 넘어서 잤어요."

　"12시쯤에 도서관 불 꺼졌던디. 인마, 아저씨가 2시 넘어서 잤어."

　"불 꺼놓고도 잠이 안 와서 계속 눈 뜨고 있었어요."

　녀석이 집을 나와 얼마나 마음고생을 했으면 잠도 못 자고 새벽

2시까지 뜬눈으로 있었나 싶어 마음이 짠했습니다. 녀석이 살아온 얘기를 듣고 보니 잠을 자고 싶어도 잘 수 없는 처지였습니다. 두 살 무렵에 부모가 이혼을 했다고 합니다. 아버지는 대도시로 나가 따로 살면서 가끔씩 찾아와 용돈을 주고 가지만, 엄마는 태어나서 두 번 본 것이 전부라고 합니다. 정 많은 할머니, 삼촌과 함께 방 두 칸짜리 집에서 생활하고 있다고 합니다.

"근디 너 왜 가출했냐?"

"삼촌이 집 나가라고 해서……."

"이유가 있을 거 아녀?"

"페브리즈 사달라고 했는데 안 사주시잖아요."

"페브리즈? 그게 뭔디?"

"냄새 날 때 뿌리는 거요. 선생님들이 제 옷에서 담배 냄새 난다고 그걸 뿌리고 다니라고 하잖아요."

"삼촌한티도 말했어? 담배 냄새 때문에 사야 한다고?"

"아뇨! 제 옷에서 노인 냄새 난다고 그랬죠."

"담배를 안 피우면 그런 일도 없었을 거 아녀 인마. 그리고 너, 그거 안 사준다고 삼촌한티 화내고 그랬지?"

"……."

"니가 잘못한 게 많지? 어른들은 속마음은 그렇지 않은데 화나면 아무 말이나 막 하게 될 수가 있어. 아저씨도 마찬가지여. 아줌마하고 싸울 때 함부로 말하고 그래, 우리 애들한티 그럴 때도 있

바람: 떠나고 남겨지고 지켜내고

고. 그러고 나서 후회하지. 삼촌도 지금 많이 후회하실 거여. 근디 너 여기서 잔다고 얘기했어?"

"아뇨."

"어, 이눔 봐라. 빨랑 전화해!"

"나는 핸드폰도 없어요."

"그럼 아저씨 걸루 해. 핸드폰 없으면 어떠냐. 아저씨도 핸드폰 산 지 1년도 안 됐어. 우리 집에 전화선이 안 들어와서 어쩔 수 없이 구한 겨."

원고 쓰는 일을 접어두고 녀석과 함께 밖으로 나갔습니다. 녀석의 모습을 찍어주기 위해 사진기를 챙겨 들고 바닷가 산책에 나섰습니다. 곰순이도 따라나섰습니다. 녀석은 내내 말이 없었습니다. 사진기를 들이대고 웃어보라 해도 좀처럼 웃지 않았습니다.

"짜식 멋진데, 폼 나는데……. 쫌 더 웃어봐 인마. 야, 영화배우 같다잉."

그제야 배시시 웃다가 이내 환하게 웃습니다. 녀석과 함께 말없이 자갈밭에 앉아 바다를 바라보다가 다시 사진을 찍고 또 찍었습니다. 수십 장을 찍었습니다. 집으로 돌아와 컴퓨터 앞에 나란히 앉아 사진기에 담긴 녀석의 모습을 풀어놨습니다. 카메라 앞에서 환하게 웃는 녀석의 모습이 멋집니다.

"저렇게 웃고 있으니까 얼마나 좋냐. 너 앞으로 웃고 다녀. 알았지? 웃으면 니 가슴팍에 그만큼 힘이 생기는 겨. 근디 저 녀석이

크면 뭐가 될까? 가출 기념으로 잘 보관해놨다가 나중에 커서 군
대 갔다 올 무렵에 다시 보자. 재밌겠지?"

녀석은 배시시 웃다가도 이내 불안한 얼굴색을 내비쳤습니다.

"너 오늘은 집에 들어가야 한다잉. 할머니도 걱정하실 테니께.
집에 가서 삼촌한티 잘못했다고 빌어. 알았지?"

"예."

하룻밤 더 자고 간다는 녀석을 등 떠밀어 내보냈더니 친구들 만
나고 돌아갈 차비가 없다고 합니다. 지갑을 열어봤더니 만 원짜리
지폐 두 장이 전부였습니다.

"2만 원 있으니께, 우리 둘이서 반씩 나눠 가지자. 요새 아저씨
일거리가 줄었거든."

"나중에 갚을 게요."

"짜식이, 괜찮어 인마. 나중에 우리 집에 올 때 차비 혀."

담배를 사기 위해 좀생이처럼 만 원을 남겨두고 만 원을 건네면
서 "너 이 돈으로 담배 사면 안 된다"라고 말하려다가 그만뒀습니
다. 녀석은 그 돈으로 담배 냄새 제거제를 살 수도 있고 담배를 살
수도 있을 것이었습니다. 하지만 저는 녀석을 믿었습니다. 적어도
담배를 사서 피우지는 않을 것이라고 말입니다.

"아저씨가 부족한 게 많지만, 하고 싶은 얘기 있으면 언제든지
찾아와라. 찾아와서 친구처럼 얘기해라. 친구가 따로 있겠냐? 우
리 집 애들하고도 친구처럼 지낼 때가 많으니께 걱정 말고……."

바람: 떠나고 남겨지고 지켜내고

녀석은 집을 나서며 몇 번이고 돌아서서 인사를 했습니다. 저는 저만치 떠나는 녀석에게 고맙다고 말하지 못한 것을 후회했습니다. 절 찾아와줘서, 제게 친구처럼 속마음을 털어놔줘서 고맙다고 말하지 못했습니다. 그 말을 하면 녀석이 얼마나 기분 좋을까 싶어 다음에 찾아올 때는 꼭 해주고 싶었습니다.

그렇게 저는 녀석을 통해 청소년기로 되돌아가고 있었습니다. 하지만 그때 제게는 울면서 애원하는 어머니라도 있었지만, 녀석에게는 그럴 사람도 없었습니다. 정 많은 할머니와 삼촌이 있긴 했지만, 부둥켜안을 형제도 없었습니다. 그런 녀석이 감당해야 할 아픔을 제가 얼마나 알 수 있겠습니까? 성탄절을 앞둔 지금, 세상의 고통을 다 짊어지셨다는 예수님은 어디에 계실까요.

위기의
핵발전소

날벼락 같은 소식이 날아들었습니다. 3년에 걸쳐 전국 방방곡곡을 돌아다니며 그야말로 '새 터 찾아 3만 리'한 끝에 평생 살아갈 터를 찾았는데, 핵발전소가 들어설지도 모른다는 것입니다.

주변 사람들에게 인심 좋고 땅값 저렴하며 해산물까지 풍부한 청정 지역 고흥이야말로 귀농의 최적지라 한창 입소문을 내고 있었고, 이미 몇몇 사람들에게 정착할 만한 터를 알아봐달라는 주문까지 받아놓은 터였습니다.

그런데 지난 2010년 11월 26일, 한국수력원자력(이후 한수원)이 신규 원전 후보지로 전남 고흥과 해남, 강원 삼척, 경북 영덕군을 꼽으며 4개 지방자치단체에 유치 신청을 요청했고, 이들 중 두 군

데를 신규 부지로 확보할 계획이라 발표했다는 것입니다.

대한민국 그 어디든 안전지대는 없는 것일까요? 고흥에서 핵발전소를 유치하겠다는 움직임이 있다는 문자를 보내온 강복현 선생에게 곧바로 전화를 걸었습니다. 학교에서 아이들을 가르치는 강선생은 고흥에서 오랫동안 시민사회운동을 이끌어오고 있습니다.

"이게 뭔 날벼락이랍니까?"

"우리도 전혀 몰랐습니다."

한수원이 발표하기 전까지 고흥의 민주시민단체 사람들 역시 전혀 이 사실을 모르고 있었다고 합니다. 한수원에서 일방적으로 후보지를 선정해 발표한 것이라고 합니다. 고흥군은 이미 1982년 핵발전소 건설 예정지로 지정 고시됐지만, 군민들의 단결된 힘으로 주민 간의 큰 갈등 없이 1998년 핵발전소 후보지 해제를 이끌어냈다고 합니다.

"지난 국정감사 당시 발표에서도 제외됐는데, 일부 주민들의 유치 움직임에 따라 한수원이 일방적으로 선정해놓고 군민들 간의 갈등과 반목을 부추기는 거죠."

강 선생은 지역민들의 반대로 후보지에서 제외됐음에도 한수원이 또다시 분란을 일으키고 있다며 분통을 터뜨렸습니다. 강 선생과의 전화 통화를 옆에서 듣던 큰아들 인효 녀석이 질문을 던졌습니다.

"아빠, 학교에서 배웠는데 핵발전소가 안전하다고 하던데. 도시 사람들이 핵발전소 건설에 반대하는 걸 보고 지역이기주의라고 몰아붙이면 뭐라고 대답할 겨?"

"그렇게 안전하고 이익이 많이 돌아간다면 당신들 지역에 건설하시오. 그러지. 우리나라에서 전력 소비량이 가장 많은 서울 근처에 핵발전소를 설치하겠다고 한다면 서울 사람들이 어떻게 반응할 거 같으냐?"

전력 소모량이 많은 대도시 주변에 핵발전소를 건설하면 구태여 자연경관을 해치고 전자파로 건강까지 해치는 송전 철탑을 세워 먼 거리에서 전기를 끌어다 쓸 필요가 없을 것입니다. 핵발전소를 대도시에서 멀리 떨어진 곳에 설치하겠다는 것은 아무리 안전성을 강조한다 해도 그만큼 위험천만한 시설이라 여기고 있기 때문 아니겠습니까?

핵발전소 반대를 이기적인 님비 현상으로 몰아붙이고 있지만, 정작 이 위험한 시설에서 멀리 떨어져 살며 물 쓰듯 전기를 사용하는 대도시 사람들이야말로 가장 이기적인 사람들일 것입니다. 자신들의 지역에 핵발전소를 건설한다고 하면 어떤 반응을 보일까요? 사람들은 대부분 핵발전소의 필요성을 말하면서도 자신의 지역에 건설하는 것은 거부하고 있습니다. 그 사실은 한수원에서 내놓은 〈2010년 원자력발전 백서〉에도 잘 나타나 있습니다.

한수원은 자신들의 홍보 전략 덕분에 2006년에 비해 핵발전소의 안전성에 대한 인식 수치가 높아졌다고 합니다. 하지만 핵발전소의 필요성을 인정하면서도 '안전성에 대한 믿음'이나 '거주지 내 건설 찬성'은 27퍼센트에 불과한 것으로 나타났습니다.

게다가 핵발전소에서 나오는 온배수로 인한 어장 피해가 엄청날 것으로 예상하고 있습니다. 한수원이 제출한 영광핵발전소 6개호기(1~6호기) 운영에 따른 구획어업 피해조사 최종 보고서(2006년)에 따르면 핵발전소가 들어서 있는 영광군의 경우만 보더라도 온배수로 인한 어업 생산량 감소에 따른 피해가 81.96퍼센트에 달한다고 합니다.

핵발전소 측에서는 온배수가 배출되는 일정 해역에 온대성 어종이 살고 있어 아무런 문제가 없다고 주장합니다. 하지만 온대성 어류는 온배수가 배출되는 한정된 곳에서만 서식할 수 있고, 냉대성 어류가 사는 곳으로 확산이 불가능하다고 합니다.

고흥 민주단체협의회 의장을 맡고 있는 임규상 선생은 앞으로 핵발전소 저지 운동을 펼쳐 나갈 때 맞닥뜨리게 될 가장 큰 어려움으로 지역민 간의 갈등을 꼽고 있었습니다.

"고흥은 예부터 관리들이 울며 왔다가 웃고 간다는 말이 있습니다. 대도시에서 멀리 떨어져 있는 오지지만 그만큼 자연경관 아름답고 인심 좋은 곳이 바로 고흥입니다. 얼마 전 서울에서 친구가 놀러 왔을 때 고흥 주변을 둘러보고 길거리 점포에서 커피 두 잔을 마셨는데, 그 점포 주인이 한사코 돈을 받지 않더라고요. 서울 친구가 500원짜리 커피 한 잔에 그만 녹아버렸답니다. 이렇게 인심 좋은 고흥에서 주민들이 찬반으로 갈려 싸워야 하니 참으로 난감한 일입니다."

반농반어로 살 만한 청정 지역이라 한들 인심이 야박하면 무슨 소용이 있겠습니까? 대도시에 비해 누릴 것도 가진 것도 적지만 마음만은 풍요로운 사람들이 사는 곳에서 핵발전소 건설 유치 찬반에 따른 갈등이 일어나면 누가 책임질 것입니까?

물론 현대 생활에서 전기 없이 생활할 수는 없습니다. 하지만 소비재 생산에 드는 전력 소모를 줄여가며 장기적인 안목으로 재생에너지를 늘려간다면 더 이상 핵발전소를 건설할 필요가 없을 것입니다.

체르노빌 원전사고(국제원자력기구의 기록에 따르면 히로시마에 떨어진 원자폭탄 방사능 오염의 400배를 기록했다고 합니다)를 굳이 언급하지 않더라도 핵발전소의 위험성은 이미 잘 알려져 있습니다. 우리나라의 핵발전소는 매우 안전하다고 선전합니다. 하지만 아무리 오랫동안 안전을 유지해온 핵발전소라 해도 단 한 번의 사고로 모든 것이 끝장날 수 있다는 사실을 망각해서는 안 됩니다.

한수원이 내놓은 〈2010년 원자력발전 백서〉에 보면 우리나라는 1978년 고리 1호기가 상업운전을 시작한 지 30여 년이 지난 2009년 말 기준으로 가동 원전기수가 20기로 늘어나 전체 발전 설비 용량의 24.1퍼센트를 점유하고 있고, 선진국들이 원전 축소 정책으로 신규 원전을 억제할 때에도 지속적으로 원전 건설을 추진해

왔다며 자랑을 늘어놓고 있습니다. 선진국들이 원전 축소 정책을 펼치는 이유를 제대로 따져보지도 않고 말입니다.

핵발전소 반대 운동이 한창 벌어지고 있을 무렵 모처럼 서울에 다녀왔습니다. 오가는 고속버스 안에서 점퍼를 벗어야 했습니다. 목도리도 벗었습니다. 그런데도 내복 입은 등줄기로 땀이 배어났습니다. 숨이 막힐 정도로 히터가 팡팡 돌아갑니다. 얼굴을 창 쪽으로 바짝 붙여야 할 정도로 갑갑했습니다.

고흥보다 영하 10도 가까이 추운 날씨를 기록하고 있는 서울이었지만 전혀 춥지 않았습니다. 밖은 꽁꽁 얼어붙어 있었지만 건물 안에서는 추위를 느낄 수 없었습니다. 고흥에서는 밤이 되면 별빛 총총한데 서울에서는 밤이 돼도 하늘이 보이지 않았습니다. 거리가 대낮처럼 훤했습니다. 언젠가 비행기에서 서울 야경을 본 적이 있습니다. 불야성이 따로 없었습니다.

서울을 빠져나오면서 핵발전소를 떠올렸습니다. 서울은 엄청난 에너지를 발산하는 거대한 핵발전소 같았습니다. 엄청난 핵에너지를 빨아들여 엄청난 핵쓰레기를 배출하는 곳이 바로 서울이라는 생각이 들었습니다. 그런데 그토록 엄청난 핵에너지를 만들어내는 핵발전소의 피해자는 그 주변에 사는 힘없는 농어민들입니다. 대도시에 전기를 공급하는 핵발전소가 들어서면 사고에 대한 불안감은 둘째 치고, 지역 주변 바다가 황폐해지고 농수산물의 가치는 형편없이 떨어집니다. 주민들 간의 갈등이 확산되어 지역 인심조차 흉흉해집니다. 거기에다 위험천만한 핵쓰레기를 수만 년 동안 자손 대대로 물려줘야 합니다.

세상살이는 하나로 이어져 있습니다. 한쪽에서 필요 이상으로 누리면 다른 한쪽에서는 그만큼 고통당하게 됩니다. 결국 대도시에서 필요 이상 엄청난 에너지를 소비하면, 위험천만한 핵발전소를 껴안고 온갖 피해를 입으며 살아야 하는 농어민들이 점점 늘어나게 됩니다. 그 피해자들이 누구이겠습니까? 그들은 바로 대도시에서 필요 이상의 에너지를 소비하는 이들의 부모들입니다.

결국 에너지 낭비는 핵발전소 주변에서 살아가는 부모들에게 눈에 보이지 않는 폭력을 행사하는 꼴이 되는 것입니다. 하여 모든 에너지를 핵으로 해결하려는 핵발전소 만능주의는 힘없는 농어민들에게 몇 푼의 보상금을 쥐어주며 '에너지 폭력'을 행사하겠다는 것이나 다름없습니다.

하지만 모든 것은 준 대로 되돌려 받게 돼 있습니다. 그 '에너지 폭력'은 훗날 자신이나 자신의 후손에게 고스란히 돌아가게 될 것입니다. 핵발전소가 늘어나고 핵쓰레기가 늘어나면 그 위협에서 자유로울 수 있는 사람은 아무도 없습니다.

아내는 추위를 무릅쓰고 고흥 군청 앞에서 핵발전소 유치 반대 1인 시위에 나섰습니다. 그동안 먹고사는 데 급급한 아내였기에 환경운동이나 사회운동에 이렇다 할 관심이 없었습니다. 그런데 개발의 손길이 미치지 않은 청정 지역, 인심 좋은 고흥에 정착해 아이들에게 그림을 가르치고 작은 도서관을 꾸리면서 아이들을 위해 뭔가 해야겠다는 책임감이 생긴 모양입니다.

우리 부부의 핵발전소 반대 운동은 더불어 살아가는 아이들에게 좀 더 안전하고 청정한 미래를 물려주고자 하는 것이기도 합니다. 그것은 또한 우리 가족이 솔선해서 에너지를 적게 쓰자는 운동이기도 합니다. 연료와 전기를 적게 쓰자는 것은 적게 벌어 적게 쓰며 속 편하게 살자는 것이기도 합니다.

나름대로 에너지 소비를 줄이면서 핵발전소 건설을 반대하고 있지만, 저 역시 모르는 사이에 핵에너지의 혜택을 받고 있을 것입니다. 그럼에도 핵발전소 건설을 반대하는 것은 그 '위험천만한 혜택'에서 벗어나고 싶기 때문입니다.

핵발전소 건설을 늘리겠다는 것은 인류 파멸의 길로 향하는 탐욕의 수레바퀴를 부지런히 굴리겠다는 것이나 다름없습니다. 따라서 핵발전소 건설에 반대하는 것은 그 파멸의 수레바퀴가 조금이라도 더디게 굴러가도록 하는 작은 모래알이 되겠다는 것이기도 합니다.

2011년 2월 7일, 드디어 전남 고흥군 의회에서 핵발전소 유치 반대 입장을 밝혔습니다. 원전 유치 신청을 위해서는 군 의회 동의가 필수 조건이기 때문에 고흥군의 핵발전소 유치는 사실상 무산된 것입니다.

이 모든 것이 추운 날씨에도 매일 반대 운동을 펼쳐온 고흥 민주

시민사회단체 여러분의 노고 덕분이었습니다. 또한 핵발전소 건설 조건으로 내건 사탕발림 지원금에 현혹되지 않고 자손 대대로 물려줄 '아름다운 청정 고흥'을 선택한 군민들 덕분이었습니다.

고흥군 초입에 이런 문구가 내걸려 있습니다. '고흥이 아름다운 건 당신이 아름답기 때문입니다.' 몇 번을 봐도 이처럼 아름다운 문구가 또 있을까 싶습니다. 문구처럼 고흥 사람들은 아름다웠습니다. 한수원의 지원금에 자신을 팔지 않고 아름다운 청정 고흥을 지켜냈기 때문입니다.

그동안 핵발전소 건설과 맞서다 보니 얼토당토않게 원자력을 '녹색 에너지'로 바라보는 이명박 정권을 만났고, 핵발전소 건설을 위해 국민들의 눈과 귀를 현혹하는 한수원을 만났습니다.

한수원은 우리나라에서 수백 건이 넘는 원전 사고·고장 사례가 있음에도 '단 한 건'의 사고도 없었다고 홍보하거나 영광 핵발전소가 건설된 이후 영광굴비를 비롯한 어획고가 네 배 증가했다고 말하는 등 진실을 은폐한 자료를 은근슬쩍 흘리며 혹세무민(惑世誣民)하고 있었습니다.

'다양한 언론 홍보 노력에 힘입어 2009년도 언론 보도 기사 중 비판성 보도는 5퍼센트 미만을 기록했다'고 자랑한 한수원은 〈오마이뉴스〉에 '한수원의 혹세무민 홍보전'을 다각도로 보도한 제 기사에 대해 '법적 조치'를 하겠다고 으름장을 놓으며 핵발전소 비판 기사에 대한 재갈 물리기를 시도하기도 했습니다.

하지만 고흥 사람들에게는 그 '혹세무민 홍보전'이 통하지 않았습니다. 지금 이대로 조금 덜 벌고 덜 먹으며 살더라도 핵발전소의 위협이 없는 청정 지역을 자손 대대로 물려주는 소박한 삶을 선택했습니다. 이것이야말로 아름다운 선택이 아니겠습니까?

고흥 사람들이 청정 고흥을 지켜낸 것은 대한민국의 청정 지역을 지킨 것입니다. 그 덕분에 핵발전소 반대를 지역이기주의로 몰아붙이는 핵발전소 만능주의자들조차도 이 청정 지역을 자손 대대로 누리게 될 것입니다.

'4대강 죽이기'를 '4대강 살리기'로, '위험천만한 핵'을 '녹색 에너지'로 바꿔치기하는 자들이 핵발전소 반대를 지역이기주의로 몰아가고 있습니다. 하지만 만약 고흥 사람들이 지역 발전에 큰 보탬이 되는 지원금에 현혹되어 핵발전소를 선택했다면 이것이야말로 이기주의 아닐까요? 자손들은 전혀 생각지 않고 자신들의 이익만을 위해 선택한 셈이 됐을 테니까요.

필요 이상으로 에너지를 쓰며 지나치게 많이 벌고 많이 소비하는 핵 만능주의자들의 주장에 동조하다 보면 결국 핵발전소는 늘어날 수밖에 없을 것입니다. 핵발전소 반대 투쟁을 함께했던 다른 분들도 마찬가지겠지만, 제가 이번 싸움을 통해 얻은 가장 큰 수확은 새삼스럽게도 자연의 위대한 존재감을 느낀 것이었습니다. 그리고 그 위대한 자연을 지켜내기 위해서는 좀 더 적게 소유하고 좀 더 느리게 살아야겠다고 마음먹었습니다.

세상이 돌아가려면 당연히 에너지는 필요합니다. 원시문명으로 돌아갈 수는 없습니다. 하지만 물질문명이 극으로 치달을수록 에너지 고갈 문제는 심각해집니다. 따라서 화석연료를 대체할 에너지가 필요합니다.

하지만 급할수록 돌아가라는 말이 있습니다. 바둑에서도 당장의 위기에서 벗어나기 위해 눈앞에 보이는 손쉬운 수를 택하다 보면 악수를 두기 마련입니다. 바둑판처럼 세상의 이치도 마찬가지입니다. 세상에 다툼이 일어나고 세상 사람들이 고통 받게 되는 것은 당장 눈앞에 보이는 이익에 현혹되기 때문입니다. 그러다 보면 돌이킬 수 없는 악수를 두게 되는 것입니다. 핵발전소 건설 또한 마찬가지라고 봅니다.

좀 더 시간이 걸리더라도 위험천만한 핵발전소보다 안전한 재생에너지를 늘려갈 수 있는 방안을 마련해야 합니다. 느리게 살다 보면 삶의 여유도 생깁니다. 여유로움을 가지고 덜 소유하다 보면 에너지 소비도 줄일 수 있습니다. 그러면 핵발전소 건설도 더 이상 필요치 않게 될 것입니다. 자손 대대로 물려줄 청정 지역이 더 이상 위협받지 않게 될 것입니다.

핵발전소 만능주의자들은 '핵발전소 르네상스'를 부르짖고 있습니다. 그들의 장단에 맞춰 에너지를 필요 이상 펑펑 쓰면 그만큼 핵발전소가 늘어나고 핵쓰레기도 늘어날 것입니다. 이는 대한민국에 위험 지대가 늘어나고, 그만큼 우리의 자연환경과 인심이 황폐해지게 됨을 뜻합니다.

핵발전소를 자손 대대로 짊어지게 할 것인가, 아니면 조금 덜 먹고 덜 쓰며 평생 누릴 수 있는 청정 지역을 자손 대대로 물려줄 것인가 선택하라는 물음에 고흥 사람들은 후자를 택했습니다.

고흥군민들이 핵발전소 추진 포기 선언을 이끌어낸 지 한 달 후인 2011년 3월 11일, 일본에서 대재앙이 일어났습니다. 일본의 동북 태평양 연안을 덮친 거대 쓰나미와 그에 따른 후쿠시마 제1원전 사고로 사망 1만 5850명, 실종 3287명, 가옥이 전파되거나 반파된 세대가 37만 가구, 피난민 약 40만 명이라는 어마어마한 재해가 발생했습니다.

엄청난 환경 재앙을 가져온 후쿠시마 원전 사고는 전 세계에 핵발전소의 위험을 경고했고, 유럽 전역에서는 핵에너지의 안전성에 강한 의문을 제기하고 있으며, 특히 독일·스위스·이탈리아는 원자력 포기를 선언했습니다. 하지만 한국 정부는 여전히 핵발전소를 추진하고 있습니다. 후쿠시마 핵발전소 사고가 여전히 진행 중이라는 사실을 빤히 알고 있으면서도 말입니다. 〈경향신문〉 2012년 3월 5일자 기사는 이를 잘 말해주고 있습니다.

"사고에 따른 오염은 1년이 지난 현재도 진행 중이다. 사고 초기보다 줄었다고는 하지만 원전에서는 요즘도 매일 시간당 6000만 ~7000만 베크렐(Bq)의 방사성 물질이 유출되면서 일본 열도는 물론 주변국까지 오염이 확산되고 있다. 일본 기상청이 추산한, 원전 사고로 대기에 방출된 방사성 세슘의 총량은 약 4경(1조의 1만 배) 베크렐로 옛 소련의 체르노빌 원전 사고로 방출된 세슘의 약 20퍼센트에 이른다.

사고 초기 원자로를 식히기 위해 쏟아부은 냉각수가 막대한 양의 오염수로 변해 언제든 유출돼 토양과 바다를 오염시킬 가능성도 문제로 지적된다. 원자로 냉각에 쓰인 고농도 오염수와 세슘 등을 제거해 오염을 낮춘 저농도 오염수의 총량이 당초 예상의 두 배인 20만 톤이 넘은 상태다. 도쿄전력은 저장 탱크를 늘리거나 원전 부지에 저수지를 만드는 등 대책을 강구하고 있지만, 여름쯤 가면 현재의 저장 용량이 한계에 달해 바다로 방출하거나 원전 주변의 토양으로 유출시켜야 할 상황에 몰리고 있다.

후쿠시마 원전은 지진과 쓰나미로 건물 외벽이 파손되고 내부 시설들이 망가진 채 최소한의 응급 복구만 해둔 상황인 만큼 추가 강진이나 쓰나미, 태풍 등 자연재해에 매우 취약한 상태다. 지진이나 쓰나미가 한 번만 더 발생하면 후쿠시마 원전은 다시 (2011년 3월 대지진 직후의) 시작점으로 돌아갈 가능성도 있다."

고흥군민들은 이처럼 엄청난 위험을 안고 있는 핵발전소를 막아냈지만, 또 다른 시련이 기다리고 있었습니다.

다음은
화력발전소?

고흥에 정착한 지 2년째, 핵발전소 건설 추진이라는 날벼락을 막아낸 지 1년도 채 안 된 2012년 1월 6일, 이번에는 고흥군에 대규모 유연탄 화력발전소 건립을 추진한다는 소식이 들려왔습니다. 그것도 나로우주센터 인근, 다도해 해상국립공원에 말입니다. 세간의 관심이 후쿠시마 핵발전소 재앙으로 쏠리는 틈을 타 나로우주센터 인근인 봉래면 마치산 해변 300만 제곱미터에 4000메가와트급 유연탄 화력발전소 건립 계획을 추진하고 있었던 것입니다.

고흥군은 대내외적으로 청정 고흥을 자랑할 때 '지붕 없는 미술관'이라는 꼬리표가 따라붙습니다. 지붕 없는 미술관에 화력발전소라니요. 과연 그 둘이 잘 어울린다고 생각하는 것일까요? 최소한의 상식조차 통하지 않는 이명박 정부의 '원자력은 청정에너지'라는 발상과 너무 닮았습니다.

화력발전소는 엄청난 재앙을 가져올 수 있는 핵발전소와 사용 원료만 다를 뿐 자연환경에 미치는 악영향은 크게 다르지 않습니다. 유연탄 1톤당 1.7톤의 이산화탄소가 발생하기 때문에 지구온난화의 주범으로 인식돼왔습니다. 대기오염, 중금속과 온배수 배출에 따른 바다 오염, 송전 선로 건설 등에 따른 심각한 환경 문제와 민원이 발생한다는 것은 이미 숱한 선례들을 통해 확인할 수 있습니다.

개발지상주의자들은 핵발전소 반대와 마찬가지로 화력발전소 반대 역시 님비 현상이라고 몰아붙입니다. 화력발전소 건설의 당위성을 강조하며, 이를 반대하면 지역이기주의자로 치부합니다.

인터넷을 뒤적이다가 〈동아일보〉에서 발행하는 〈어린이 동아〉의 '사고력 쑥쑥 뉴스읽기'라는 기사를 접했습니다. 어린이들을 대상으로 쓴 이 기사(2012년 1월 30일자)는 '님비 현상'을 설명하면서 화력발전소를 반대하는 이들을 "우리 뒷마당에는 안 돼"라고 주장하는 이기주의자로 묘사하고 있었습니다. 또 이 기사는 학급에서 친구들이 먹다 남긴 음식물 쓰레기를 담을 용기를 어디에 놓을 것인가를 예로 들었습니다. 화력발전소를 '음식물 쓰레기 용기처럼 꼭 설치해야만 하는 것'으로 설명하고 있었습니다. 이 기사를 읽는 어린이들에게 '화력발전소 건설'은 선택의 여지없이 받아들여야

만 할 것이었습니다. 설령 자신들의 뒷마당에 화력발전소가 들어
선다 할지라도, 반대하면 여지없이 '님비' 이기주의자로 몰리게
될 것이니까요.

이런 단세포적인 논리를 보고 어린이들은 무슨 생각을 하게 될
까요? 입으로 들어가는 소중한 음식물들이 어디에서 오는가보다
는 음식물 쓰레기 용기를 어디에 둘지를 더 고민하게 될 것이고,
화력발전소가 아무리 우리 산과 바다를 오염시킨다 해도 전기를
쓰기 위해서는 끊임없이 건설해도 된다고 생각하게 될 것입니다.

이 기사에는 미래도 없고 희망도 없어 보입니다. 흙, 물, 햇빛,
농부들의 수고, 음식을 만드는 어머니들의 정성스런 손길은 존재
하지 않습니다. 화력발전소 건설로 바다가 죽어가고, 농어민들이
고통 받는 것은 안중에도 없습니다.

어린이들과 함께 방과 후 학교에서 글쓰기 공부를 하는 저로서
는 이 기사에 대해 이렇게 물을 수밖에 없습니다. '과연 음식물 쓰
레기 용기는 꼭 필요한 것이며, 화력발전소는 꼭 건설해야만 하는
것인가?'

음식물 쓰레기 용기를 어디에 놓을 것인가를 고민하기 전에 농
부들이 피땀으로 일군 곡식으로 어머니들이 정성스럽게 만든 음식
을 남기지 말고 깨끗하게 먹자고 가르치면 안 되는 것일까요? 그
러면 음식물 쓰레기 용기를 어디에 놓을 것인지 고민하지 않아도
될 것입니다.

또한 전기를 더 많이 생산해야 한다고 말하기 전에 우리나라가 세계 최대 전력 소비국가임을 가르쳐야 하지 않을까요? 아울러 화력발전소와 같은 공해 시설을 건설하기보다는 재생 가능한 대체 에너지를 개발해야 한다고 가르쳐야 할 것입니다. 소비재를 생산하는 산업용 전기를 줄여야 한다고 가르쳐야 할 것입니다. 전기 사용을 줄이는 불편함을 감수하면 그만큼 아름다운 자연을 누릴 수 있다고 가르쳐야 할 것입니다.

핵발전소나 화력발전소 건설을 통해 가장 큰 이익을 보는 사람들은 누구일까요? 말할 것도 없이 자본가들과 건설업자들입니다. 또한 핵발전소나 화력발전소 건설을 부추기는 언론들은 앞에서 말한 기사에서도 알 수 있듯이 대부분 〈동아일보〉와 같은 보수 언론들입니다. 결국 그들은 자본가들과 건설업자들의 이익을 대변하고 있다고 볼 수밖에 없습니다. 공해 없는 세상을 누려야 할 어린이들의 미래는 안중에도 없습니다.

저는 이 글을 쓰는 내내 화력발전소 건설을 추진 중인 나로도의 아이들을 떠올렸습니다. 저는 그 아이들과 함께 글쓰기 공부를 했습니다. 비록 대도시 아이들에 비해 문화적인 혜택을 덜 누리고 있지만, 그들에게는 오염되지 않은 푸른 바다와 하늘이 있습니다. 아이들은 하늘과 바다를 노래할 때 저처럼 이런저런 잔머리를 굴리지 않았습니다. 먼 바다로 나서는 어선처럼 거침이 없었습니다.

매일 아침 산책 나오면
해가 비친 푸른빛 바다
매일 저녁 산책 나오면
달이 비친 푸른빛 바다
참 아름답다.

– 봉래초등학교 4학년 한수지

늘 함께하는 바다는 나로도 아이들의 눈에 특별할 것 없어 보입니다. 그냥 푸른빛으로 아름다울 뿐입니다. 저는 그 아이들에게서 미사여구를 덧붙이지 않아도 충분히 아름다운 바다를 노래할 수 있다는 것을 배웠습니다. 만약 화력발전소가 건립된다면 나로도 아이들은 더 이상 아름다운 푸른 하늘과 바다를 읽어내지 못할 것입니다.

아이들은 미래입니다. 나로도 아이들은 나로도의 미래일 뿐 아니라 대한민국의 미래입니다. 미래의 푸른 바다이자 푸른 하늘입니다.

저는 그 아이들과 더불어 청정 바다와 하늘에서 맑은 기운을 받으며 살아가고 있습니다. 또 그 기운은 저를 만나는 사람들로 이어져 조금씩 세상으로 퍼져 나갈 것이라 믿습니다. 바다가 오염되고 하늘이 오염되면 아이들의 마음이 오염될 것이고, 제 마음자리 또한 오염될 것입니다. 그러면 결국 그 혼탁한 기운이 세상에 퍼질 것입니다.

아이들이 마음껏 심호흡하고 뛰놀 수 있는 무공해 푸른 하늘, 아이들이 물고기들과 함께 유영하는 무공해 푸른 바다는 말 그대로 청정에너지입니다. 그 어떤 발전소로도 만들어내지 못하는, 천년만년 꺼지지 않는 아름다운 에너지입니다. 이러한 무한 에너지를 어찌 나쁜 기운을 뿜어대는 화력발전소와 맞바꿀 수 있겠습니까?

이만한 보석이
어디 있나

생명의 강을 엉망진창으로 만드는 사람들이 전쟁 불사를 외치고 있었습니다. 파헤친 강줄기로 진흙탕물이 쏟아져 나오듯 대처 거리에는 그런 사람들이 넘쳐 나고 있었습니다. 자신들이 지금 어디를 향해 가는 줄도 모르는 것 같았습니다. 세상을 급박하게 몰아가는 그들을 보고 있노라면 현기증이 날 지경이었습니다. 갈팡질팡 잔혹한 게임에 빠져 벌겋게 충혈된 눈으로 앞뒤 가리지 않고 보이는 대로 세상을 향해 증오심을 난사했습니다.

그들에게서 평화는 찾아볼 수 없었습니다. 그런 이들이 한편으로 불쌍했고, 그런 세상에서 더불어 살아간다는 것이 슬펐습니다. 평생을 사랑하며 살기에도 부족한데, 그런 세상을 향해 분노하는 저 자신도 불쌍하기는 마찬가지였습니다. 제가 그 세상 속에서 살아가는 한 강 건너 불구경만 할 수는 없는 일이었습니다.

바다를 열어젖히고 붉게 솟아오르는 아침 해는 평화롭기만 합니다. 세상에 대한 분노마저 녹여냅니다. 어느 날, 아프기만 한 세상일을 잠시 접어놓고 아이들 등굣길을 따라나서기로 했습니다.

"아빠도 같이 갈 겨?"

"그려, 오늘은 심호흡 좀 해보자."

우리 집 앞바다, 언제나 그 자리에 생사를 묻어놓은 묘지처럼 동그랗게 앉아 있는 용섬 부근에 아침 해가 붉게 떠오를 무렵이면 아이들이 등굣길에 나섭니다. 비바람이 몰아치거나 엄청 추운 날이 아닌 한 아이들은 외딴 집에서부터 약 1.5킬로미터 떨어진 마을 앞 공터까지 자전거를 타고 나섭니다. 큰놈 인효 녀석은 전날 밤늦게 귀가하는 바람에 자전거를 마을 공터에 두고 왔습니다.

늘 그래왔듯이 녀석들의 오른쪽 어깨 너머로 그 어떤 보석보다 찬란한 아침 바다가 펼쳐져 있었습니다. 윗녘에는 이미 오래전부터 눈이 내렸다지만, 이곳 아랫녘 고흥은 늦가을 날씨였습니다. 그래도 바닷바람이 거칠게 몰아칠 때면 제법 겨울다웠습니다.

느려 터진 작은아이 인상이 녀석이 초겨울 채비를 한 채 자전거를 끌고 탱자나무 앙상한 언덕길을 힘겹게 뒤따라 올랐습니다. 그래도 내리막길에서는 기세 좋게 자전거 페달을 밟아댔습니다. 기타에 푹 빠져 노래 만들기에 한창인 인효 녀석은 두 손을 점퍼 주머니 깊숙이 찔러놓고 여유만만하게 노래를 중얼거렸습니다. 얼마 전에는 자전거를 타고 학교에서 돌아오는 길에 "자전거에 날개를 달고 구름 위로 날아올라 볼까"라는 가사가 들어 있는, 제법 그럴듯한 노래를 만들어 부르기도 했습니다.

중학교 3학년 끝자락에 서 있던 인효 녀석은 콧노래를 흥얼거릴 만한 이유가 있었습니다. 이미 방학이나 다름없었습니다. 충남 홍성에 자리한 풀무농업고등기술학교에 지원해 합격 통지서를 받았던 것입니다. 말 그대로 살판났습니다. 녀석은 중학교 내내 일제고사를 거부하는 등 부조리한 세상에 나름 반기를 들어왔습니다. 우리 부부나 녀석이나 시험지에 코를 박고 친구들과 무한경쟁 전선에 나서야 하는 일반 고등학교에 가게 될까 봐 내심 걱정스러웠는데 아주 잘된 일이었습니다.

사실 녀석은 평소 머리 굴리는 일에는 탁월한 소질을 보였지만, 몸 굴리는 일에는 고개를 외로 꼬곤 했습니다. 농사일을 비롯해 의식주 공부를 가르치며 '더불어 사는 평민을 키우는' 풀무고등학교에서의 생활은 녀석에게 분명 큰 공부가 될 것입니다. 녀석 스스로도 그걸 잘 알고 있었습니다.

사실 큰 공부가 아니더라도 경쟁을 강요하지 않는 지혜로운 선생님들에게서 겨자씨만 한 삶의 지혜를 얻을 수 있다면 그것으로 족합니다. 자유로운 생각과 땀 흘리는 노동을 통해 녀석의 노래는 더욱 지혜로워지고 깊어질 것입니다.

인상이 녀석이 사진을 찍는 제 앞으로 음흉한 웃음을 띤 채 슬금 슬금 다가왔습니다. 녀석의 한 손에 갈대가 쥐어져 있었습니다. 마치 말을 타고 달리며 칼을 휘두르듯 제 어깨를 툭 치고 지나갑니다.

"헤, 저눔 짜식이. 잠깐만! 거기 서 있어 봐봐!"

"아빠, 이러다가 우리 지각해. 얼른 가야 혀."

"지각 좀 하믄 안 되냐?"

"어이구, 참. 그게 학부모가 할 소리여? 잘못하믄 통학버스 놓친 다니께."

"짜식아, 그람 마을버스 타고 가믄 되잖어. 뭐시가 그리 급혀. 선생님이 지각했다고 뭐라 하시면 아빠가 놀다 가자고 해서 늦었 다구 솔직히 얘기 혀."

두 녀석이 언덕 위에 서서 바다를 내려다봅니다. 바다가 눈앞에 펼쳐져 있습니다. 통학버스 탈 생각으로 앞만 보고 걷다 보면 저 삼삼한 바다 풍경은 늘 뒤로, 자꾸만 뒤로 물러서기 마련이지만 바다 앞에 멈춰 서면 바다도 멈춥니다. 녀석들의 품 안으로 고스란히 바다가 안겨 들어옵니다.

"어떠냐? 이만한 보석이 또 어디에 있겠냐."

"보석? 없지. 이만한 보석이 어디에 있어……."

"그렇지!"

두 녀석은 아침 햇살이 솟아오르는 바다와 마주하고 있는 게 벅 찬지, 바다만큼이나 긴 호흡을 한 끝에 환하게 웃습니다. 보석보다 더 찬란한 웃음입니다. 세상 모든 아이들의 본래 모습일 것입니다. 세상 모든 아이들은 자연을 닮았습니다. 자연을 닮은 아이들의 환한 웃음 자체가 보석입니다. 급히 서둘러 사회의 틀에 꿰맞추려는 순간, 세상 아이들이 지닌 보석은 가뭇없이 사라지게 될 것입니다. 그 자리에 아이들은 없고, 낡은 쇠붙이 같은 어른들의 생각만 자리 잡게 될 것입니다.

"급하게 서둘다 보면 니들이 진정으로 원하는 것을 다 놓치고 살게 되는 겨. 뭔 얘기 줄 알어?"

"조금은……."

"어뗘? 아침에 아빠 차 타고 쌩하니 가는 거보담 이렇게 쉬엄쉬엄 가니께 훨씬 좋지?"

"응, 좋네 좋아. 바다가 새롭게 보이구……."

"천천히 가두 안 늦어. 5분 정도 빨리 가냐 늦게 가냐 그 차이일 뿐여."

"그러네."

눈부신 바다를 가슴 가득 채워 넣고, 녀석들이 다시 발걸음을 옮깁니다. 이 세상 어디엔가 녀석들만의 목적지가 있기 때문입니다. 그 목적지는 어디일까요? 적어도 통학버스가 기다리는 마을 공터는 아닐 것입니다.

그 목적지는 녀석들도 모르고, 저도 모릅니다. 아니, 적어도 그 길의 끝에 무엇이 기다리고 있는지는 아이들도 알고, 저도 알고,

세상 모든 사람들도 이미 잘 알고 있습니다. 삶의 끝자락이 어디인지는 누구나 알고 있습니다. 다만 그곳을 향한 걸음걸이가 서로 다를 뿐입니다.

급히 가다 보면 자신이 어디로 가고 있는지조차 까마득히 잊고 살아가기 마련입니다. 까마득히 잊고 살아가기에 어디로 가는 줄도 모르고 그저 앞만 보고 뛰어갑니다. 그 정신없는 뜀박질에 밟혀 고통 받는 사람이 있다는 것조차 모른 채 인정사정없이 뛰어갑니다. 무엇이 그리 급할까요?

바다를 등진 녀석들이 이번에는 멀찌감치 큰 산을 감싸 안으며 마을길로 내려섭니다. 이제 더 이상 제가 따라나설 영역이 아닙니다. 녀석들 스스로 헤쳐나가야 할 길입니다. 다만 녀석들이 서둘지 말고 천천히 가길 바라며 한마디 덧붙일 따름입니다.

"재밌게 놀다 와라잉!"

그렇게 녀석들의 꽁무니에 큰 소리를 매달아줍니다. 소리치고 보니 오랜만입니다. 녀석들이 초등학교에 입학할 무렵부터 늘 입버릇처럼 해주던 말이었는데, 마지막으로 그 말을 한 것이 언제였던가 싶습니다. 한동안 여유를 잃고 바쁘게 달려왔던 모양입니다.

녀석들이 제 갈 길로 떠난 무심한 길을 물끄러미 쳐다보다가 되돌아서는데, 저만치 바다에서 아침 해가 한 뼘 이상 올라와 있었습니다. 붉은 빛도 엷어졌습니다. 순간순간이 하나의 생인 듯 시나브로 빛이 변합니다.

집으로 돌아오는 길목에서 들꽃을 만났습니다. 여태 지지 않고 피어 있었습니다. 늘 그 자리에 있었을 터인데 새삼스럽게 다가왔습니다. 그만큼 한동안 여유를 잃고 살아왔던 것입니다. 들꽃은 어느 생에서도 만난 적 없다는 듯 낯설게 다가왔습니다. 가만히 눈을 맞춰봅니다. 좀 더 여유를 갖고 가까이 눈을 맞출수록 해맑게 웃어줍니다. 여유만만하게 웃어줍니다. 세상 아이들의 웃음처럼……

둘째의
무모한 도전

"인효 아빠! 큰일 났어, 빨리 와!"

주소도 전화번호도 없이 광주에서 지도 하나만 달랑 들고 찾아
온 손님과 함께 갯바위 낚시를 나서는데 아내에게서 다급한 전화
가 걸려왔습니다.

"왜? 왜 그러는데? 천천히 말해봐!"

"인상이가 학교 2층에서 떨어졌대!"

"뭐라구? 에이 참, 머리는 안 다쳤구?"

"머리는 괜찮은 거 같다는데 잘 모르겠어. 어떡해, 지금 병원으
로 가는 중이래!"

껑충껑충 갯바위를 뛰어넘는 두 다리에 힘이 쏙 빠졌습니다. 허

겁지겁 집으로 돌아와 대충 채비를 갖춰 아내와 함께 병원으로 향했습니다. 고흥병원 응급실에 도착했을 때 둘째 녀석은 엑스레이실에 들어가 있었고, 그 앞에서 담임선생님이 긴장된 낯빛으로 서성이고 있었습니다.

"인상이가 일어서지 못해 앰뷸런스를 불러 왔습니다."

"잘 하셨네요. 머리는 괜찮지요?"

"예. 옆으로 떨어져서 머리에는 이상이 없는 거 같습니다."

"천만다행이네요."

"예, 천만다행이지요."

"아이구 선생님, 걱정 끼쳐드려서 죄송합니다."

병원 침대에 누운 채 엑스레이실에서 나온 녀석이 겸연쩍은 표정으로 옅은 미소를 내보였습니다.

"괜찮아?"

"응, 괜찮아."

"많이 아프지?"

"아니 그냥, 엉덩이 쪽이 좀 아퍼."

녀석의 머리를 비롯한 전신을 훑어보니 외상은 전혀 없었습니다. 옆으로 떨어지면서 손을 짚는 바람에 오른쪽 손목이 뚱뚱 부어올라 있었습니다. 골절된 손목은 깁스를 하면 금방 아물 수 있을 것 같았습니다. 허리가 문제였는데, 정형외과 담당의가 엑스레이 사진을 보면서 다행히 허리에도 이상이 없다고 했습니다.

"손목은 크게 문제가 없는데, 여기 골반 뼈 보이시죠? 여기가 문젭니다. 골반이 골절됐어요."

"어떻게 해야 되죠?"

"수술을 해야 할 것 같습니다."

2층에서 떨어진 충격으로 옆으로 튀어나온 골반 뼈를 바로잡기 위해 나사를 박아야 한다는 것이었습니다. 녀석의 어린 뼈 속에 나사를 박아 넣는다는 끔찍한 말에 정신이 아찔했습니다.

"뼈 성장에는 영향이 없습니까?"

"다행히 크게 골절되지 않아 성장에 지장 없이 수술할 수 있습니다."

"나중에 후유증은 없나요?"

"후유증은 없고, 어리기 때문에 쉽게 완치될 겁니다. 나사를 박아 뼈를 고정시키는 아주 간단한 수술이니까 크게 걱정하시지 않아도 됩니다."

"얼마나 걸립니까?"

"두 달 가까이 입원해서 당분간은 휠체어를 타고 다녀야 할 것 같네요. 손목 때문에 목발을 짚을 수가 없으니까요."

사고가 난 지 서너 시간 만에 곧장 수술을 하기로 했습니다. 아빠, 엄마의 불안한 표정 때문이었을까요? 사고를 낸 데 대한 죄책감 때문이었을까요? 아니면 자신의 뼈에 나사를 박아 넣는 수술에 대한 공포감 때문이었을까요? 녀석은 수술을 기다리며 질금질금

눈물을 보였습니다.

"인상아 걱정하지 마, 금방 끝나는 수술이니까. 마취하고 나면 하나도 안 아퍼."

수술실로 들어서는 녀석이 언제 울었냐는 듯이 제게 불안한 미소를 지어 보였습니다. 걱정하지 말라는 표정 같기도 합니다. 아내는 방과 후 학습 지도 시간에 맞춰 병원을 떠났고, 수술실 앞에 홀로 앉아 불안한 마음을 가다듬으며 길게 호흡했습니다.

수술할 때 전신 마취가 아닌 하반신 마취만 하기로 했는데, 시간이 지날수록 머릿속이 몽롱해지며 녀석의 골반 뼈에 나사가 박히는 느낌이 제 골반 뼈로 고스란히 전해져 왔습니다. 한 시간 반이면 끝난다는 수술이었는데 두 시간이 넘어서도 녀석이 나오질 않았습니다. 점점 불안감이 압박해왔지만, 그럴수록 배꼽 아래에 마음을 모아 길게 호흡했습니다.

아내가 학교에서 수업을 마치고 도착할 무렵이 돼서야 수술실 문이 활짝 열렸습니다. 수술실에 들어간 지 두 시간 반이 지나서였습니다. 녀석의 얼굴에 핏기가 없었습니다. 그런데도 녀석은 배시시 웃었습니다. 녀석의 미소에 목울대가 떨려왔습니다. 눈가에 맺히는 물기를 꾹꾹 밀어 넣었습니다.

녀석 스스로 고통과 불안감을 감추려는 미소였는지도 모르지만, 어쩌면 수술실 밖에서 기다린 우리 부부의 걱정을 덜어주려 한 것인지도 모릅니다. 갓난아기 때도 거저 키우다시피 한 녀석이었습니다. 한밤중에 일어나 보채지도 않고 이리 뒹굴 저리 뒹굴 혼자 놀았던 녀석이었습니다.

"인상아 괜찮아? 안 아퍼?"

"응, 재밌네 뭐."

서너 살 무렵에는 예방접종 주사를 맞고도 끄떡없었던 녀석이었습니다. 큰아이 인효 녀석은 간호사가 주사기만 들어도 울음보를 터뜨렸는데, 인상이 녀석은 울음은 고사하고 엉덩이를 찌르는 주사바늘조차 대수롭지 않게 받아들였습니다. 녀석의 엉덩이에 주사를 놓은 간호사가 이상하다는 표정으로 주사기를 다시 쳐다볼 정도였습니다.

녀석은 병실에 들어선 후에도 크게 고통스러워하지 않았습니다. 마취가 풀린 밤에도 신음소리 한 번 내지 않고 곤히 잠들었습니다. 덕분에 저 역시 큰 근심 없이 잠을 이룰 수 있었습니다. 다만 혼자 일어나 오줌을 눌 수 없어 제 도움을 받아 작은 소변 통에 일을 봐야 했습니다. 사춘기에 접어들면서 고추 보이기를 질색했던 녀석이 이번에는 어쩔 수 없이 제게 의지해야 했습니다. 키 167센티미터에 몸무게 60킬로그램, 중학교 3학년 열여섯 살에 불과한 어린 녀석이라 생각했는데 어느새 어른이 돼가고 있었습니다.

다음 날 아침부터 밥을 먹을 수 있었습니다. 녀석은 언제 수술했냐 싶게 상체를 일으켜 숟가락질이 힘든 왼손으로 우걱우걱 밥을 먹었습니다. 반찬까지 말끔히 식기를 비웠습니다. 녀석이 말할 수 없이 큰 고통을 그토록 대견하게 견딜 수 있는 힘은 어디에서 온 것일까요? 아마도 밥의 힘이 크게 작용했을 것입니다. 어려서부터 '밥돌이'라 불린 녀석은 언제나 김치 하나만 있어도 밥 한 그릇을 뚝딱 비워냈습니다. 그 무엇보다 밥을 좋아했던 녀석에게 우리 부부는 가끔 장난삼아 묻곤 했습니다.

"인상아, 세상에서 누가 제일 좋아?"

"엄마."

"왜?"

"밥해주니까."

"그다음에는 누가 좋아?"

"아빠."

"아빠는 왜 좋은데?"

"엄마가 아프거나 어디 갔을 때, 엄마 대신 밥해줄 때도 있잖아."

녀석의 성장기가 주마등처럼 스쳐 지나갔습니다. 두 살 무렵부터 시골생활을 한 녀석은 주변에 꼬물거리는 뭇 생명들을 친구 삼아 늘 산에서 놀다시피 했습니다. 산에다 학교를 지어달라고까지 한 녀석이었습니다. 생각해보면 녀석이 자신에게 닥친 시련과 고통을 이겨내고 있는 그 힘은 '밥심'으로 자연을 친구 삼아 성장한 데서 비롯된 것이 아닐까 싶습니다.

녀석은 충남 공주 시골집에서 13년이라는 긴 시간을 보내다가 중학교 2학년 때 이곳 전남 고흥으로 왔습니다. 사투리조차 낯선 중학교로 전학 온 첫날, 녀석은 난생처음 대하는 아이들과 어울려 숨비꼭질 놀이를 했다고 합니다. 말수가 적으면서도 엉뚱하기로는 땡추 못지않은 밥돌이 녀석이 기운을 챙기는 모습을 보면서 내내 궁금했던 것을 물었습니다.

"수술하고 나와서 왜 재밌다고 한 겨?"

"그냥."

녀석은 늘 그랬듯이 짧게 대답했습니다.

"너 수술할 때 하반신 마취만 하기로 했으니께 수술하는 게 보였겠다잉."

"아니, 천으로 가려져서 안 보였어"

"그런데?"

"그냥, 수술하고 있는 게 재밌었어."

아직 녀석에게 묻지 않은 것이 있었습니다. 녀석이 왜 2층에서 떨어졌는지, 고의로 뛰어내린 것이라면 그 이유가 무엇인지 궁금했습니다. 하지만 그만두기로 했습니다. 이미 엎질러진 물, 그 이유를 꼬치꼬치 따져 무엇하겠습니까?

만약 잘못한 것이 있다면 녀석이 그 누구보다 뼛속 깊이 잘 알고 있을 것이고, 더 이상 그토록 무모한 모험을 감행하지 않을 것입니다. 또한 그 모험에 따른 고통은 녀석이 앞으로 살아갈 때 어떤 식으로든 큰 힘으로 작용할 것입니다. 그 힘으로 다른 사람의 고통까지 껴안으며 두려움 없이 세상을 살아가길 바랄 뿐입니다.

바람: 떠나고 남겨지고 지켜내고

밥돌이 녀석은 두 달 정도 입원해야 할 것이라는 담당의사의 예상과 달리 한 달도 채 안 돼 퇴원했습니다.

새 길로
향하다

큰아이 인효가 풀무고등학교에서 기숙사 생활을 하기 위해 보따리를 싸 들고 충남 홍성으로 가던 날 녀석에게 말했습니다.

"너 풀무고등학교에서 대학 가지 않아도 된다는 자신감을 얻었으면 좋겠다."

"대학 가서 실용음악 전공하고 싶은데……."

"좋지. 하지만 전에도 말했듯이 대학 갈 때는 입학금만 마련해 줄 테니께 나머지는 니가 알아서 해야 한다잉. 그 돈 가지고 여행을 떠나든지 입학금으로 쓰든지 그건 알아서 혀. 그리고 정 대학에 가고 싶으면, 나머지 학비는 장학생이 되든 아르바이트를 하든 니가 알아서 해야 혀."

바람: 떠나고 남겨지고 지켜내고

그렇게 큰아들이 홀로서기를 하기 위해 풀무고등학교로 떠난 지 4주째 접어들 때였습니다. 기숙사 생활을 하기 위해 집을 떠나던 날도 그랬지만, 홀로서기는 둘째 치고 저만큼이나 느려 터진 녀석이 부지런히 생활해야 하는 풀무고등학교에서 적응을 잘 할까 내심 걱정스러웠습니다.

우리 집 아이들은 어려서부터 가끔 밭일을 함께하곤 했습니다. 작은아이 인상이 녀석은 끝까지 남아 농사일을 거들었지만, 인효 녀석은 밭일을 마치기도 전에 건들거리며 이 핑계 저 핑계로 은근 슬쩍 빠져나가기 일쑤였습니다. 부지런히 일하는 개미들 옆댕이에서 할 일 없이 노래하는 베짱이 같은 녀석이었습니다.

하루 종일 진행된 풀무고등학교 입학식 날, 부모와 자녀가 나란히 앞에 나와 소개하는 시간이 있었습니다. 그때 저는 인효 녀석의 게으름을 만천하에 까발렸습니다.

"녀석과 친구처럼 지냈는데, 떠나보내려니 섭섭합니다. 하지만 좋은 친구들이 더 많이 생겨 기분이 좋습니다. 사실 우리 인효 놈은 머리는 잘 쓰는데 몸은 잘 안 씁니다. 아주 게으른 놈입니다. 이 학교에서 농사일을 배우며 부지런해졌으면 좋겠습니다. 녀석이 요즘 노래를 만들어 부르기도 하는데, 이곳에서 땀 흘리며 좀 더 깊이 있는 노래를 부르기를 기대합니다."

머리 잘 돌아가는 녀석이 그냥 있을 리 없었지요. '아주 게으른 놈'이라는 말에 곧장 반박 성명을 냈습니다.

중학교 3학년 들어서부터

늘 기타를 껴안고 생활했던 큰아들 인효,

1년도 채 안 돼 몇 곡의 노래를

작사·작곡해서 불렀습니다.

풀무고등학교에서 농사일을 배워가며

좀 더 깊이 있는 노래를 불렀으면 합니다.

"우리 아버지는요, 저보다 더 게을러요."

'게으른 것'이 아니라 '느린 것'인데 억울했습니다. 되로 주고
말로 받은 격이었습니다. 게으르다는 말 때문에 인효 엄마하고도
늘 다투는데, 참으로 억울했습니다. 변명을 하려다가 그만뒀습니
다. 녀석이 처음으로 '아버지'라는 말을 썼기 때문입니다. 늘 '아
빠'라 부르다가 처음으로 '아버지'라는 호칭을 썼던 것입니다. 그
말 한마디에 녀석의 기숙사 생활에 대한 걱정을 다소 접을 수 있었
습니다.

그럼에도 한편으론 걱정의 끈을 놓을 수 없었습니다. 녀석은 출
퇴근 없이 늘 자택 근무하는 부모와 함께 생활했기 때문입니다. 그
래서 일주일도 채 못 견디고 뻔질나게 전화할 것이라 생각했는데,
제 예상은 보기 좋게 빗나갔습니다. 녀석은 3주 넘게 '그리움'을
애걸하는 전화 한 통 하지 않았습니다. 그새 인효 엄마가 먼저 전
화한 것이 전부였습니다. 풀무고등학교에서는 핸드폰이 허용되지
않습니다. 하지만 학내에 공중전화가 있기에 얼마든지 집으로 전
화할 수 있었습니다.

아, 생각해보니 녀석이 두 차례 정도 전화한 적이 있습니다. 입
학하고 하루 만이었습니다. 하지만 전화한 이유는 따로 있었습니
다. 기타를 보내달라는 것이었습니다. 입학하자마자 기타를 껴안
고 생활하는 것이 썩 보기 좋을 것 같지 않아 한 달쯤 지난 후 가져
가라 했습니다. 그리고 일주일쯤 지날 무렵 녀석에게서 다시 전화

가 왔습니다. 노는 토요일을 기해 집에 다녀가겠다는 전화였습니다. 인효 엄마가 통화했다고 하는데, 이런 대화를 주고받았다고 합니다.

"다음에 오면 안 되겠냐? 이번 토요일은 손님들이 많이 오는데다 엄마가 정신없이 바빠서⋯⋯."

"그럼 기타 좀 보내줘."

작은아이 인상이가 학교 2층에서 떨어져 수술을 받고 난 즈음이었기에 녀석이 신경 쓰게 하고 싶지 않아 오지 말라고 했던 것입니다. 동생의 사고를 까마득히 모르고 있던 녀석, 집에 오고 싶었던 이유는 따로 있었습니다. 기타를 가지러 오겠다는 것이었습니다.

텔레비전은 물론이고 전화선조차 들어오지 않아 인터넷도 할 수 없는 집에서 늘 기타를 끼고 살았던 녀석이기에 손가락이 근질거려 견딜 수 없었던 모양입니다. 기특하면서도 매정한 녀석, 하루아침에 안면을 싹 바꾸다니⋯⋯. 인효를 걱정했던 제가 오히려 더 녀석을 보고 싶어 하고 있었습니다.

그렇게 4주 동안 녀석과 두 차례 전화 통화를 했는데, 그때마다 집 생각은 까마득히 잊고 학교와 기숙사 생활이 너무 재미있다고 했습니다. 친구들도 좋고, 선생님도 좋고, 선배들도 아주 잘 해준다는 것이었습니다. 그렇게 녀석은 꿀단지라도 끌어안고 있는 양 풀무고등학교에 착 달라붙어 있었습니다. 기타를 보내주고 나서 저는 녀석에게 '앙심'을 품었습니다.

'자식아! 좀 더 지내봐라. 날 풀리면 현장학습 시간에 밭일하고 모내기 준비하면서 죽을 똥 쌀 줄 알아라. 그때쯤 되면 집이 그리워 안달이 날 거다.'

기타를 보내고 나자 녀석의 빈자리가 더욱더 허전했습니다. 문득 녀석이 녹음해놓고 간 노래가 생각났습니다. 기타를 본격적으로 치기 시작한 지 1년도 채 안 돼 녀석이 작사·작곡한 노래였습니다. 〈부침개〉〈자전거에 날개를 달고〉〈밤길〉이라는 노래입니다. 가끔씩 그 조악하게 녹음된 녀석의 노래를 들어봅니다.

그중 녀석이 밑바닥 밴드 인생을 그린 임순례 감독의 명작 〈와이키키 브라더스〉를 보고 나서 만든 노래 〈밤길〉이 짠합니다. 녀석이 학교에서 집으로 돌아오는 밤길에 만든 노래라는데, 거기에는 앞길이 보이지 않는 청소년들의 심정이 잘 담겨 있습니다.

밤길

－송인효 작사, 송인효 작곡

막차에서 내려 입김 한 모금 뿜어내니 두 뺨으로 찬바람 달라붙고

가로등도 없는 시골길을 걸을 생각에 벌써부터 한숨만 나오고

아무 생각 없이 걷다가 문득 주변을 둘러보니 겁이 나

달과 별만 보이는 어둠 속에 길을 찾아 헤매는 나

별빛이 밝은데도 / 뚜렷하지 않은 내 앞길

달빛이 밝은데도 / 두려움만 가득한 내 앞길

별빛이 밝은데도 / 뚜렷하지 않은 내 앞길

달빛이 밝은데도 / 두려움만 가득한 내 앞길

괜히 하늘 쳐다보며 괜히 딴 생각해봐도 내 앞길은 여전히 어둡고

뭐가 급한지 쌩쌩 달려가는 저 차를 보니 나도 모르게 걸음이 빨라지고

아무 생각 없이 걷다가 문득 떠오르는 멜로디

달과 별만 보이는 어둠 속에 내 노래로 길을 밝히는 나

별빛이 밝은데도 / 뚜렷하지 않은 내 앞길

달빛이 밝은데도 / 두려움만 가득한 내 앞길

별빛이 밝은데도 / 뚜렷하지 않은 내 앞길

달빛이 밝은데도 / 두려움만 가득한 내 앞길

바다와 땅이 가르쳐주는
두려움 없는 길

생면부지의 낯선 땅, 고흥으로 이사 오기 위해 준비할 무렵 사람들이 걱정스런 눈빛으로 그랬습니다. 거기 가서 뭘 해 먹고살 거냐고요. 저 자신에게도 물었습니다. '뭘 하고 살지?' 늘 그래왔듯이 답은 빤했습니다. '살다 보면 어떻게 되겠지. 하물며 네 발 달린 짐승도, 하늘을 나는 새도 모두 제 먹고살 구멍이 있는데 살다 보면 살아지겠지.'

그렇게 아무런 대책 없이 고흥에 정착하면서 많은 사람들을 만났습니다. 정착 3년째, 고흥에서 가장 실감하는 말은 '푸지다'입니다. 음식은 물론이고 인심도 푸진 곳이 바로 고흥이기 때문입니다. 그 푸진 인심으로 많은 사람들을 만났습니다.

집터를 소개해줬을 뿐 아니라 종종 땔감과 바지락을 건네주는 서군섭 씨, 우리 집 고물 자동차가 진흙탕에 처박혀 말썽을 부릴 때마다 119 구조대원처럼 나타나 도움을 준 서영효 씨, 아무런 대가 없이 우리 밥상에 꼬박꼬박 고소한 김을 채워주는 김 공장 김유평, 박원희 씨 부부, 이런저런 인사말도 없이 논두렁에 불러 앉혀놓고 싱싱한 생선회와 소주잔을 건네며 나이가 같다는 이유 하나로 친구 먹은 입심 좋은 동갑내기 최공식 씨가 그랬듯이 사람 인심 또한 푸집니다.

마을 사람들뿐만 아닙니다. 가톨릭농민회에 오랫동안 몸담으며 고흥의 생태운동을 이끌어온 김부일 형님, 이사 오자마자 두 박스 넘는 토종 씨감자를 건네줬고 때마다 바지락이며 파래며 농자재는 물론이고 자기 트럭으로 직접 땔감을 대줬을 뿐 아니라 덤으로 고흥 곳곳의 낚시 포인트까지 알려준 김동관 형님도 있습니다.

어디 이들뿐이겠습니까? 핵발전소 반대운동을 통해 만난 임규상 선생과 강복현 선생을 비롯해 수없이 많은 고흥 사람들을 빼놓을 수 없을 것입니다. 낯선 촌놈을 이웃사촌으로 반기며 건넸던 그들의 넉넉한 마음자리 덕분에 생면부지의 낯선 땅에서 힘들지 않게 정착하고 있습니다.

처음에는 전화선조차 들어오지 않는 궁벽한 산간 오지 바닷가에 누가 찾아오겠나 싶었지만, 〈오마이뉴스〉에 올린 글을 보고 수많은 사람들이 찾아왔습니다. 그들은 아무 대책 없이 빚내서 꾸며놓은 작은 도서관에 2000권 가까운 책들을 기증한 이들이었고, 집 앞 해변의 작은 돌섬 사진 한 장을 단초로 무작정 찾아온 반가운 길손들이었습니다. 길손들은 대부분 귀농을 꿈꾸는 사람들이었습니다.

10년 가까이 전국으로 귀농 터를 찾아다니고 있다며 한 달 넘게 머물다 간 나이 지긋한 분도 있었고, 씨앗 봉지와 《산림경제》를 옆에 긴 채 그 먼 길을 터덜터덜 걸어서 온 젊은 청년도 있었습니다. 또 김종호 씨네 가족을 비롯한 많은 사람들이 아이들 방학 때마다 찾아와 도시 생활의 고단함을 놓고 가기도 합니다.

평소 가깝게 지내는 몇몇 지인들은 저희 집 주변에 정착지를 마련하기도 했습니다. 대구에서 실용음악 학원을 운영하던 성재훈 씨 부부는 이웃사촌이 되었습니다. 〈오마이뉴스〉 기사를 접한 그는 어느 날 느닷없이 찾아와 농지를 구입했습니다. 학원까지 접고 농사를 지어보겠다며 대책 없이 보금자리를 마련한 것입니다.

또 다른 소중한 인연들도 있습니다. 아이들입니다. 찾아오는 아이들도 있고, 찾아가서 만나는 아이들도 있습니다. 순천에 있는 평화학교 아이들, 주말이 되면 종종 자전거를 끌고 작은 도서관을 찾는 동네 아이들, 학교에서 글쓰기 공부를 함께하는 아이들, 그 모든 아이들이 제게 삶의 의미를 부여해주고 있습니다.

아이들을 만나러 가는 길은 한없이 행복합니다. 때로는 몇몇 천덕꾸러기들과 화를 내고 다투며 눈물을 나누기도 합니다. 그런 녀석들과 티격태격하다 보면 시간이 후딱 지나갑니다. 하여 집으로 돌아오는 길은 늘 아쉽습니다. 그 아쉬움 뒤에는 녀석들을 닮은 푸른 바다가 있습니다. 푸른 하늘이 있습니다. 때로는 푸른 바다로 낮게 내려앉은 검은 비구름, 붉게 노을 진 바다와 하늘이 기분 좋게 제 안으로 들어옵니다.

푸른 하늘과 바다를 닮은 아이들의 순수한 마음자리에는 두려움이 없습니다. 어른들이 사회적 관념으로 짜 맞춘 두려움을 심어주지만 않는다면 본래 두려움 따위는 없습니다. 무소의 뿔처럼 두려움 없이 혼자서도 제 갈 길을 갑니다. 저는 그런 아이들에게서 많은 것을 배웁니다.

초등학교 졸업식 때에는 다른 아이들이 울어서 덩달아 울더니, 중학교 졸업식 날에는 먼저 눈물을 짜다가 졸업생 전체에게 눈물 바이러스를 감염시킨 작은아이 인상이 녀석이 두려움 없이 고등학교 진학 포기 선언을 했습니다.

정작 고등학교 진학을 포기한 녀석은 태평인데 주변 사람들은 걱정이 많습니다. 외곬으로 자랄까 봐, 세상 사람들과 동떨어져 고립될까 봐 걱정합니다. 학교를 다니지 않고 어른이 되면 어떻게 먹고살지 걱정합니다. 학교를 통해 인맥이 형성되기 마련인데, 학교를 다니지 않으면 인맥이 끊겨 사회생활에 큰 지장이 있을 것이라 걱정입니다.

따지고 보면 그것은 인상이 녀석의 걱정거리가 아닙니다. 그것을 생각하고 말하는 사람들 자신의 걱정거리입니다. 평생 그런 걱정거리를 짊어지고 살아왔기 때문입니다.

저 또한 처음에는 걱정을 내려놓지 못했습니다. 녀석에게 고등학교를 가지 않아도 상관없다고 말하면서도 '정말 안 가면 어떻게 하나' 걱정스러웠습니다. 하지만 고등학교를 가지 않겠다고 결정한 녀석의 태평스러운 얼굴을 보면서, 그 걱정은 녀석의 걱정이 아니라 부모인 제 걱정일 뿐이라는 것을 알았습니다.

고등학교에 가면 오로지 대학입시 하나에 매달려야 하는데, 진학을 포기하고 나니 녀석이 할 일이 참 많다는 것을 알았습니다. 손아귀에 꼭 쥐고 있던 것을 놓아버리자 녀석의 손 안으로 들어오는 것이 너무나 많습니다.

손재주 좋은 녀석의 바람대로 장인 밑에서 전통 칼 만드는 일을 배워도 됩니다. 그도 아니면 너른 마당 한구석에 목공실을 차려놓고 나무와 놀아도 되고, 초등학교 때부터 이런저런 대회에 나가 인정받곤 했던 그림과 조각 솜씨를 살려도 됩니다.

지금처럼 신 나게 드럼이나 기타를 치면서 농사일을 배워도 상관없습니다. 고등학교에 들어가는 비용으로 자유롭게 여행 다니며 친구들을 사귀면 됩니다. 그렇게 이것저것 하고 싶은 일을 하면서 고등학교에서 보낼 3년 동안 녀석이 진짜 하고 싶은 일을 찾아 나가면 될 것입니다. 입시 경쟁 치열한 고등학교에 들어가서는 꿈도 꿀 수 없는 일들입니다.

그렇다고 녀석이 최고의 전통 칼 장인이 되겠다는 포부를 지닌 것은 아닙니다. 아무 대책 없이 그냥 재미있어서 하겠다는 것입니다. 나름 손재주가 있어 하는 목공일이며 그림, 조각 또한 마찬가지입니다. 대목이 되겠다거나 명망 높은 예술가가 되겠다는 것이 아닙니다. 그 일이 하고 싶고 재미있기 때문에 하는 것뿐입니다.

어렸을 때와는 달리 자신의 길을 찾아가는 과정이 때로 고통스럽겠지만, 진짜 하고 싶은 일을 찾게 되면 무엇보다 자기 자신이 즐거울 것이고 덤으로 주변 사람들에게도 즐거움을 주게 될 것입니다. 고등학교 진학 포기를 결정했을 때처럼 그 길을 두려움 없이 갈 수만 있다면 말입니다.

저는 그 '두려움 없는 길'을 바다와 땅에서 배웁니다. 거센 태풍이 쓸어간 해변의 모래와 자갈을 다시 원상 복귀시키는 바다에게서 배우고, 온갖 벌레들에게 물어뜯긴 밭작물을 다시 건강하게 키워내는 땅에서 배웁니다. 삶이 아무리 어려울지라도 두려움을 이겨내고 살다 보면, 두려움은 단지 한바탕 스쳐가는 태풍일 뿐이라는 것을⋯⋯. 하지만 가슴 저 밑바닥에는 늘 두려움이라는 태풍이 잔뜩 웅크리고 있습니다. 어느 순간 솟구쳐 올라 평온한 마음자리를 송두리째 휩쓸어가곤 합니다. 그럼에도, 그 두려움을 추스려가며 땅과 바다에 의지해 이 길을 계속 걸어갈 것입니다. 가다가 쉬다가, 소풍처럼 느린 걸음으로 걸어가려 합니다. 제가 평생 살아갈 터인 이곳, 고흥에서 말입니다.

우리 가족은 오늘도
'두려움 없는 길'을 걸어갑니다.
각자의 길은 다르겠지만,
그래도 서로의 곁에서 함께하겠지요.

모두가 기적 같은 일

1판 1쇄 펴낸날 | 2012년 6월 22일

지은이 | 송성영
펴낸이 | 오연호
편집주간 | 이한기
기획편집 | 서정은
책임편집 | 차경희
마케팅 | 정현민
교정 | 이준호
디자인 | 공중정원 박진범
용지 | 타라유통
인쇄 | 천일문화사

펴낸곳 | 오마이북
등록 | 제313-2010-94호 2010년 3월 29일
주소 | 서울시 마포구 상암동 1605 누리꿈스퀘어 비즈니스타워 18층 (121-270)
전화 | 02-733-5505 팩스 | 02-733-5077
www.ohmynews.com book@ohmynews.com

ISBN 978-89-97780-00-6 03810

이 도서의 국립중앙도서관 출판시도서목록(CIP)은 e-CIP홈페이지(http://www.nl.go.kr/ecip)와
국가자료공동목록시스템(http://www.nl.go.kr/kolisnet)에서 이용하실 수 있습니다. (CIP제어번호 : CIP2012002582)

오마이북은 오마이뉴스에서 만드는 책입니다.